教養としての
芥川賞

重里徹也／助川幸逸郎

青弓社

教養としての芥川賞　目次

カバーイラスト――根津あやぼ　装丁・本文デザイン――和田悠里

［凡例］

（1）本書で取り上げる芥川賞受賞作品は、初出の書誌を各対談の冒頭に明記した。

（2）対談内で言及する作品は、短篇・中篇は初出の雑誌の書誌を示した。長篇は初めて単行本化された際の書誌を記した。なお、煩雑になることを避けるため、それぞれの作品は本書の初出だけ書誌を明示して二回目以降は省略した。

（3）引用は、対談の本文内で必要に応じて書誌とページ数を明記した。

（4）芥川賞関連の選評は、『芥川賞全集』（文藝春秋、一九八二年—）、「文藝春秋」二〇〇六年三月号、「文藝春秋」二〇一五年九月号（ともに文藝春秋）から引用した。

はじめに

重里徹也

芥川賞に関する本を作っていて、絶えず私の頭にあったのは、二人の作家のことだった。

一人は村上春樹。彼は『風の歌を聴け』（「群像」一九七九年六月号、講談社）と『1973年のピンボール』（「群像」一九八〇年三月号、講談社）で二回、芥川賞の候補になったのに受賞しなかった。不思議だ。不親切なところはあるが（たとえば『1973年のピンボール』でいえば、直子の死因が書かれていない。主人公の大学闘争との向き合い方がイマイチわかりにくい）、圧倒的に面白い。きわめて優れた作品であることは明らかだろう。

もう一人は小川国夫だ。彼は『ゲヘナ港』（「群像」一九六九年二月号、講談社）が芥川賞の候補になることを拒絶した。なぜ、候補になることを断ったのか、芥川賞を断ったのに川端康成文学賞や読売文学賞を受けたのはどうしてなのか、小川自身に直接尋ねたことがある。丁寧に答えてくれたが、ここでは詳述しない。

この二人の作家のことを頭の片隅に置くことは、この本を作るにあたって、ちょっと変な話だが、とても精神衛生によかった。現代を代表する小説家が候補になりながら、選ばれなかったこと。十代の頃から愛読してきた当代随一の文体の持ち主が候補になることを拒絶したこと。これは私にとって、芥川賞を相対化するのに十分なことだった。

コラム「卓抜な新人認知システム」でも書いたが、芥川賞はきわめて優れた文化システムだと思う。とても貴重で尊い文化事業だと考える。文藝春秋という一企業の仕事として、驚くべきことだ。私など、年に二回の発表が季節の移ろいのなかで楽しみだ。何かの無形文化財に指定したいとさえ思う。けれども、一方で、もちろんのことだが、完全ではない。村上が落選して、小川が断った賞じゃないか。そのことは私に健全な冷静さをもたらした。それは、この賞や過去の受賞作品に落ち着いて向き合うことを促した。そんなふうに思う。

助川幸逸郎さんとの共著はこれで三冊目になる。過去の受賞作品を読み直し、助川さんと語り合う。魅力的でスリリングな作業だった。互いに意見をぶつけ合うなかで、こんな小説だったんだと認識を更新することも少なくなかった。また、私が吐き出した言葉に、自分自身がこんなことを考えていたんだと驚くこともあった。魅力的な時間をいただいた助川さんに感謝したい。

1

石川達三『蒼氓』

第一回、一九三五年・上半期

◆あらすじ

早春の神戸に、ブラジル移民を希望する一団がやってきた。彼らの多くは、不況と政治腐敗によって困窮し、活路を海外に求めるしかなくなった東北の農民たちである。なかには、移民の要件を満たすために偽装結婚をした者も交じっていた。出発準備を整えるべく収容された施設でも、ある娘は監督官助手の男に強姦され、ある子どもは肺炎をこじらせて亡くなり、苦難は絶えない。一週間後、デッキのすぐ下の倉庫のようなスペースに、鉄製の二段ベッドを作り付けた部屋に押し込められ、彼らはブラジルに向けて船出した。

初出：「星座」創刊号、星座社、一九三五年

作品の背景

『蒼氓《そうぼう》』を著す五年前、石川達三はブラジルに渡航した。このとき、同行の移民たちを目撃し、強い印象を受けたようだ。

「私はこれまでに、こんなに巨大な日本の現実を目にしたことはなかった。そしてこの衝撃を、私は書かなければならぬと思った。（略）これまでは学生仲間と同人雑誌をつくったりして「文学ごっこ」をやっていたが、あんな甘い量見《（ママ）》で、あんな技巧的な理解の仕方で、この移民集団の現実が書けるはずはない。もっと別の態度で、もっと別の立場で書かなければならない」（「出世作のころ」）

しかし、こうした言に反して、『蒼氓』の筆致には浮薄な面が見える。たとえば、

移民の子どもが肺炎にかかり、出発前に亡くなるくだり。「そしてこの勇ましい万歳のどよめきに送られて二十一号室の肺炎の子どもは死んだ。南への道を誤って西方浄土へ行って了った」。西ではなく南、という言葉あそびめいた書きぶりに、私としては真摯さの不足を感じてしまう。移民たちの不潔さ・愚昧さも、「現象」として表面だけが描かれているように映る。「そうならざるをえなかった事情」への洞察や共感がもっとほしい。

かといって本作に魅力がないわけではない。相次ぐ政治疑獄、経済の混迷、そしてロンドン軍縮会議に象徴される外交上のあつれき――『蒼氓』のなかでそれらは深掘りされず、時事的なトピックとして無造作に投げ出される。そのせいで読者はかえって、波のように次々と国難が押し寄せる状況を生々しく追体験できる。こののち軍部が国家の主導権を握り、庶民もそれを黙認した。そこにも一分の理はあったと納得させられるのだ。欠陥がいちばんの取りどころとなる。そんな不思議な事態が、小説というジャンルでは起こるのだ。

（助川）

移民する農民たちを描く

助川幸逸郎◆第一回芥川賞受賞作です。

重里徹也◆神戸港からブラジルへ旅立とうとする移民たちの姿を描いた作品です。『蒼氓』とは「無名の民衆」といった意味でしょうか。石川達三自身も移民の監督官としてブラジルに行った経験があります。

助川◆私はこの小説には、今日性を感じました。いまどきの若者は、伝統的なジェンダー観に縛られていないし、ＬＧＢＴＱなんかにも理解があります。つまり、価値観は相当リベラル。なのに、自分と立場が違ったり、利害が対立したりする相手には、非常に不寛容です。

どうしてこうなるのか。格差が拡大したせいで、自分の力で「ここではないどこか」に行けるというイメージを、おそらく若い人たちは持てないんです。だから、「ここでがんばるしかない」と思うほかなくなる。そうなると、違う立場の人間の心境を想像する余裕を持てないわけです。

重里◆おそらく、「異文化理解」というスローガンはあちこちでいわれ続けているでしょう。ところが、ここでも、タテマエとホンネが分裂しているというか。自己愛の強い若者が多くて、それを刺激されると敵意が剝き出しになる。

助川◆ところが、この『蒼氓』に出てくる人々は、日本ではいくら働いても食えないから、ブラジルに行こうと考える。この作品の舞台になった一九三〇年代には、そういう発想があったんですね。

いまの若者は、日本にいても希望が持てないからといって、外国に行こうとはあんまり考えません。貧困とか、格差の拡大とかは、確かに無視できない問題です。けれどもそういう点だけから現代日本の閉鎖的なムードを語ってしまうと、大事なポイントを見落としてしまう気がします。

重里◆でも、もう少したてば、日本人が中国に出稼ぎにいく時代がくるといわれますね。現在はアジア諸国からたくさん、日本に来ている人たちがいます。

助川◆先日、岐阜駅前のコンビニエンスストアに寄ったら、従業員が全員、外国人で驚きました。

重里◆日本もそのうち、移民が来るだけではなく、再び移民を出す国になるのではないかと、ときどき考えます。

助川◆それはありえますね。ただ、『蒼氓』の舞台になっている一九三〇年代は、日本の人口が増え続けている時代です。国内の生産力では、そんなにたくさんの人口を支えきれない。それで、日本にいては生活できない貧しい人々が、食べることを目的として海外に出ました。

いまの日本は対照的に人口が減っている社会です。国内にとどまっていても、いちおう食べられるだけは食べられる。これから国の外に出ていくのは、もっとお金になる仕事、もっと刺激的な体験を求めるエリートです。

重里◆その兆候はすでに見え始めているのではないでしょうか。外国企業に就職する人は少なくないですし、有名高校を卒業した後、日本の大学に行かないで、いきなりアメリカの大学に入るケースも増えていると聞きます。

助川◆私の周りでも、ちょっと面白いと感じさせる人は、海外の大学を出ていたり、外国の企業で働いていたり……。そういう人は、物の見方もフェアで、柔軟性があります。

重里◆発想の奥行きが違うということでしょうか。

助川◆一方、日本でうまくやっていこうと決めて、この国にしがみついている人からは、考え方が固まってるな、という印象を受けることがときどきあります。

倫理も思想も問わない社会派

重里◆さて、この『蒼氓』という小説は、しばしば「社会派」と評されます。これといった特定の主人公がいない群像小説で、移民を志す東北の貧しい農民たちを描いています。

助川◆秋田の人間がいっぱい出てくるんですね。私の母が秋田生まれなので、親近感を持って読みました。

重里◆ただ、『蒼氓』は確かに社会を書いた小説なのですが、イデオロギーはほとんど前面に出ていません。この作品が発表されたのは一九三五年、社会主義者たちが大弾圧を受けて、プロレタリア文学が壊滅させられた後です。政治思想を掲げて社会状況を糾弾する小説は、危険すぎて公表できなかったのでしょう。しかしもともと、石川自身にイデオロギーがあったのかどうか。なかったのではないかという印象を持ちます。ある意味で素朴な正義感はあったでしょうが。

助川◆石川は、戦間期から戦後にかけて思想的に変節したと批判されています。しかし、重里さんがおっしゃるとおり、石川にはそのときそのときの正義感はあったがイデオロギーはなかった、と考えるほうがすっきりする気がします。

重里◈しっかりとマルクス主義を勉強したという印象は受けないですね。そして、この小説を読んでいて、非常に平板な印象を受けました。立体感に乏しいというか。小説に立体感をもたらすものは、いろいろと考えられると思います。たとえば、五つ挙げてみましょうか。これ以外にもあると思いますが。

まず倫理。善悪の区別ですね。平板な小説を書く作家の多くは倫理を内側から問おうとしない。二つ目が社会変革、革命といえばいいでしょうか。三つ目が信仰、宗教。絶対的な存在へのまなざしですね。四つ目が哲学、人間は何のために生きるのか、人生は何のためにあるのか、生きる意味とは何か。五つ目が美。美醜とは何かという問いかけ。

この五つが五つとも、『蒼氓』にはない気がするのです。

助川◈重里さんが挙げた五つは、要するに「価値観」ということですよね?

重里◈そうですね。人間に価値をもたらしたり、価値について考えさせたりするものですね。もう一つ、恋愛というのをどうしようか迷ったのですが。

助川◈恋愛も「価値観」と関わってきますよね。

重里◈そういう「価値へのまなざし」がほとんど感じられない小説なのですね。社会にカメラを向けてはいるのですが、価値に対する思いを少なくとも作家は自覚していない。小説空間から意識的にか無意識にか、価値というものを排除している。そして、単に気の毒な東北の農民群像が描かれていく。そこに喜怒哀楽はあるけれど、それを串刺しにするような垂直軸はない。

群像を見る視点はどこにあるか

助川◆新聞の連載記事みたいな文章だなと思いました。

重里◆ジャーナリズム的というか。これは言うかどうか迷いますが、あえていえば、非常に文藝春秋的です。その意味では、芥川賞の第一回にふさわしい作品だといえるかもしれません。

助川◆私はこの小説を読んで二つのことを考えました。一つは、この『蒼氓』に比べたら、プロレタリア小説のほうが通俗小説としても面白いのではないか、ということ。プロレタリア小説は、しばしば極限状況を描くのでドラマチック。人物造形も、一面的なケースが多いとはいえキャラは立っています。どちらも、『蒼氓』には欠けている魅力です。もう一つは、さっき新聞記事みたい、という言い方をしましたが、この文体はノンフィクションを書くほうがフィットする感じがするんです。ですから、この書き方で石川自身のブラジル体験をありのまま書いてほしかった。石川は、自分のブラジル体験を、『最近南米往来記』（昭文閣書房、一九三一年）と銘打った実録として公表しています。どうしたわけか、この実録のほうが『蒼氓』よりもずっと文学的というか、美文的なスタイルで書かれているのです。『蒼氓』のニュートラルな文体で、実録を書いてくれたらよかったのに——そんな「ないものねだり」を、私はしてしまいます。

重里◆この小説には、待機宿泊施設で移民先に出発する日を待っている女性を、監督官の助手が犯す場面がありますよね。

助川◈ええ。

重里◈石川自身は、移民船の監督官の立場でブラジルに渡っています。ですから、『蒼氓』に出てくるキャラで石川にいちばん近いのは、あの男でしょう。東北の農民たちに距離を置く知識人っぽい人物。

助川◈あの監督官助手、名前は小水といったと思います。私もこの作品のなかで石川にいちばん近いのは、小水だろうという印象を受けました。

重里◈石川自身があああいうことをやらかしたかどうかは別として、あの監督官助手の小水が石川の立ち位置です。そのせいか、移民を見下ろしている印象があります。群像を、やや上から眺めて描くという構造ですね。

助川◈さっきも言いましたが、『蟹工船』（小林多喜二、「戦旗」一九二九年五―六月号、戦旗社）のほうが起伏に富んでいる気がします。

重里◈イデオロギーなしの『蟹工船』。革命や党が出てこない分、『蒼氓』のほうがフラットなのです。あの強姦など、倫理や哲学を問う契機になるはずなのですが。単に登場人物が性欲を処理しているだけですね。

太宰治と芥川賞

助川◈でも、この作品、太宰治に勝って受賞しているんですよね。重里さんなら、やっぱり太宰を落として、こっちに票を入れますか？

重里◈うーん、それは難しいなあ。太宰はこのとき『逆行』（「文藝」一九三五年二月号、改造社）で候補になっていますね。『道化の華』（「日本浪曼派」一九三五年五月号）なら『蒼氓』よりもいいとはっきりいえます。でも、『逆行』は短いし断片的な作品なので、太宰の魅力が全面的に出ているかというと、ちょっと疑問です。他の作品をよく知っていれば、この作品からも「太宰らしさ」を評価することはできると思いますが。

助川◈芥川賞は新人賞なわけです。ではそこで選ぶべきは、「現段階の実力ナンバーワン」なのか、「将来的に安定して活躍してくれそうな書き手」なのか。言ってみれば、高校野球の優勝投手を探すのか、ドラフト会議をやるのか、という問題です。

実は、ちょっとした必要があってここ数日、高山羽根子の作品をまとめて読みました。非常に才能がある作家ということが、一文一文から伝わってくる感じでした。その高山の文章がまだ頭に残っている状態で『逆行』を読んだら、時代やタイプの違いを超えて、ここにも一文一文に才能がにじみ出ている作家がいる！とつくづく感激してしまいました。

重里◈石川にはそれはないと？

助川◈ええ、そこまでの才気は感じません。そのかわり、太宰にも高山にも、持っている才能がでかいだけに、それを開花させるのは相当大変だぞ、と思わせる部分があります。甲子園ではすごかったのに、そこで終わってしまう投手がけっこういますが、太宰の『逆行』からは、そういう危険の匂いもします。

その点、石川には、安定して書いていくだろうという期待はできます。ドラフトで、確実に戦力になる選手をとりたいとなったら、私は太宰よりも石川を推します。

重里◆ただ、石川達三が活躍する場所というのは、中間小説の世界だろうというのは、『蒼氓』の段階から予測はつきますね。

助川◆文章の質が、純文学の文章ではないですね。

重里◆そのわりに、『蒼氓』はこれ以降の芥川賞の性格を象徴している面もあるように感じます。芥川賞って、意外にチャレンジングな作品よりも、わかりやすいものが受賞しやすい。

助川◆それから、芥川賞には、かなりジャーナリスティックな性格があります。『逆行』は、いま読んでも確かに魅力的ですし、文章も普遍的な価値に届いています。しかし、一九三〇年代の文壇とか、この時代の日本社会を考えるには、圧倒的に『蒼氓』のほうが参考になるんです。文芸として、エヴァーグリーンな価値があるものよりも、そのときそのときの時流を映し出す作品が選ばれやすい傾向が、芥川賞には確かにある。そう考えると、『逆行』ではなく『蒼氓』という選択は、この賞らしい感じがしてきます。

重里◆おそらく論文も、『逆行』よりも『蒼氓』のほうが書きやすいでしょう。ただしその論文は、「一九三〇年代の日本社会」とか「ブラジル移民の歴史」とかいう視点を含むものになりがちでしょうね。真正面から、この作品の文体を論じる論文にはなりにくいように思います。また、この作品に示された思想性を論じるのも、あまり魅力的ではないように思います。

助川◆純然たる文学論を書きにくい作品にも受賞させるのが、この賞のジャーナリズム性ですね。

だからこそ、芥川賞はいまでもこんなにメジャーなのかもしれません。ただ、文藝春秋が選考委員にお願いして、時流に合致した作品を選んでもらっているわけではないんですよね？

重里◈それは考えにくい。実作者が、無意識にか、こういう選択をする、というのは面白いですね。

助川◈太宰は芥川賞をずいぶん取りたかったらしく、この後いろいろ運動もしています。二〇一九年、岐阜の歴史博物館で川端康成の展示があった折に、川端に「芥川賞をとらせてください」とお願いした太宰の手紙の実物を見ました。

『道化の華』なら受賞したか

重里◈でも、『逆行』で受賞するのは苦しいかなあ。私は北杜夫を若い頃から愛読しているのですが、北も何度も候補になりながら、なかなか芥川賞を受賞できなかった。『夜と霧の隅で』（「新潮」一九六〇年五月号、新潮社）で受賞したのは候補四回目です。それで、アンケートに答えて「候補作はせめて自分で選ばせてほしい」といったようなことを書いていた記憶があります。

助川◈どの作品で候補になるのかも、確かに受賞に影響しますよね。このときの芥川賞の候補作は、いまと同じように文春の社員が選んでいるんですか？

重里◈第一回は文藝春秋の社内で三十人ぐらい候補を選んで、それを中心にして永井龍男が八人の候補に絞ったようです。いまは、文春の編集者二十人前後がさまざまな形でディスカッションを重ねて候補作を決めます。

永井龍男のリアリズムからすると、『道化の華』よりも『逆行』だったのでしょう。永井がいうには、川端康成も『道化の華』に消極的だったようですね。太宰の候補作が『逆行』でよかったのかどうか。選評でも触れられていますね。

助川◈川端は、現実に女性と交渉するよりも、頭のなかで女性に関する妄想を膨らませるのが好きというタイプ。いま生きていたら、アニメの女性キャラのフィギュアをずらりと部屋に並べているかもしれません。そういう川端には、太宰の、生身の女性と心中をはかるような部分には、共感を持ちにくかったのでしょうか。それから佐藤春夫は、『道化の華』が候補作なら取れたかもしれない、といっていますね。

重里◈『逆行』には佐藤春夫の悪口が出てきますよね。選考委員の悪口を書いて、はたして受賞できるものなのでしょうか。

助川◈そこが太宰らしい甘えというか、ツンデレというか……本当に賞がほしいのか、ほしいほしいと騒いでかまってもらいたいだけなのか、たぶん本人にもわかっていなかったのではないでしょうか（笑）。

重里◈控えめにいっても、太宰は日本の近代文学で二十人を選べば、おそらく入ってくる作家でしょう。その太宰が芥川賞を取り損ねたというのが、太宰には気の毒だけれど、とても興味深いめぐり合わせだと思います。私たちが芥川賞について考えるときに、絶えず芥川賞に距離を置いて相対化することを促す「重し」のようになっていると思えるのです。

2

『太陽の季節』

石原慎太郎

第三十四回、一九五五年・下半期

◆あらすじ

　主人公は高校生の竜哉。裕福な家に育った彼はボクシングに熱中する一方で、女性たちと交渉し、酒を飲み、ヨットを楽しみ、ときに暴力を奔出させる無軌道な生活をしている。ところが、銀座の街角で声をかけた英子に少しずつ引かれていく。新しい女を抱くたびに退屈さを感じる彼だが、英子は違っていて、虜になってしまった。ところが月夜にヨットでセックスしてから、立場は逆転した。英子は竜哉に従うようになり、竜哉は英子に残酷になり、英子をいじめ続ける。英子が竜哉の子どもを妊娠したと聞いてもほっておき、やがて堕胎をさせたが、手遅れになって英子は死んでしまう。葬式に遅れて現れた竜哉は香炉を英子の写真に叩き付けて、「馬鹿野郎っ！」とどなった。

初出：「文學界」一九五五年七月号、文藝春秋新社

作品の背景

　第一回文學界新人賞を受賞し、続けて芥川賞を受賞した。ベストセラーになり、一大センセーションを巻き起こしたのは周知のところだ。いま読み返しても、反道徳性が際立っていて、この作品を支持する読者はそこに純粋さや人間の哀しみを感じ、眉をひそめる人は倫理的についていけないのだろう。

　石原慎太郎がこの自作を評するときの口癖は「青春のピューリティー（が描かれている）」というものだ。欲望のままに行動し、虚無感に満たされながらも快楽を追求す

る姿は、確かに戦後日本社会の新しい価値観を体現しているともいえる。戦後において、私たち日本人は結局、そういう社会を選び続けてきたのではなかったか。それは、石原慎太郎が選挙に出るたびに支持を集めた姿とダブって見える。日本人のマジョリティーは、革新自治体の誕生や一時的な政権交代はあったものの、リベラル派が嘘っぽい理想論、現実離れした書生論を語るのに嫌悪感を抱き、石原的なものに投票し続けたのだろう。

英子の過去に触れた記述が興味深い。二つのエピソードがつづられている。一つは相愛の男に初めて身を任せようとしたのに、彼が交通事故で死んでしまい、果たせなかったこと。もう一つは、子ども心に恋をした従兄の兄弟が二人とも戦争で殺されたこと。ここにあるのは、もう一つの戦後史だろう。

自分を与えようとすると男はみんな、死んでしまう。それで与えるのではなく、奪うことだけをするようになった。ところが、竜哉にだけは奪うのではなく、自分を与えようとした。しかし、それは自滅への道だった。なんとシニカルな物語かと思うが、なるほどその結末の虚無感も、戦後的といえば戦後的だ。

（重里）

動物の生態を描いた小説

助川幸逸郎◆石原慎太郎の『太陽の季節』は、芥川賞をメジャーにするのに貢献したとさえいえる作品です。それぐらい、当時、話題になりました。
しかし、今回読み直して感じたのですが、この作品、いまなら倫理的に問題あり、ということで、雑誌に掲載してもらえないかもしれません。

重里徹也◆そんなに問題が多い小説でしょうか。許容範囲ではないでしょうか。

助川◆いや、女性に対する暴力、蔑視がひどいので、かなり危ういでしょう。少なくとも、ネットなどで炎上するのは避けられません……。ただ、面白いのは、井上靖が積極的にこの作品を推しているのです。

重里◆井上の作風やその後の歩みを考えると、少し意外な印象もありますか。

助川◆井上は誤解して、『太陽の季節』をほめたのだと私は思うんです。井上の根底には、国土の自然の他はすべて戦争で滅びたというニヒリズムがあります。

重里◆井上の芥川賞受賞作『闘牛』（「文學界」一九四九年十二月号、文藝春秋新社）は、敗戦後のニヒリズムが濃くうかがわれる作品ですね。そこでは自然と歴史だけが肯定的に描かれています。

助川◆それで、井上はなぜその後で『蒼き狼』（文藝春秋新社、一九六〇年）とか、『天平の甍』（中央公論社、一九五七年）とか、過去の中国大陸を舞台にした小説を書いたのか。戦後の日本の風景に、彼のニヒリズムを受け止めきれる対象を見つけられなかったのだと思います。

重里◆それはどうかなあ。井上は、『闘牛』の後、数多くの現代小説を書き、さまざまな試みをしています。単にニヒリズムにとどまっていては、ステップアップした作品は生み出せない。井上はそのことに気づいていたと思います。そこで、戦後の日本にはなかなか見いだすことができない「意味」や「価値」を、「ここではないどこか」の物語に求めた。それが、古代の中国だったり、遣唐使たちの苦闘だったり、千利休の世界だったりしたのではないでしょうか。

助川◆井上が見ていたのは、ニヒリズムと「意味」の対比というよりも、ポジティブなニヒリズムとネガティブなニヒリズムの違いなのではないでしょうか。『闘牛』の世界は、「価値観がすべて崩壊してしまったから、本当の意味でやるべきことは何もない」というニヒリズム。これに対してチンギス・ハーンは、価値も倫理も取り払われた、剝き出しの生を燃焼させている感じです。

重里◆井上の小説群を見渡すと、やはり価値を追い求めたのではないかと思います。それが留学僧たちの姿になったり、孔子や利休の生き方になったりしているのではないでしょうか。そこにあるのは、美や倫理を物語のなかで問い詰める姿勢です。まあ、井上の話は、『闘牛』を語る章でじっくりやりましょう。

助川◆井上と比べるまでもなく、石原にはニヒリズムはありません。現実世界で、自分が絶対的な体験をすることだけに価値があると考えています。

重里◆非常に動物的なのですね。主人公は、恋愛も友情も否定しています。女性を組み敷いて快楽に到達するとか、ボクシングで相手を打ちのめした瞬間とか、主人公はそういうものばかりを求めている。
でも、高度経済成長期の日本人って、精神的価値をカッコに入れて、物質的・感覚的な快楽ばかりを追っていた面があると思うのです。高度経済成長が始まるのは一九五〇年代半ばからと考えられるでしょうか。この作品は五五年に発表されています。時代の動向をいち早くつかみ取った小説、といえるのではないでしょうか。

助川◆東浩紀に『動物化するポストモダン――オタクから見た日本社会』（〔講談社現代新書〕、講談社、二〇〇一年）という有名な著作がありますが。

重里◆『太陽の季節』は、まさに「動物化する高度経済成長」の始まりを描いています。

求めるのは「許容する母性」

助川◆この主人公には、倫理も思想もありません。ひたすら感覚的充足だけに突進していく。その「倫理も思想もない」というところを、井上靖は、自分と同質のニヒリズムを抱えているからだと誤解したのではないでしょうか。

重里◆『太陽の季節』の主人公たちは、したいことをしているだけなのです。この小説の世界に「なぜ」はありません。そんな群像に時代の風俗を読み、そこに体現されている無意味に井上が反応したのでしょう。

助川◆ところで主人公は、その「したいことをしている」状態をどこまでも包んで許容してくれる母性だけは求めるんです。自分の刹那的充足以外で必要としているのはそれだけです。

重里◆母親だけが大切で、親父はいらない。腹を殴っておしまいです。

助川◆父性というのは、意味だとか倫理だとか歴史とつながっています。そういう「自分の身体性を超えたもの」は、主人公にとって全部じゃまなんですね。

重里◆なるほど。主人公は、自分の母親だけでなく、母性全般に甘えているように感じます。英子にも、結局、母性を求めて甘えているのではないでしょうか。彼女が最後に妊娠して死んでしまうのは皮肉ですね。ひどい言い方をすれば、息子（主人公）が自分の弟（生まれてくる子ども）を使って母親（英子）を殺してしまったとも読める。

助川◆だから英子が亡くなったとき、「死ぬことで英子は俺にいちばん残酷な復讐をした。気に入っていた玩具を取りあげられてしまったからだ」とか思うわけです。自分が中絶の時期をさんざん遅らせたせいで英子は死んだのに、こういう言い方をする。これは完全に、ママにわがままをいう駄々っ子の論理です。

もってまわった疑問文

重里◆文章はどうですか？　ところどころで、もってまわった言い回しをしますよね。「彼に何が咎めだて出来たろう」とか、「彼女を非難出来ただろうか」とか、疑問形の文が目立ちます。石原って他の作品でもこういう書き方をしますよね。これはどういう精神の表れなのでしょうか。なぜ断定しないのでしょう。
助川◆それは、ものすごく興味深いご指摘です。結局、断定というのは父性なんです。自分でリスクを背負って決断しなければ、断定はできない。やりたい放題やりたいのだけれど、責任を負いたくない場合は、もってまわったり、疑問形になったりします。
重里◆なるほど。「やりたい放題を許してもらいたい」という願望の表れですか。
助川◆文句をつけられる覚悟をしたうえで、今日は疲れてるから授業を絶対、休んでやるぞと思ったら、「今日は私、休講にします」って言いますよね。でも、休みたいけど非難されたくないときは、「休講にしようかなあ……」といって、「どうぞ休講にしてください」と周りが言ってくれるのを待ちます（笑）。
重里◆石原だったら「誰が休講にした私を責めることができようか」とか、「休講にしたからといって、非難する者がいるだろうか」とか、言いそうです（笑）。この特徴は、昨年（二〇一九年）に刊行された小説『湘南夫人』（講談社）でも変わっていません。
助川◆二十代の頃から八十を超えた現在まで、ずっと「誰が休講にした私を責めることができようか」の人なんですね。
重里◆「そんなことはありはしない」みたいな言い方が、石原は現在に至るまで、本当に好きですね。

それから、主人公の欲望の赴くままの世界から少し逸脱すると思えるのが、自然と対峙しているシーンです。スキューバ・ダイビングをする場面が、石原の小説にはしばしば登場します。『太陽の季節』だと、海で泳ぐところがありますね。主人公が大自然と向き合う姿が印象的に描かれるのは、これもデビュー当時から現在まで一貫しています。

助川◈自分を超えた大きな力につながると、もっと大きな快楽が発生する。そのことを石原の主人公たちはわかっているのではないでしょうか。

重里◈ただ、自分を超えた巨大なものと徹底して向き合うこともしていない気がします。自分を超えた力を描くとなると、神とか絶対者とか、そういう問題にも触れざるをえなくなってくる。しかし、神も政治も、石原はあまり語りません。

排除される崇高なもの

助川◈石原にとって究極的に大切なのは「快感」なんだと思うんです。だから、母性に包まれてやりたい放題をやることが理想になる。自分を超えた力と本気で向き合ったら、快だけでなく不快も引き受けなければなりません。

美と崇高を対比させて定義づけをしたのが、イマヌエル・カントです。カントによれば、美は人間に快感をもたらす。一方崇高は、快感と恐怖が入り交じった感情です。

石原は、カントの言い方を借りると、崇高を避けて、常に美を書こうとする作家です。だから、天皇にも国家にも、ずっと触れないままでいる。でも、崇高をこれだけ徹底して避けているところを見ると、崇高の意味はきちんとわかっているのではと逆に思えてきます。

重里◆石原はなぜ政治を書かないか、見えてきました。おそらく日本の小説家のなかで、政治権力の中枢を最も知っている一人が石原です。絶対、面白いものができるはずなのに、それは題材にしない。ヨットで嵐に遭ったとか、レーサーが極限のスピードを体験したとか、書くのはいつもそういう話ばっかりでしょう？

助川◆崇高を書かないというのは、フィクションを作り上げるうえで重い足かせになります。たとえば、崇高を禁じ手にすると、「自分よりすごいかもしれないヤツ」を出してこられないんですよ。そうすると、バトル漫画とか剣豪小説とかで成功するのは難しくなるわけです。

重里◆政治というのは権力闘争の場ですから、「自分よりすごいかもしれないヤツ」も書けないと、迫力がある描き方はできません。そう考えると石原という人は、つくづく司馬遼太郎の対極にいる作家だと思えてきます。

助川◆少し説明してください。

司馬遼太郎という対極

重里◆司馬遼太郎は徹底して権力闘争を描き、生涯をかけて権力の正体とは何かを追い求めた作家です。石原は、そこをあえて避け続ける書き手です。二人は日本の戦後社会で、背中合わせになっている小説家だという気がします。

助川◆司馬遼太郎はたぶん、自分よりも他人に関心がある。ところが石原は、最終的には自分を肯定することにしか興味がない。「あいつ、嫌いだけど面白いヤツだ」みたいな感覚って、石原にはないように思います。でも司馬なら、「こいつ、すごく気に食わないけど興味がある」みたいな人間を、舌なめずりをして観察して小説に書くのではないでしょうか。

重里◈石原は、さっきも触れたとおり、高度経済成長に向かう日本人のメンタリティーを見事に表現した作家です。司馬遼太郎もまた、高度成長期を代表する小説家の一人であることを誰しも疑わないでしょう。司馬が歴史上の人物から学んで描き出した精神性や現実感覚が、高度経済成長の一方のメンタリティーでしょう。同じ時代を象徴する二人が、これほど対極的で、しかも両方が当時の日本人の精神を体現しているということが、私には大変興味深いです。

助川◈冒頭でも触れましたが、井上靖は、敗戦によってそれまで抱いていた価値観が崩壊してニヒリズムに陥りました。一方、石原は、井上のような喪失体験なしに、最初から倫理も思想もない世界にいた。目に見えない価値を信じず、自分の感覚と自然だけを信じる石原を、井上は自分と同じニヒリストだと誤解して共鳴してしまった。でも、石原と同じ昭和ひとケタ生まれにも、開高健みたいにニヒリズムも抱えた作家もいました。

重里◈大江健三郎も、井上靖や開高健と通じるでしょう。「第三の新人」たちでも、背景に深いニヒリズムがあるのを感じます。石原だけが、無意味や無価値を生き生きと生きているのですね。ある意味では素朴で無邪気な虚無の塊です。

助川◈ですから、井上の誤解も当然という気もするんです。それだけ石原は新しい存在だったのでしょう。

重里◆でも、石原のような日本人は、高度経済成長期にはたくさん出てきたと思います。思想や価値は脇に置いて、欲望の充足を求める人間。この小説はその先駆けのような役割を果たしたのでしょう。

一方で、司馬遼太郎が表現したのは、欲望を充足させよう、生き延びようとする者たちが、どのようにうごめき、どのように争い、どのように組織をつくったのか、どのような精神性がそこにあったのか、その歴史を斜め上から俯瞰した風景だったのでしょう。高度経済成長期の人々は、石原の小説を読んで自分よりも欲望に徹底できる先駆的なリーダーを知り、司馬の小説を読んで自分たちの姿を少し高い場所から客観的に眺めようとしたのだと思います。

ここで、前項で取り上げた『蒼氓』に引っかけると、『太陽の季節』はけっこう似ているところがあるのではないでしょうか。価値観を掲げたりせず、人間の生態を生々しく書くようなところとか。

助川◆結局、どちらも自然主義的だということでしょうか。

重里◆続けて読んだせいでよけいにそう思うのかもしれませんが、芥川賞の第一回受賞作と芥川賞中興の祖が、こういうふうに共通点があるというのは新たな発見でした。どちらも大変わかりやすい作品。そのうえ、それぞれが書かれた時代の風俗が鮮明に描かれています。『蒼氓』では、戦前の貧しい移民。『太陽の季節』は、戦後十年を経た時期の金持ちの不良。

助川◆中村光夫が、「風俗小説と私小説は裏表である」という理論を掲げて、『風俗小説論』（河出書房、一九五〇年）を書きました。中村がいっていることはおそらく正鵠を射ています。村上龍の『限りなく透明に近いブルー』(「群像」一九七六年六月号、講談社)も、自然主義的な私小説であると同時に、風俗小説です。

重里◆やはり芥川賞隆盛のきっかけになった作品ですね。あの小説も、時代の風俗を群像で描いているうえ、そこに価値や倫理は見えにくい。フルートとか、高価な絵の具とか、青いガラス片とか、チラチラと見えはするのですが、あくまで破片か残滓で、世界を覆う全面的な価値とはならない。それで若者たちは無意味のなかでうごめいている。ある意味、三つの作品は似ているといえるかもしれません。芥川賞が好むタイプの小説といえるでしょうか。

それにしても『太陽の季節』が書かれた時代、「湘南で遊んでいる金持ちの不良」はそれなりの数いたはずなのに、石原だけが『太陽の季節』を書けた理由は何なのでしょう。

助川◆それは裕次郎がいたからかもしれません。私の知人に、石原慎太郎の湘南高校時代のクラスメートだった人がいます。その人によれば、高校時代の石原は「青白きインテリ」というタイプで、『太陽の季節』の主人公とは全く違っていたそうです。

これに対して裕次郎は、本物の不良だった。『太陽の季節』をはじめ、「湘南で遊んでいる金持ちの不良」の話を、慎太郎は裕次郎の体験をもとに書いたわけです。

重里◆三島由紀夫流にいえば、慎太郎が「認識者」で、裕次郎が「行動者」だったということでしょうか。

助川◆『豊饒の海』(新潮社、一九六九―七一年)の主人公二人組がリアルに生まれてしまったんですね。

重里◆石原慎太郎の魅力の秘密がよくわかりました。慎太郎の文章力と裕次郎の行動力。この両方がペアにならなければ、『太陽の季節』みたいな作品は生まれません。

3

遠藤周作『白い人』

第三十三回、一九五五年・上半期

◆あらすじ

フランス人の父とドイツ人の母をもつ主人公は、厳格なプロテスタント教育を受ける。その反動から「悪」と「加虐」に執着するようになり、フランスがナチスに占領された折には、自ら望んでゲシュタポに雇われた。反ナチ活動家の拷問にたずさわる彼の前に、かつて思想上の対立関係にあったカトリック聖職者ジャックが引き立てられてくる。

初出：「近代文學」一九五五年五―六月号、近代文學社

作品の背景

芥川賞選評で、舟橋聖一は「僕が彼に、一票を投じきれなかったのは、果して小説一本で行く人かどうかを疑ったからであった」と述べている。川端康成も、「これは考えられ作られた作品であって、日本では勿論材料も主題も特異であるけれども、同時に典型的でもある。批評的な図式の感じを十分抜け切らない」と指摘する。

こうした評には、遠藤がこの小説以前に、エッセーや論文を発表していたことも影響している（彼の初めての単著は、留学経験をつづった『フランスの大学生』〔早川書房、一九五三年〕である）。さらにこの小説自体、「何を問題にしているか」がはっきり見えすぎる。フランスとドイツ。プロテスタントとカトリック。「悪」に憑依された主人公はジャンセニズム（＝人間は自由意思によって信仰を選ぶことはできない、という思想）に魅

かれ、ナチスに加担する。「訴えたい要点」は、もっとさりげなく提示するほうが小説らしくなる——そう感じる読者は、少なくないだろう。

ドイツ・フランス両国の抗争の歴史。三十年以上にわたるユグノー戦争をはじめ、プロテスタントとカトリックの対立がフランスにもたらした厄災。そして、世界になぜ「悪」が存在するのかという、ヨーロッパの思想家を悩ませ続けてきた問い。それらを日本人は、断片的な知識としては頭に入れている。しかし、こうした葛藤がフランス人の生活に具体的にどう影響しているか、そこのところを実感としては理解していない。しかも、頭ではわかっているからこそ、わかっていないという事実自体、自覚されにくい。

遠藤は第二次世界大戦後、最初にフランスに派遣された留学生だった。日本人の、自覚されざるフランス理解の盲点——彼の地に身を置くことで、遠藤はそこに気づき、何とかして日本人の「蒙昧」を解消しようとした。その思いの切実さが、『白い人』の過剰なわかりやすさの背後にはある。

図式的ではあっても、魂がこもらない作り物ではない。この点を見逃すなら、本作を正確に捉えることはできないだろう。

（助川）

評論家の類型的な物語

助川幸逸郎◆今回は、遠藤周作の『白い人』にアプローチします。重里さんは常々、この作品を「通俗的」とおっしゃっています。

重里徹也◆「通俗的」というのはきつい言葉ですね。「観念的」とか「類型的」といったほうがいいでしょうか。

助川◆重里さんの持論として、根っこが評論家タイプの書き手は、純文学よりも通俗小説で成功しやすいというのがありますよね。

重里◆評論の能力がある人は、図式を作るのがうまいのです。対比の構図を作って、テーマの所在を明らかにしていく。それを深めていく形で小説を書くとなると、広い意味での知的なエンターテインメント小説に向いています。

助川◆書いている当人にも何が問題なのか、明確には意識できていない。でも、どうしてもこのイメージが気になって仕方がない――そういう感じで書くほうが、純文学としては心に刺さるものができるのかもしれません。

重里◆『白い人』はとにかく図式的で、ある種、問題の絵解きみたいになっている。信仰と悪徳とか、神と人間とか、ドイツとフランスとか。

助川◆主人公はフランスに住んでいますが、父はドイツ人で母はフランス人です。厳しいプロテスタントの教育を受けたのに、ジャンセニズムの影響を受けて正統的なキリスト教信仰に疑いを持つ。それで、ナチスドイツがフランスに侵攻してくると、ゲシュタポの手先になって仲間を裏切るわけです。よくできた構図ではありますが、確かに図式的すぎるともいえるでしょう。

遠藤周作と小川国夫

重里◈それは文体の問題でもあるのです。遠藤の文章は高橋和巳などとも共通点があります。世俗的に使われている概念語によって、図式を組み立てて問題を描こうとする。そして知的な物語に構成していく。彼らが大衆作家とか、直木賞的とか、通俗的とか、評されるのは、この文体のせいです。

遠藤を同じカトリック作家の小川国夫と比べればよくわかります。小川の小説では、文体そのものが神を模索しています。言葉が「意味」をまさぐっているのです。これが本物の純文学（時代の無意識を顕在化する文学）といえるでしょう。文体が「意味」をまさぐっているのは古井由吉もそうでしょう。多和田葉子も、彼女の文体自体が「自由」を求めて揺れ動いている。開高健は文体が「物語」を拒絶して、のたうち回っている。

助川◈小川の文章は、あえていうとダサイです。そのダサイところに、作者の身体レベルにまで通じる感覚がにじみ出ています。遠藤周作や高橋和巳の小説は、そういう身体感覚と切れています。そこが小説としての物足りなさに通じているということでしょうか。

重里◆身体感覚。なるほど。小川国夫の文体はまさに身体感覚と心の動きが一体になっていますね。それは志賀直哉にも通じます。

助川◆遠藤に話を戻すと、小説家になる前の段階では、遠藤は文学研究者だったのです。

重里◆初期の文筆活動は、研究論文や文芸評論が中心でした。

助川◆そういう「評論家としての頭のよさ」みたいなものが、『白い人』には、プラス・マイナス両方の面で表れている印象があります。

重里◆ただ、研究者、評論家に徹しきれない、非常に小説家的なテーマを遠藤は抱えていたのでしょう。「キリスト教の神とは何か」という問題を、自分の内面の問題として考えたい。そういう欲求が当初からあったと思うのです。だとすると、客観的に対象を分析しているだけでは答えは探せません。遠藤なりに、小説というジャンルで勝負する必然性はあったのだと思います。

ところが、キリスト教の神について小説で知的に問おうとするときに、日本を舞台にするとなかなかうまく状況が設定できません。逆にヨーロッパを舞台にすると、明確な図式が描ける。

助川◆日本は八百万の神がいる国なので、一神教の信仰をめぐる問題が根づいていないということでしょうか。

重里◆そうです。だから遠藤は、ヨーロッパを舞台に『白い人』を書かざるをえなかった。一方、小川国夫はオートバイに乗ってイタリアやギリシャを旅し続けた。二人の文体の違いは、二人のヨーロッパとの接し方の違いでもあるのでしょう。

高度経済成長期の日本人

重里◆ところで、遠藤をめぐっては奇妙なことが起こります。戦後しばらくたつと、日本人のなかには遠藤に近づいていった人が少なくなかった。状況が高度経済成長期を境に反転していった面があるのです。つまり、一神教の信仰をもとに築かれたヨーロッパ文明のほうが、八百万神を崇めたてまつる土着の伝統よりも、ある種の日本人にとっては思い入れがしやすくなった。この変化が、遠藤のその後の文筆家としての歩みや受容のされ方に大きく影響している気がします。

助川◆いまのお話をうかがっていて頭に浮かんだのは、一九六〇年代のフランス思想がどのように輸入されたかという問題です。五〇年代から六〇年代にかけて、マルキ・ド・サドやジャン・ジュネなんかに触れながら、「悪」を論じる言説がフランスでは盛んでした。ジョルジュ・バタイユとかジャック・ラカンとか。

重里◆『白い人』からは、遠藤も身をもってその雰囲気を体験していた印象を受けます。

助川◆ええ、私もそう思います。それで、こうした「悪」を論じる言説が何を問題にしていたかというと、功利主義的な「善」への批判です。あるいは、「生存」とか「快感」とかいった、形而下的なものを重んじる人々への異議申し立て。

重里◆石原慎太郎の『太陽の季節』（「文學界」一九五五年七月号、文藝春秋新社）では、形而下的というか、即物的な快楽が礼賛されていました。石原の徳とするものに、バタイユとかラカンは疑いを差し向けていたわけですね？

助川◆そういうことになります。では、どうしてこんなふうに「悪」が語られたのか。一口にいえば、ブルジョア的価値観を転倒させる根拠として、「悪」の意味や魅力が持ち出されていたとする見方が有力です。一九六八年を頂点とする反体制運動。「悪」にまつわる言説は、その理論的支柱になっていたのです。

一方、日本では、バタイユとかラカンによる「悪」の言説は、一九八〇年代に受容され始めました。好景気に沸き、「これからは思想とか道徳を棄てて、快楽だけを追求しよう」とみんなが考えていた時代です。

重里◆その頃の日本人は、いわば「石原化」していた（笑）。

助川◆そのせいで「悪」の思想が、「石原化」する根拠として広まってしまったわけです。「善」を顧みず、トコトン動物的快楽を欲する——そういう姿勢をラカンやバタイユは後押ししていると、多くの日本人は思ってしまったのですね。

重里◆もともとは「石原的なもの」を批判する思想が、「石原的なもの」の守護神になった。

助川◆私はそう見ています。

重里◆ねじれがどこまであったかはともかく、少なくとも自分たちの頭のなかでは、西洋文明を消化できるような気がしてきたというのが、高度経済成長期以後の多数の日本人の実感なのでしょう。

助川◆遠藤が留学したのは敗戦後まもない頃で、対外的な日本のイメージがよくない時期でした。日本兵による捕虜の虐待とかが、戦後のヨーロッパでは問題にされていました。

当時の日本は経済的にも復興していなくて、アニメも漫画もまだ輸出に堪えるほど発展していません。日本に対するシンパシーを、周りに全く持ってもらえない。そういう状態で、キリスト教の「神」というヨーロッパ文明の根幹をなす問題と遠藤は対峙した。このときどれほど孤独を感じたか、容易に想像がつきます。「自分の問題は、日本人にもフランス人にもわかってもらえない」という意識を抱えて、遠藤は帰国したことでしょう。

そこで、少しでもそれをわかってもらおうとして、一生懸命わかりやすい構図の小説を書いた。そうしたら、いつの間にか多くの日本の読者から迎えられるようになってしまった。

重里◈ベストセラー作家、遠藤の背景ですね。

そこで思い浮かぶのが、遠藤の代表作ともいえる『沈黙』（新潮社、一九六六年）です。この作品の主人公は、日本人ではなく、ポルトガル人の宣教師です。極東の未知の国にキリスト教の布教にやってきた主人公が、いろいろな体験をする冒険譚というのが、全編の基本構造になっています。面白いことに、私たちが『沈黙』を読むとき、みんな主人公である宣教師の視点に同化して読むんですね。江戸時代の日本人ではなく。

助川◈その話、高度経済成長期以後に私たちの意識がどのように変わったのかを象徴していますね。

そういえば、一九九〇年代の初めぐらいに、誰かがこんなことを書いていました。その人が、東京・田園調布を歩いていたら、向こうからスケートボードに乗った日本人の若者がやってきて、ぶつかりそうになった。その後スケボーの青年は、「ジャップ！」と、その人を罵倒して去ったというのです。

日本人が日本人に向かって「ジャップ！」というのは、本当におかしな話です。でも、田園調布でスケボーに乗っている青年は、欧米人の仲間だと自らを見なしていたのでしょう。そして、軽蔑すべきダサイおじさん・おばさんは「日本の土民」である、と。

そういう感覚は最近、ローカルアイドルとかご当地アニメとかが注目されるようになって、薄れてきたように思います。けれども、一九八〇年代から九〇年代にかけては、自分を「名誉白人」だと考える日本人が大勢いたことは確かです。

重里◆いまも「日本が嫌いで仕方がない人」は、たくさんいるでしょう。

助川◆でも、それは一部の中高年インテリの話。若者は「ウチらには日本全体を動かす力はない。身近な人間関係のなかでうまくやれていればいい」みたいな感じになっています。この状況を私は、「江戸時代化」と呼んでいます。江戸時代の庶民って、天皇陛下や将軍様に支配されているという意識はないんです。天皇や将軍に直接会う機会って、ほとんどありませんから。庶民が実感できる「いちばんえらい人」は殿様。あるいは庄屋様。だから、「お前はどこに所属する人間だ？」といわれると、「日本人」ではなく、「どこそこ藩」か「何々村」になるわけです。現代の若者の感覚も、それに近いものがあるように思います。

新海誠監督の『天気の子』(二〇一九年）もそういう気分のなかで作られています。自分の好きな女の子と、その弟と、自分を雇ってくれている編集プロダクションの社長と、そしてその社長の姪御さん——『天気の子』の主人公は、基本的にこの四人と幸せにやっていくことしか考えていません。仲間と幸福にやっていけるなら、東京が水没し、日本というシステムが異常をきたしても関知しない。主人公のそういう「わがままな感覚」に、私は妙なリアリティを感じました。だから、『天気の子』は個人的にも好きな作品です。

重里◈乱暴に牽強付会をすると、一神教的な世界に行き詰まりを感じて、多神教的な世界を見直したいという一九九〇年代以降の日本人の心性の変化がそこにはあるように思いますね。

遠藤周作と「柄谷行人的なもの」

助川◈しかし、一九八〇年代から九〇年代にかけては、欧米目線で日本を批判する言論があふれていました。柄谷行人をはじめ、村上龍とか楊木野衣とかが書いたその類いの文章を、私もけっこう真剣に読んでいました。

重里◈昭和天皇が亡くなったとき、皇居に向かって土下座をする人々が大勢いました。浅田彰がそれを評して、自分はこんな「土民」の国に住んでいるのか、といったようなことを言っていたのを記憶しています。

助川◈その浅田が柄谷と組んで、一九九〇年代にやっていた「批評空間」(太田出版)という雑誌は、その種の言説のオンパレードでした。それが受け入れられたのは、「土着の部分」を切り捨てて「欧米」に同化したいという、当時の大衆の感情に合致していたからでしょう。

重里◈大衆なのかな。知的エリート層といった印象を持ちますが。あるいは、「自称知的エリート」と呼べばいいいか(笑)。一方で、「土着の部分」を切り捨てようとしても、べったりと結び付いた要素が誰のなかにもあるわけでしょう。そして、そのことをみんな薄々わかっている。

助川◆それはそのとおりですね。柄谷のお父さんは、工務店の経営者です。柄谷は甲陽学院高校から東京大学に行ったエリート中のエリート。けれども、そういう選ばれた道を歩む経済的基盤は、土着の構造と密接に結び付いた事業によって作られたわけです。

重里◆柄谷の批評に、そこの部分は反映されているのでしょうか。

助川◆いいえ。それを書かないことが柄谷の弱さなのかもしれません。

ここで思い出したのですが、確かある批評家が、柄谷行人の『探究』（講談社、『1』一九八六年、『2』一九八九年）を評して「柄谷行人は遠藤周作と変わらないじゃないか」と言っていました。

重里◆鋭いですね。今日の話がつながりました。私は柄谷的なものに違和感がありました。そういう私にとって共感できる言論人といえば、吉本隆明でした。

助川◆私も吉本隆明のことはずっと尊敬していました。吉本はたとえば、『遺書』（角川春樹事務所、一九九八年）のなかで、中上健次について、「知識とは何だということをよく知っていて、それを否定する問題意識は十分あったのに知識へのこだわりが残って、中上さんを大成させなかった」と述べています。これに続けて、「僕は、中上さんが死ぬ前に、頭のいいやつと付き合うな、小説が下手になるぞとよくいった」ともいっていて、この「頭のいいやつ」って明らかに柄谷とか浅田を想定していますよね（笑）。土着の生活実感から遊離した「知」の危うさを、吉本はこんなふうにずっと指摘し続けていて、柄谷も本音の部分では、吉本と同じことを感じていたはずです。柄谷が吉本を激しく攻撃するのを、「前世代のエースを乗り越えるには、こうするしかないのだろう」と思って眺めていました。

重里◆柄谷が二〇〇〇年代初めに社会運動をしたときに、私は「こんなことをやっている連中よりも保守系の地方議員のほうがマシだ」と思ったのを覚えています。

助川◆柄谷は、先に言ったとおり、自分の土着の部分を直接は書いていません。ただ、同じ「工務店の息子」の中上健次とずっとつるんでいたのは、そういう形で彼なりに「土着」を引き受けていたようにも思えます。

重里◆吉本が日本の近代で特別に重要視していた三人を知っていますか？　西郷隆盛、乃木希典、田中角栄です。いずれもアジア的な土壌に根づいていたということでしょう。

助川◆先ほど、小川国夫と遠藤周作の文体の話が出ました。小川は、西郷隆盛なんかが根を下ろしていた「アジア的なもの」とつながったまま西洋の神と対峙した。対する遠藤は、小川のような神との向き合い方を、当事者の立場からは描かなかった。遠藤がそのようにしか西洋と関われなかったのは、彼の留学体験がそれだけキツイものだったせいでしょう。しかし戦後の日本人は、遠藤のような屈曲もなしに、自分たちの「内なるアジア」から目を背けた。そうした構えに最も適合した思想家が、柄谷行人だったということになるでしょうか。

重里◆遠藤は後年、アジアと正面から向き合おうとしていますね。

助川◆バブル崩壊直後の最晩年に、インドを舞台にした『深い河』（講談社、一九九三年）という長篇を書いています。日本の伝統からも根こぎになり、西洋にも同化できず、一方で経済的な発展にも限界が見えてきた――そういう隘路に陥った日本人が歩むべき新しい道を、懸命に模索している作品として私は読みました。

重里◆それも含めて、遠藤の仕事は、戦後日本社会のありようや日本人の心の動きとつながっている。それがよくわかりました。

4

多和田葉子『犬婿入り』

第百八回、一九九二年・下半期

◆あらすじ

北村みつこは、多摩川べりの住宅地で学習塾を開いている。きわどい内容の「人間の女と犬が交わる民話」を生徒の前で平然と話す変わり者だった。そんな彼女のもとに、「太郎」と名乗るたくましい体つきの青年が転がり込む。太郎は清潔好きで、家事全般を完璧にこなし、日に何度も、みつこの体を舐め回しながら性交しようとする。みつこの塾生の母親が、太郎は夫の元部下で、突然失踪した飯沼だと言いだし、飯沼の妻・良子がみつこの家に乗り込んでくる。良子の言動もまた、太郎に劣らず不可解だった。いっとき太郎に心を奪われていたみつこだが、仲間はずれにされている扶希子という生徒が気になりはじめる。ある日突然、太郎はみつこの家を去る。このとき同行していた「太郎の恋人らしき男性」は扶希子の父親だった。そしてみつこも塾を閉め、扶希子を連れて街を出る。

初出:「群像」一九九二年十二月号、講談社

作品の背景

郊外の住宅地では、この作品が書かれた約三十年後のいまも高度経済成長期に生まれた性愛観が支配的だ——女性は、ホワイト・カラーの男性と結婚し、専業主婦になるべきであるというような。この基準からの解放を、ユーモアたっぷりの筆致で謳い上げた。『犬婿入り』の概略をそんなふうにまとめても、的を外したことにならないだろう。

それにしても、「いつわりのない自由な性」を一方で象徴する太郎は、なぜ「犬」なのか。宮崎駿『もののけ姫』(一九九七年)のヒロイン・サンは山犬に守られ、高橋留美子『犬夜叉』(「週刊少年サンデー」一九九六年五十号―二〇〇八年二十九号、小学館)では人間の少女かごめが、犬と人間の間に生まれた犬夜叉とともに四魂の玉を追う。純文学では、思いを寄せる女性陶芸家の飼い犬になるため、人間の女がオスの仔犬に変身する松浦理英子『犬身』(朝日新聞社、二〇〇七年)もある。

女性が自らの意志でその身を何かに委ねるとき、多くの場合、その何かは犬になる。猫も犬と同様、古くからペットとして親しまれてきた。だが、『猫夜叉』や『猫身』ではまるで違う話になりそうだ。

藤原道長にかけられた呪いをいち早く犬が感知し、この高名な飼い主を救った話が『宇治拾遺物語』に見える。前近代の日本には、「犬神」などの「おどろおどろしい犬」もいた。それでも、「人間を守ってくれる存在」というイメージを、私たちが犬に対して持ち続けてきたのは確かだろう。『八犬伝』で伏姫の騎士となる八人も、猫では据わりが悪かったにちがいない。

(助川)

根拠にしない「郊外」

助川幸逸郎◆今回、取り上げるのは、多和田葉子の『犬婿入り』です。この作品については以前、重里さんと少しお話しした記憶があります。そのとき、舞台になっている町がどこなのか、議論になりました。結論は、溝の口、でしたっけ？

重里徹也◆東京の西の郊外なのは間違いないでしょう。多摩川沿いの住宅地ですね。

助川◆「〈日本橋から八里〉と刻まれた道標の立っているあたりは、小さな宿場町として栄えたこともある」という叙述が出てきます。東海道で日本橋から八里、というと保土ケ谷なんです。多摩川をはるかに越えてます。一説によると、甲州街道沿いの宿場町をこの作品は舞台にしていて、おそらく府中あたりが想定されているとの見方もあります。いずれにせよ、どこで起こった話なのかを、決定的に示す記述はありません。

重里◆どこかが特定できない書き方をしているということでしょうか。「ある郊外」を描くことで、「郊外一般」に通底する場所を設定しようとしたのかもしれません。いきなり乱暴なことをいうと、東京の中心部以外は、日本中に「郊外」が広がっているといえないわけではないでしょう。『犬婿入り』は一九九二年の作品です。当時、島田雅彦が盛んに「郊外」という言葉を自分の立ち位置として語っていた記憶があります。

助川◆実際、『彼岸先生』（福武書店、一九九二年）とか、「郊外」を中心的なテーマにした小説を、あの頃の島田は発表していました。

重里◆中上健次は、紀州新宮の被差別地域である「路地」を舞台に小説を書き続けた。大江健三郎が書くものには、四国の山奥の村が繰り返し表れます。そういう「創造の根拠」になるような土地と島田は無縁だった。そこで「郊外」を持ち出したように思います。

助川◆でも、「郊外」っていわれて思い浮かぶのは、たとえば団地です。高度経済成長期以降に人工的に開発された風景。その土地固有の歴史とのつながりは絶たれてしまっている。そういう「根なし草性」が「郊外」の特質だとすると、「路地」や「四国の山奥の村」の代わりにはならないはずです。

重里◆根拠がないのが「郊外」なのに、島田は「郊外」を根拠にしてしまうという転倒を演じてしまった。「ポストモダン青年」としてデビューして、根拠を持たないことが島田の売りでした。しかし、それを演じ続けるのにも限界があった。そうなったときに、根拠にならないものを根拠にするという矛盾を犯してしまった。これが島田の悲劇です。

助川◆島田の「郊外」ものは、いまとなってはあまり読まれていません。

重里◆その点、多和田は「郊外」を描いても、「根拠地」にはしていません。彼女は絶えず移動している。本物のポストモダン文学というのは、多和田の小説のようなものなのでしょう。

絶えず移動を続ける文学

助川◆『犬婿入り』の登場人物たちも、最後にはみんなどこかへ行ってしまいますからね。そういえば、重里さんが絶賛していた『容疑者の夜行列車』（青土社、二〇〇二年）も、どんどん移動していく話です。

重里◆どうにかして、『容疑者の夜行列車』を文庫にできないものでしょうか（笑）。

ここで、大切なことがあります。多和田にとって「移動」というのは、単なる「逃避」みたいな、ネガティブなものではないのです。逆に何かを求道的に探していく営みのように見えます。求心的な「移動」なのです。それでは、多和田の登場人物たちは、究極的には何を目指しているのか。私はそれを、「自由」という言葉で表現したいと考えています。

助川◆『犬婿入り』で、主人公の塾の先生が男と仲良くなります。でも、いつまでも一緒にいるわけではなく、やれるだけのことをやったら別々の相手と、別々の場所に移動する。

重里◆どんなにうまくいっているチームでも、やるべきことをやったらいったん解散したほうがいい、とよく言われます。ビジネス上のプロジェクトを立ち上げる場合も、音楽でユニットを組む場合も。

助川◆しかし実際は、なかなかそう潔く解散できない（笑）。多和田の登場人物たちは、例外的な存在です。

重里◆「現状を放棄する」「やってきたことを終える」というのは、しばしば諦めとか、挫折とか、消極的なものと結び付きます。ところが多和田の世界では、新しい可能性を追いかけるために変化や移動がある。そこが多和田文学の、類いまれな魅力であり、特長といえるのではないでしょうか。

助川◆無意味な繰り返しをダラダラ続けるよりも、新天地を求める。そういう精神が、多和田にはあるのでしょう。

重里◆この小説の文体も、「多和田ならでは」という感じがします。センテンス（一文）が長く、揺らめきながら言葉が連なる。これと表面的に似た文体で書く作家は、いないわけではありません。ただ、ほとんどの作家は、ちゃかしたり、斜に構えたり、はずしたり、脱臼させたり。いってみれば、逃げを打とう、韜晦しよう、転戦しようとするときに、この種の書き方をします。

多和田のロング・センテンスは、全くそれと違っている。何かを求め、まさぐるからこそ一文が長くなるという印象です。そこに多和田の決して詩に収斂しない、散文の魂みたいなものを私は感じます。

助川◆この『犬婿入り』は、フォークロアっぽいところもある怪異譚です。しばしば指摘されるとおり、上田秋成の『雨月物語』（一七七六年）なんかを彷彿させる部分があります。

重里◆なるほど。現代の作家たちは上田秋成を好みますね。村上春樹にも秋成の影は落ちている。

助川◆じゃあ、そういう近世小説のオマージュみたいな作風でずっと書いていくのかと思うと、次の作品では別の方法、別の文体を選択するわけです。どんどん書き方を変えていって、読者に尻尾をつかませない。

しばらく前まで、私はそこに不信感を持っていました。頭のいい秀才作家が、いろんな技法を器用に使いこなしているだけ。作品から、実存の核みたいなものは感じられない――そんなふうに多和田を見ていたのです。

最近になって、自分の捉え方は間違っていたと思うようになりました。一つの核みたいなものにとどまらず、どんどん変わっていく。それこそが多和田が強いられている実存のあり方だと気づいたのです。自分の生理みたいなものと結び付いた言葉にとどまれないところに、多和田の生理は表れている。

ドイツとロシアを往復

重里◆当初は多和田のすごみがわからず、突然、雷に打たれたように多和田の輝きが実感できたというのは、私も全くそうです。最初は私が苦手なタイプの、知性をひけらかす作家だと勘違いしていました。「語学が得意な、器用で頭のいい作家」だと思っていたのです。

ところが全然、違った。そんな形容にとどまらない、「文学でしかできない挑戦をし続けている不屈の魂」というか。そういう特権的な作家ですね。何だか、形容が陳腐で申し訳ないですが(笑)。私はそのことに、仲間と読書会をやっていて、何かの啓示のように、一瞬にして気づくことができました。

自分をどんどん前向きに変えていく作家なのだと思います。そういう多和田に私は、世界というか、社会というか、そういうものに対する肯定的な姿勢があるのを感じます。

興味深いのは、多和田の出身高校は都立の立川高校なのです。当時、立川高校には第二外国語があって、多和田はドイツ語を選択していたと年譜などには書かれています。それなのに、早稲田大学ではロシア文学を専攻し、卒業するとまたドイツ語に戻り、ドイツに留学する。ドイツとロシアを行ったり来たりしているところが、実に不思議で、魅力的で、多和田らしいといえないでしょうか。

社会に対して肯定的な部分、社会について、人生について、人間について、共同体について、前向きに考えを深めていこうとする姿勢は、ロシア文学の影響かもしれないと私は思っています。そこにドイツ的なものが重なって、多和田のかけがえのない独自性が生まれる背景になった。前回話題にした遠藤周作とは、明らかに異質の作家です。

助川◆その「遠藤との違い」という部分を、もう少し説明してください。

重里◆遠藤周作はフランス文学を専攻しました。フランス人の観念的な神の捉え方に違和感を覚えながら、日本の土着の伝統にも根を下ろせない。日本・フランスどちらの側にも確かな足場を持てないというのが、遠藤の終生のテーマでした。

それに比べると多和田は、地に足がついている。自分の身体で社会と接し、人間について考えている印象を持ちます。自分の血を通わせるように、言語と徹底的に関わっているからでしょうか。

助川◆ロシア文学は、土着の伝統を常に問題にしていくようなところがあります。一方ドイツ文学には、「それなりに安定した生活が、思わぬきっかけで揺るがされる」みたいな作品が多いです。

この二つが融合すると、多和田のような世界が生まれるということでしょうか。

重里◆推測を交えるとそういうことになるでしょうか。多和田のロシアとドイツという問題は、じっくりと取り組みたいですね。

もう一つ興味深いのは、多和田は一九六〇年生まれ。私よりも三つ下です。私たちの世代は、上は全共闘世代、下は新人類世代という特徴的な二つの世代にサンドイッチにされています。

全共闘世代は、学生運動をやって既成の枠組みを打ち破り、社会人になってからは日本の高度経済成長を支えた。新人類はバブル期の消費文化を存分に楽しみ、何もかも消費の対象にして、社会も共同体も解体していくのを促した。

私たちの世代は、全共闘世代ほどには声高に自分を主張しない。バブル世代のように消費に埋没もできない。そういう世代の肉声を多和田は代弁してくれている気がするのです。派手さはないが、地に足をつけて、つまらないことに惑わされずに、世の中と何とか肯定的に向き合っていこうとしている。

「偶然」と「移動」

重里◆ドストエフスキーの小説には、しばしば「偶然」が描かれます。その「偶然」は、プロットを都合よく展開させるために設定されているのではない。人生について深く考えさせる契機としての「偶然」です。

『罪と罰』で、ラスコーリニコフが老婆を殺しにいったとき、どうして老婆の妹がその場にいたのか。これは「偶然」です。しかし、この「偶然」によって、私たちは生きていることのままならなさを思い知らされる。これは亀山郁夫先生から教えられたことです。

ドストエフスキーの描くそうした「偶然」は、現代の若者にも訴える力を持っているはずです。そして、ドストエフスキーの「偶然」は、多和田の「移動」とつながっているような気がしてなりません。多和田の「移動」は、生そのものの生々しい感触を伴っているように思うのです。

助川◈多和田のデビュー作は『かかとを失くして』です。その文庫版のあとがきに、彼女はこう書いています。「「国外に出た人間は、自分の根《ルーツ》っこを失ってしまった可哀想な存在だ」などと考えたことは一度もない。むしろ、つまさきで立って高い塀の向こうを覗く時や、軽やかに立ち位置を変えている最中《さなか》、かかとは地についていない方がいいと思ったことさえある」（『かかとを失くして／三人関係／文字移植』〔講談社文芸文庫〕、講談社、二〇一四年、二二二ページ）。これは、「私は「移動」する存在だ」という宣言です。一方ドストエフスキーは、ロシアの大地にかかとをつけろ、と主張する作家とはいえませんか？

重里◈かかとが大地についていないのは、ラスコーリニコフも同じです。国外に出る体験は、かかとを奪うのではなく、かかとがないことを露呈させるのだと私は思います。ラスコーリニコフだって、老婆だけでなく、老婆の妹も殺すはめに陥るのは、かかとがないからです。そしてドストエフスキーは、「かかとのない自分」から目を背けるな、と言っているのではないでしょうか。

助川◈『かかとを失くして』の主人公は、人造のかかとをつける手術を拒みます。ドストエフスキーは、軽率な西洋近代の受容は、借り物のかかとを移植するようものだと言いたかったのかもしれません。

重里◆それにしても、少し前の若者よりも、現代の大学生のほうが、いまのような話にリアリティを感じるように見えます。これはどうしてでしょう？

助川◆バブルの頃は、若者が贅沢をして、消費文化を引っ張っていました。そのせいで、「自分には世の中を動かす力がある」という「自己重要感」を持つこともできた。現代の大学生に、そんな「自己重要感」はありません。自分が世の中を変えられるとはみじんも思っていないのです。だから、主体的に動いて何かが起こるよりも、事件の渦に受け身的に巻き込まれるほうが、日頃の実感に近いのでしょう。

重里◆辻村深月の小説に印象的な言葉がありました。現代の若者は自己肯定感は低いが自己愛は強い、というものです。言い得て妙だと思いました。自信がないから、新しいことを始める勇気をなかなか持てない。一方で自己愛が強いので、傷つくのをいやがる。根拠のないプライドを持っていて、自分が汚れるのを嫌う。

助川◆石川達三の項でお話ししたことを繰り返すと、いまの若者は貧困に苦しんでいても、ブラジルに行ったりはしないのです。いまいる環境を自分の力で変えるとか、そこから脱出するとかいう発想が持てない。

重里◆多和田の登場人物たちは、自分に高い価値を見いだしているかどうか疑問です。しかし、彼らはそれでも移動していくのです。

助川◆自己肯定感は低くても、自己愛も希薄なのかもしれません。だから、「この場を離脱しないと生き延びられない」と感じると、次の居場所を求めてすぐさま動きだす。

なぜ、郊外を描いて成功したのか

重里◆島田雅彦が「郊外」の文学を書くことに失敗した、という話が冒頭で出ました。その点、この『犬婿入り』は、島田ができなかったことをやった作品ともいえるわけです。土着と新興住宅地が水と油みたいになっている。お互いを理解しているようで全くわかりあっていない住民たち。「郊外」が見事に描かれています。

島田にできなかったことがどうして多和田にはできたのか。ここまでお話しして、わかった気がします。島田には「自己重要感」があって、それを捨てきれなかった。だから「郊外」という「無根拠な空間」の実態に迫れなかった。一方、多和田は、「自己重要感」が希薄だから、「郊外」のリアルを写し取れた。

助川◆「自己重要感」はなくても「自己愛」を捨てれば、より自由になれる場所を探しに旅立つことができる——多和田の文学は、非常に今日的なメッセージを発信しているのかもしれません。

重里◆それが、こんなに私たちの心に響く理由でしょう。

助川◆大江や中上のように〈書く根拠〉を持たない自分が、小説家をやっていいのか——。島田がやろうとしたことを極限まで突き詰めていくと、この問いにぶつかります。島田自身は、これに正面から向き合うのを避けた。多和田は向き合って、「根拠がなければ、探して動きまわればいい」という結論を出した。

私自身、自分が文学と関わる必然があるのかどうか、この年になっても日々疑っています。それでいて、島田じゃないですが、この疑念から目を背けて生活しています。ですから今日、こうやってお話しして、多和田に勇気づけられたような気になりました。

5

森敦『月山』

第七十回、一九七三年・下半期

◆あらすじ

「わたし」は、月山の山ふところにある破れ寺にやってくる。住持もいない、老爺一人が番をするその寺で、「わたし」は冬を越すことにする。寺は雪に閉ざされ、「わたし」は寒さしのぎに過去帳の紙を使って蚊帳を作り寝床を囲む。寺の周囲に住む人々は、密造酒を醸していることもあり、よそものの「わたし」を警戒していたが、次第に心を許すようになる。そして彼らが寺に集まった晩、魅力的な若い後家が「わたし」の蚊帳のなかで眠り込んだ。「わたし」は誘われているのを感じたものの、女に触れることなくその場をやりすごす。破れ寺にも遅い春がおとずれ、「わたし」は迎えに現れた友人とともに山を下る。

初出：「季刊藝術」一九七三年夏号、季刊藝術出版

作品の背景

「わたし」がどういう事情から月山で冬を越す決断をしたのか、作中にはほとんど示されない。

ただ、「わたし」が何らかの挫折感を抱えているのはまちがいない。この作品が発表された一九七〇年代前半には、学生運動の急速な退潮があり、政治的な挫折意識を持つ人間が多くいた。「わたし」はそういう潮流にマッチしたキャラクターだったといえる。

批評家の江藤淳は、『月山』が小林秀雄の初期小説と類似していて、森敦の文学が「ある一点で昭和初年の時代精神に根ざしていることは、ほぼ確実と思われる」(「毎日新聞」一九七四年二月二十五日付夕刊)と文芸時評で述べた。森は一九三四年にいったん文壇に出るが、長きにわたって沈黙。六〇年代後半から文業を再開し、『月山』で当時の最高齢で芥川賞を受けて話題になった。森が最初に世に出た三四年も、共産主義者が大弾圧を受け、社会変革の希望がしぼんでいった時代にあたる。デビューも再浮上も、人々が政治参加に行き詰まり、内向きになっていくなかでおこなわれた。この点に、森の作家的個性を解き明かす鍵がおそらくひそんでいる。

一九七〇年代には、政治的な共同性構築の失敗を古俗を現代流によみがえらせることで補う試みが、小説作品のなかで繰り返された。『月山』は、古井由吉の『聖――ひじり』(新潮社、一九七六年)や中上健次の『枯木灘』(河出書房新社、一九七七年)などとともにこの系譜に連なる。これらの作品を理論的に用意したのが、おそらく吉本隆明の『共同幻想論』(河出書房新社、一九六八年)だろう。そして、『共同幻想論』の子や孫はその後アニメ・漫画の領域で主に繁殖し、現在それを代表しているのが新海誠作品だと私は考えている。

(助川)

脱臼される異郷訪問譚

助川幸逸郎◆今回は森敦の『月山』です。

重里徹也◆黒田夏子に破られましたが、長らく「芥川賞最年長受賞」でした。

助川◆この小説は、話型的にいえば異郷訪問譚ですよね。

重里◆典型的な異郷訪問譚の型をしています。おとぎ話でいえば浦島太郎とか。川端康成の『雪国』（創元社、一九三七年）も異郷訪問譚です。他にも無数にあります。

助川◆異郷訪問譚では、主人公が異郷にいる誰かと密接な関係になるのが通例です。

重里◆浦島太郎は乙姫さまと仲良くなる。『雪国』の島村は芸者の駒子と男女の間柄になる。

助川◆『月山』の主人公は、雪深い山里の寺で一冬を過ごします。このとき、自分の寝室のなかに、古文書を貼り合わせて覆いを作るのです。この覆いは、折口信夫が「大嘗祭の本義」という論文などで書いている「天皇が即位式の時に、先代の天皇の霊を宿らせるために伏す真床襲衾」を連想させます。そして、寺で村人の集まりがあった夜にこの寝床に入り込んできたのが、土地で最も魅力的な若い女性。

重里◆その女性と関係を持てば、典型的な異郷訪問譚が成立します。

助川◆ところが主人公は、それをスルーするのです。乙姫さまに誘惑されたのに、チャンスをみすみす棒に振る（笑）。

重里◈それで、次に彼女が寺にやってきたときに、寝床のなかで期待して待っている。ところが、今度は肩透かしを食らわされます。

それから、この作品の舞台である山村には、雪がたくさん降るのです。この環境に逆らって、降り積もる雪をよけて、庭づくりをする男が出てきます。

助川◈とても印象に残る人物です。その男が、飼っている牛を助けるために、危険な峠越えを試みます。一般的な物語のパターンなら、この人は悲劇的な最期を遂げるか、牛を助けて称賛されるかでしょう。それなのに死ぬわけでも、英雄になるわけでもなく、命は助かるけれどもやる気を失って廃人みたいになる。あらゆる「物語の典型的パターン」が、この作品では脱臼させられているのです。

重里◈この作品で、月山は物語を支える基盤（磁場）としてあるのだろうと、読者は期待します。主人公はどうやら、再生の決意を抱いて、月山のふもとの山村にこもるわけですから。

助川◈ところが、そんな期待は完全に裏切られます。月山はむしろ、物語を包み込んで無化する存在として描かれている気がします。

重里◈異郷訪問譚とか、英雄的な冒険物語とか。そういう「典型的な物語」の不発を、月山が招き寄せているということでしょうか。

助川◈虚構作品での「山」は、父性原理というか、「乗り越えるべき壁」の象徴みたいな役割をしばしば担わされます。この小説の月山には、その種のわかりやすい役割はありません。

重里◈かといって、母性的な癒やしをもたらすわけでもないのですね。ただ、小説の冒頭で月山は、

「死者の世界」として紹介されています。

助川◆「この山に近づいたら、何かが起こる」という期待を読者に持たせるのですが、結局、最後まで何も起こらない……。

一九七〇年代における土俗の意味

重里◆文庫版（『月山・鳥海山』〔文春文庫〕、文藝春秋、一九七九年）の解説は小島信夫が書いていて、『櫓山節考』（深沢七郎、「中央公論」一九五六年十一月号、中央公論社）とこの小説を比較しています。確かに『月山』も『櫓山節考』も、どちらも日本に伝統的な土俗の世界を描いている。ですが、『櫓山節考』は「土俗の世界はこんなにすごい力を秘めているのだぞ」という小説、『月山』は「土俗と出合ったけれど何も起こらなかった」という小説です。

助川◆『櫓山節考』は一九五六年の作品、『月山』は七三年に発表されています。

重里◆高度経済成長期には、岡本太郎とか土方巽とか、さまざまなジャンルの芸術家が「近代化路線からこぼれおちる土俗的なものをよりどころに、時代を批判する」という運動を展開していました。『櫓山節考』が評価されたのも共通した文脈からのように思います。

助川◆「弥生人が作った現在の日本を、縄文的なものの力で撃つ」みたいなことが言われていましたよね。いまにして思えば、三島由紀夫の「天皇」も、その種の「土俗的なもの」のバリエーションだったのかもしれません。

重里◆三島の「天皇」ですか。面白い指摘ですね。ただ、すごく「人工的な土俗」のような気がしますが。一九七〇年代になると、高度経済成長も終わるし、反体制運動も、気が抜けたように沈静化する。「土俗的なもの」に体制を覆す力があるという信条も色あせてくるのではないでしょうか。そういう時代状況を、『月山』はつかまえているともいえるでしょうか。

助川◆「土俗的なものは残っているけど、無力」というのは、一九七〇年代以来、ずっと続いている問題です。地方に住む古株の自民党支持者から、「いまさら他の政党は応援できないけど、自民党も昔の自民党ではなくなってしまった」という嘆きをしばしば聞かされます。いまの保守政治家はみんな二世や三世で、子どものときから都会で暮らし、地元の人間とのつながりも薄い。

重里◆田中角栄がいまだに懐かしがられるのも、日本人土着の心性に訴える政治家が減ってしまったせいでしょう。土着的なものは消えてはいないのに、それを国や社会のあり方につなげていく回路がない。土俗は登場するのに何ものも生み出さない『月山』は、現代日本のローカルな世界の縮図です。

中上健次のいら立ち

助川◆唐突に聞こえるかもしれませんが、『月山』で森敦が見事に達成したことを、中上健次は『地の果て 至上の時』(新潮社、一九八三年)でやろうとして、失敗したのではないか、という気が私はしています。

重里◆そろそろ中上の話をするのだろうな、と思っていました（笑）。

助川◆「物語を生み出しそうなのに、生み出さない」という点で、月山という山と、『地の果て 至上の時』の浜村龍造は共通します。秋幸は、実父である龍造を殺して乗り越えようとするのですが、龍造は秋幸をソフトに包み込み、息子の敵意を受け流す。「父殺し」のストーリーが成り立たないので秋幸はいら立ちます。

重里◆『地の果て 至上の時』は、『岬』（「文學界」一九七五年十月号、文藝春秋）、『枯木灘』と三部作になっていて、シリーズ最初の『岬』が書かれたのは一九七五年です。『月山』と同じ時代状況を、中上が描こうとした可能性はあると思います。『地の果て』を書いた後の中上の軌跡を見ても、彼が「物語の解体」という問題と向き合っていたのは明らかでしょう。

助川◆ところが、『地の果て 至上の時』の中上は、「最後まで何も起こらない状況」を目指したはずなのに、浜村龍造を自殺させてしまった。『月山』でいえば、月山が崖崩れを起こしたようなものです。これでは、確かに何かが起こってしまっているわけで、『月山』に比べると『地の果て 至上の時』は、完成度の点で弱いといわざるをえません。

重里◆中上は、自分が生まれ育った土地を舞台に、自分の血縁をモデルにして『地の果て 至上の時』を書いています。森敦にとって、あるいは『月山』の主人公にとって、山形の山村とそこに住む人々は別世界で暮らす他者であって、そういうものではありません。その距離感の違いが、「何も起こらない話」を書けるかどうかを分けたのではないでしょうか。

助川◆「何も起こらない話」を淡々と書くには、中上は対象に対する愛憎が強すぎたのですね。そうといえば、古井由吉が『聖』を書いたのも一九七六年でした。『聖』は、地方都市周縁部の農家にたまたまやってきた男が、「サエモンヒジリ」という「かつては村にいた死体運び屋」を演じさせられる話です。私が見るところ、この作品も「土俗的なものは残っているけれど、かつての力はない」という状況を土台としています。

森敦は、「孤高の作家」みたいに語られるのが一般的です。しかし『月山』を詳細に検討してみると、明らかに高度経済成長が終わろうとする時代の刻印がうがたれています。

成長しない主人公

重里◆ところで、異郷訪問譚としてよく学生に例示するのは、夏目漱石『坊っちゃん』(「ホトトギス」第九巻第七号、ホトトギス社、一九〇六年)と宮崎駿のアニメ『千と千尋の神隠し』(二〇〇一年)です。『坊っちゃん』は、世間知らずの主人公が、四国に行って世間というものを学んで戻ってくる。『千と千尋の神隠し』は二重の異郷訪問譚になっていて、甘ったれだった千尋が、両親を助けるために労働の意味を知り、ハクを助けるために自ら主体的に行動する喜びを学ぶというストーリーです。

助川◆どちらの物語でも、主人公は成長を遂げていますね。それなのに『月山』の主人公は、これといって変貌することなく異郷を去る。

重里◆冬が終わって、主人公のところに友達がやってきて「一緒に戻ろう」と誘います。すると、あっさり主人公は一緒に帰る決心をしてしまう。あの終わり方はどう思われますか？　芥川賞の選評では批判的な選考委員もいたようですが。

助川◆私は、とてもいいと思います。その友達がまた、金もうけばかりを考える俗物で。そういうヤツと連れ立って異郷を出ていく点が、「全く精神的成長につながらない異郷訪問譚」という印象を決定的にしています。あの終わり方こそこの作品にふさわしいのでは、というのが私の実感です。もはや何が成長なのかわからない時代がきた。この小説は、それを訴えているのではないでしょうか。

重里◆でも、『月山』よりももっと新しい『千と千尋の神隠し』では、成長がきっちり描かれていますね？

助川◆正確にいうと、高度経済成長が終わった後、「女の子の成長は語れても、男の子の成長は語れない」という状況になったのです。宮崎アニメでも、『魔女の宅急便』（一九八九年）など、女の子の成長を描いたものはいくつもありますが、たとえば『風立ちぬ』（二〇一三年）の主人公なんか、ずっと飛行機おたくのままで成長しません。

重里◆女性の社会進出は、高度経済成長後に進みました。だから「これからの女性が目指すべき姿」は、一九七〇年代以降にもリアリティを失っていなかった。しかし男性は、六〇年代までのロールモデルがなくなった後、それに代わる「理想の自分」を発見できなかった。三島由紀夫がいう、「豊かだけれど腑抜けて退屈な社会」がポスト高度経済成長期に到来しました。このとき、アイデンティティーをより強烈に奪われてしまったのは、男性のほうだったわけですね。

助川◆しばらく前に「ポスト高度経済成長期に書かれた〈男性の成長物語〉」を探したのですが、リアリティがある傑作は、私が無知なせいか見つかりませんでした。一見、成長物語のようでも、『ドラゴンボール』（鳥山明、「週刊少年ジャンプ」一九八四年五十一号—九五年二十五号、集英社）の悟空みたいに、精神は成長しないままスペックだけ上がっていくケースが多いのです。

じっくり煮込んだ大根のような文章

重里◆ところで、『月山』は文体も独特ですね。「ですます」調です。

助川◆この文体は、作品の内容ととても合っていると思います。

重里◆今回、出典を確認できなかったのですが、あるいはテレビで語っていたのかもしれないですが、安岡章太郎が「おでんでいうと、味のよくしみた大根のような文体」と語っていたのを記憶しています。安岡らしい比喩で印象的でした。言い得て妙でしょう。

助川◆ポスト高度経済成長期の「根無し草みたいになった日本」を、安岡がしっかり理解していたのは間違いありません。だから、『月山』の真価も見抜けたのだと思います。

重里◆『月山』の文体は、まさにじっくり煮込んだ大根のように、軟らかいのだけれど歯ごたえがある。豊かな味わいがある。

助川◆アイロニーをほとんど漂わせずに、淡々と「何も起らない異郷訪問譚」を語っているところがすばらしいです。

重里◆わざとらしさが少ない文章ですね。才気走ったことを書きたくなる題材ですが。

助川◆たとえば、冬が明けて、秋にやってきたとおぼしきカメムシを主人公が見つける場面があります。カメムシは鉢の上までもがきながら這い上がり、やっと鉢の縁まで登ったところで羽根を出して飛んでいく。飛べるんなら、わざわざ苦労して這い上がったのはなぜかと主人公は思い、「自分のやってることは鉢を登るカメムシと同じ徒労だ」と感じる。ここでアイロニーが前面に出てしまうと、ただの自意識過剰の近代知識人の話になってしまいます。そういうものを感じさせず、静かに徒労感が語られるから、「何も起こらない不毛な状況」が読者に伝わるのです。

重里◆寝床の周りに張り巡らせていた覆いを、春がきてからチェックしてみたら、うっすら汚れていた、という描写もありました。

助川◆あの覆いは、話型的にはかなり重要なアイテムです。浦島太郎の玉手箱クラス。それが汚れていたというのを当たり前のように書くことで、かえって「物語の不可能性」を鮮明に浮かび上がらせている。見事な手腕だと思います。

「玉手箱が腐ってる！」と大声で騒ぎ立てるよりも、「玉手箱、腐ってる……」とぼそっとつぶやくほうが、状況のどうしようもなさが強調されます。いまさら騒いでもどうしようもない、諦めるしかない、という(笑)。

重里◆高度経済成長が終わって、一九八〇年代はバブルに沸きましたが、その後の三十年、目指す方向を見失って日本は停滞を続けています。いま、『月山』を読むと、五十年後にこの国がこうなるというところまで予見していたような気さえしてきます。

助川◆それでも私たちは、いつしか与えられた状況に慣れて、どうにか生き延びてしまう。

日本近代における養蚕

重里◆そういう空虚な明るさが、この小説にはあります。もう一つ、『月山』を読んで感じるのは、日本近代における養蚕の重要性です。

助川◆覆いに囲まれた部屋で寝るときに、主人公が蚕の繭を連想するのですね。繭にこもったら、その後成虫になるはずなのに、蚕は繭のまま煮られるから大人になることがない。「成長をもたらさない異郷訪問譚」を象徴するイメージです。

重里◆養蚕についていまひとつわかってなかったのですが、ある文学賞に関係して毎年のように白河市（福島県）に行くと、酒を飲む機会などに、米作や果物の栽培とともに、よく養蚕の話をうかがうようになりました。

「子どもの頃、家でいちばんいい部屋で蚕が飼われていた。夜、蚕が桑を食べる音を聞きながら眠りについた。蚕が元気だと思うと安心してよく眠れた」という話をしばしば聞きました。日本で養蚕がいかに生活に根づいていたかを実感する話題でした。

助川◆一昨年（二〇一八年）、諏訪大社に行っておみくじを引いたのです。そうしたら「待ち人」とか「金運」とかと並んで「養蚕」という項目がありました。昔から同じおみくじを使っているのでしょうが、養蚕はそれほど土地の人にとって大事な産業だったのです。

重里◆突然に話題が飛躍しますが、村上春樹の『1Q84』（全三巻、新潮社、二〇〇九―一〇年）に「空気さなぎ」というのが出てきます。村上は、近代日本における養蚕の重要さを踏まえて、あれを登場させたのではないでしょうか。

助川◆村上は「日本の文化伝統と断絶した作家」として論じられるケースが多いのですが……。

重里◆私の考えでは真逆です。森敦も村上春樹も、日本の大衆の生活実感をよく理解して、小説に登場させるイメージを構築している。だから、あれだけの説得力を作品に持たせられるのでしょう。

6

又吉直樹『火花』

第百五十三回、二〇一五年・上半期

◆あらすじ

主人公は売れない漫才師の徳永。小説は彼の一人称「僕」で語られる。「僕」は営業先の熱海で、天才肌だが奇抜で常識の枠に収まらない先輩芸人の神谷に弟子になることを志願する。神谷は自分の伝記を書くことを条件に承諾する。以後、二人は私生活でも一緒に過ごす時間が増えていく。神谷がともに生活している女性と別れるエピソードなども交えながら、二人は笑いをめぐって対話を続ける。やがて、徳永の相方が漫才をやめることになり、徳永も舞台から去ることにする。神谷は借金を重ねていると聞かされる。一年ぶりに神谷から連絡があったので会うと、笑いをとるために豊胸手術をしていた。

初出：「文學界」二〇一五年二月号、文藝春秋

作品の背景

人気芸人が純文学雑誌に小説を書いたということで、発表してすぐに話題になり、掲載誌の「文學界」も単行本も、驚くほどに売れた。芥川賞候補になるかどうか注目されたが、「あの質の高さからいって候補にせざるをえないでしょう」という編集者が多かった。私もそう思っていた。いわゆる「イロモノ」扱いをするのはフェアではない。作者の属性を超えて、作品の力で候補になり、受賞に至ったものだ。

この作品の魅力は真正面から、人間とは何か、という問いに取り組んだ点にある。笑いという視点がこのテーマにとても実効している。この作品を推した選考委員の宮

本輝は作品に「純でひたむきなもの」を感じたとし、同じく小川洋子は主人公を「他人を無条件に丸ごと肯定できる」と評し、「彼だからこそ、天才気取りの詐欺師的理屈屋、神谷の存在をここまで深く掘り下げられたのだろう」と指摘している。宮本、小川の二人が称賛しているのは興味深い。二人とも、人間とはどういう存在かを物語のなかで探求し続けてきた作家だからだ。この二人の小説に人気があるのはそれが理由だ。

小説の全体は対話で進められていく。その中身は楽しい。読んでいて、懐かしいような思いにかられる。文学の流行から少しはずれて、愚直に人生や人間について考える態度といえばいいか。あれこれと話題が広がる。けれども、机上の空論にはならない。地べたの生活感に裏づけされている。

小川がいうとおり、神谷はインチキくさい。「僕」は泥くさい。インチキと泥が絡み合って、奥行きが深くなっていくといえばいいか。又吉はこの後、『劇場』（新潮社、二〇一七年）、『人間』（毎日新聞出版、二〇一九年）と小説を発表していて、この態度を維持しながら、作品世界を広げている。新作が発表されたら、すぐに読みたい現役作家の一人である。

（重里）

柄のいい小説家

助川幸逸郎◆今回は又吉直樹の『火花』です。重里さんは、又吉を非常に買っておられますよね。

重里徹也◆以前、助川さんが「又吉の小説は、なぜか〈許せる〉という気持ちにさせられる」とおっしゃっていました。よくわかります。結構に多少の隙があったとしても、好感を持って読み通せてしまう不思議な魅力があります。柄がいいというか、小説の格が高いというか。それは、いまの時代に多くの人間が考えなければならない問題を真正面から、じっくりと捉えているからではないかと思うのです。作品の完成度をいたずらに追うのではなく、自分のテーマにしっかりと取り組んでいるからだと思います。文学の初心があるように感じるわけです。

助川◆この『火花』の場合もそうですけど、又吉が描く女性って、めちゃくちゃ「都合のいい女」ですよね。

重里◆確かに。そこを批判されることもありますね。

助川◆こういう女性キャラを、「女はかくあるのが普通」とか「女はかくあらねばならぬ」みたいな感じで男性作家が語ったら、女性読者は怒ると思うんです。でも又吉はあくまで、「こういう女性がいてほしいなあ」という「男の夢」としてそれを語る。だから、女性が読んでも「こんなに都合のいい女はいるはずないけど、こういう人がいてほしいって男が憧れるのはわかる」みたいな気になり、それこそ許せてしまう（笑）。

重里◆又吉は、自分の作品について書かれた批評をよく読んでいるのではないでしょうか。自分が描く女性像に対する批判も承知していると思います。それでも三作続けて、同じようなヒロインを出してくるわけですから、これは確信があってのことでしょう。フェミニズムを無視できなくなっている時代に、あえてこだわっているようにうかがえます。

助川◆小説技術的にいうと、「常人からはうかがい知れないものを抱えたエキセントリックな先輩」の人間像を、「エキセントリックなものに憧れてはいるが、常識の枠を脱しきれない語り手」が語るという構造になっています。これは、わりによくあるパターンだし、成功しやすい手ではあります。

たとえば太宰の『人間失格』（筑摩書房、一九四八年）は、エキセントリックな人間の精神状態を、当人の視点を通して万人に伝わるように書いています。こちらのほうが『火花』よりも用いられている手法は高度です。

そういう意味では、あくまでプロの一流作家というレベルに照らしての話ですが、『火花』はそんなにうまい小説とは思えません。けれども私は、「うまい小説が読者を喜ばせたり、感動させたりするとはかぎらない」ということを、又吉の小説を読むと考えさせられるのです。

「神様」という言葉をめぐって

重里◆でも又吉は、太宰の影響は間違いなく深く受けていますね。私が気になったのは、この作品では「神」という言葉がよく出てくることです。物語がかなり進んだところで、語り手と先輩である神谷が、笑いについて議論する場面があります。神谷は「神様という言葉を使うな」って言うのです。神様なんてお前、信じていないのだから、そんな言葉は口にしてはいかんって語り手の主人公を叱っているように読める。この場面がとても鮮やかに印象に残りました。

つまり、神谷は漫才を「ファンタジー」にしたくないと主張するのですね。お前は何でも理屈っぽく考えて「ファンタジー」にしてしまう、出来事をありのままに受け止めて、「事件」として、あるいは「異物」としてお笑いを作れ。神谷はそう説いているように思います。

「神」という言葉に反応すれば、そこに太宰治の影響を感じます。それは太宰経由でドストエフスキーの影響を受けているのかもしれません。モノローグではなくダイアローグ的に小説が進むのも、ドストエフスキー的ですね。

「神」という言葉を途中で「ファンタジー」に言い換えて、現代の日本人にも咀嚼しやすくしています。ちょっとそこのところを読んでみますね。「徳永」とは主人公の語り手です。

徳永、俺が言うたことが現実的じゃなかったら、いつも、お前は自分の想像力で補って成立させようとするやろ。それは、お前の才能でもあるんやけど、それやとファンタジーになってもうて、綺麗になり過ぎてまうねん。俺が変なこと言うても、お前は、それを変なことやと思うな。全て現実やねん。楓に色を塗るのは、片方の靴下に穴が開いたままの、前歯が一本欠けたおっちゃんや。娘が吹奏楽の強い私立に行きたい言うから、汗水垂らして働いてるけど、娘からは臭いと毛嫌いされてるおっちゃんやねん。

〔又吉直樹『火花』〔文春文庫〕、文藝春秋、二〇一七年、一一六ページ〕

助川◆神谷の思想がよく出ている場面ですね。しかし、日本の近代小説に「神」が出てくるとドストエフスキーの影響を考えるのが「常識」みたいなところはありますが、又吉の場合、「太宰経由のドストエフスキー」というところがポイントなのですね。

重里◆引用した部分の少し前のところで、この楓の葉を一枚だけ紅葉させなかったのは、新米の神様が塗り残したものだ、といったようなことを語り手が言っています。神谷の「お前は何でもファンタジーにする」という言葉は、語り手の発言に対する神谷の痛烈な批判なのです。これは作家〔又吉〕が相当「神」についてこだわっていないと出てこないセリフだろうと思います。太宰の直接の影響なのか、太宰経由でドストエフスキーを受容しているのか。どちらかなのでは〔あるいは、どちらもでは〕ないかと思います。

この奇矯な先輩の名前が「神谷」というのも、どこかで「神」の問題を意識してのネーミングかもしれません。あまり作中人物の名前を詮索するのは、私の趣味ではないのですが。

異様な個性よりも洗練の時代

助川◆私の知り合いに、お笑いに詳しい青年がいます。彼に言わせると、『火花』に描かれたお笑いの状況は少し古いのだそうです。いまのお笑いは、いろんな技術が高度に突き詰められていて、高い水準でそれぞれの芸人の実力が均衡している。それだけに、傑出したカリスマが現れにくい。神谷みたいなエキセントリックな人間には居場所がなくて、全方位的にさまざまな能力を身に付けないと生き延びられない。それだけに手詰まりというか、どちらの方向を目指せばいいか、芸人たちにとって見えにくくなっているようです。

重里◈私なりによくわかります。昨年（二〇一九年）のM－1の決勝に残った三組（ミルクボーイ、かまいたち、ぺこぱ）はみんな面白かったし、それなりに新しさを感じさせた。「異様な個性」というより、洗練されたものを感じました。横山やすしや坂田利夫が出にくい状況なのかもしれません。

神谷は、「非日常」を志向するというか、観客を日常から逸脱させて笑いをとろうとする芸人です。日常の延長上に思い描かれる補助線のような「夢の世界」のことは、「ファンタジー」と呼んで否定する。彼は「不条理」を日常のなかに投げ込み、日常を崩壊させる。そこに神谷の面白さと、なかなか大勢に受け入れられない理由があるように思います。

そう思うと、この小説は現代の生きづらさを映し出しているともいえるのでしょう。人々は本当は不条理に直面しながら生きているのに、自己防衛のために、それをファンタジー（物語）にして耐えている。「神様」を持ち出すと、それが見えにくくなる。

助川◈私はこの『火花』を、ものすごく正統的な芸術家小説だと思って読みました。

お笑いをやったり、芸術をやったりする人間は、みんな自分のなかのエキセントリックな部分に突き動かされていると思うんです。でも、そのエキセントリックなところをそのまま表現したのでは、誰にも理解されない。
　そもそも言葉が通じるのは、その言葉をみんなが知っているからです。音楽だって、音階は既存のものですし、聴き手に蓄積された過去の音楽体験に訴えるから、自分の曲に感動してもらえる。文学にしろ音楽にしろ、ある程度「手垢のついた部分」とつながらないかぎり、表現したものをわかってもらうことはできません。
重里◆一方で、「手垢のついていない部分」だけでやっていきたいと考えている芸人やクリエイターもいるのでしょう。
助川◆売れている芸人やクリエイターは、「手垢のついた部分」につながる面とそうでない部分を打ち出すことの折り合いが、何とかついているんだと思います。でも、そうやって売れた人たちでさえ、「自分が本当にやりたかったのはこれだったのか？」という疑いを捨てきれないのではないでしょうか。
重里◆この小説の神谷は、その両面の折り合いが全くついていませんね。ひたすらエキセントリックな方向だけに突出していく。
助川◆又吉自身は、芸人としても作家としても評価されているわけですから、両面をしっかり視野に入れているんだと思います。そのうえで、神谷みたいにエキセントリックに徹する人間へのあこがれを捨てきれない。
重里◆又吉は、おそらく語り手と神谷の両側に引き裂かれているのでしょうね。だからこの小説を書いた。

助川◆ちょっとでもクリエイティブなことにたずさわっている人間なら、又吉の「股裂き状態」は他人事ではないでしょう。この小説が多くの読者に好感を持って迎えられた理由は、そのあたりにあると私は考えます。

重里◆そして、職業的にクリエイティブなことをやっているというわけではない人にも、又吉の「股裂き」は共感できるのではないでしょうか。

たとえば、人間関係のなかでどこまで自分を押し通すか、本音を正直に口にすることは許されるのか。そういう悩みは、誰もが抱えているはずです。神谷のように何もかも自分をさらけ出す人間に、「自分はあんなふうにできない」という反発とともに、「あんなふうに生きたら、どんな具合だろう」と羨望を抱く。これは、決して特定のタイプにだけ起こる感情の動きではない気がします。

仕事の現場でも、しばしば直面しますね。ちゃぶ台ひっくり返したろか、と内心は思いながらも、笑顔で上司や取り引き相手の言うことにうなずく。もちろん、その後で友人と居酒屋に行ったら、こんな仕事辞めたるわ、とクダを巻くのですが(笑)。

吉祥寺という街

重里◆それから、話は変わりますが、助川さんは吉祥寺という街についてどのように感じていらっしゃいますか？　吉祥寺って、アンケートなどで「住みたい街・ナンバーワン」に選ばれたりしますけど、それはどうしてなのでしょうか。こんなことをいうのも、この『火花』という小説は、実に生き生きと吉祥寺を描いていると感じたからです。

助川◆すごく図式化していうと、まず中央線文化というのがあります。関東大震災（一九二三年）後の新興住宅地で、昭和の新興作家が何人もこの沿線に住んでいました。

重里◆荻窪にいた井伏鱒二、三鷹に住んでいた太宰治。

助川◆あと、地下鉄の東西線ができて中央線と相互乗り入れするようになると、早稲田大学とか明治大学とか共立女子大学とかに、中央線の沿線の駅から直通で行けるようになります。このせいで中央線沿線の文化に、「昭和レトロな住宅街」というレイヤーに加えて「学生文化の街」という層が上書きされます。

重里◆東京女子大も西荻窪と吉祥寺の間ですね。

助川◆さらに、吉祥寺は井の頭線の沿線でもあるので、下北沢の小劇場文化や、渋谷のストリートファッションやサブカルの影響も流れ込んできます。

昭和レトロな住宅街、学生文化の街、下北沢につながる街、渋谷に影響される街——吉祥寺という街は、ざっくりいえばこの四層構造でできています。

重里◆なるほど。又吉は、二作目では下北沢を舞台にし、三作目に出てくるのは上野です。うまく場所を選んでいる感じです（笑）。でも、この『火花』の吉祥寺が、又吉にとっていちばん相性がいい場所なのではないかという印象を受けました。

助川◆吉祥寺というのは、先ほども言いましたが、戦前から現代にかけての文化が多層的に折り重なっているところです。おしゃれで意識高そうなカフェや趣味のいい骨董品屋があったりする一方で、戦後の闇市そのままという感じのアーケード街が駅前に残っていたりする。大島弓子をはじめ多くの漫画家が居を構えていて、それに引かれて吉祥寺に住む人もいるようです。『火花』の二人組の「エキセントリックさへのあこがれ」と、「それに徹して突きぬけきれない小市民性」。この両面を包み込める街といったら、東京では吉祥寺がいちばんなのかもしれません。

重里◆吉祥寺を歩いていると、すごくファッショナブルなカップルも見かけますが、ジャージに下駄履きみたいな男性に出くわしたりもしますからね。それから、吉祥寺という街にとっては、井の頭公園の存在も大きいと思います。この小説でも、あのちょっと雑然とした、でも木々と池が楽しめる公園の雰囲気をうまく使っていますね。

この二人組は、夢はあるものの金はない。しかも地方出身者です。住民のキャラクターが均一化された懐の狭い街に暮らしたら、居心地が悪くて仕方ないでしょう。

助川◆私は学生時代、演技を勉強する塾に通っていました。そこの先生が「俺の若い頃は食べるものにも事欠くほど金がなかった。でもなぜか飲む金だけはあって、毎晩、仲間と一緒に酒場に繰り出してた。あの金はどうやって捻出してたんだろう?」と言っていました。『火花』の二人組も、本当に金がないくせによく飲みにいっていますよね。この感じは、吉祥寺が舞台でないとリアリティが出ないと思います。信じられないような値段で飲める店が吉祥寺にはありますから(笑)。

重里◆深夜、あるいは夜明け間近にうろつくのにも似合う街ですね。眠くなれば、公園で休めばいいわけだし。

◆コラム

芥川賞と三島賞、野間文芸新人賞

助川幸逸郎

芥川賞は、一定の期間に公表された若手・新人の小説を審査し、最優秀作を選ぶ賞である。芥川賞と同じ方式をとる著名な文学賞としては、芥川賞の他に、三島由紀夫賞と野間文芸新人賞がある。

三島賞は新潮社が運営していて、その歴史は一九八八年に始まる。芥川賞と異なり、雑誌掲載作品に加え、単行本も選考対象となる。歴代受賞作の顔ぶれを見ると、芥川賞との差別化を図る運営側の意志が見え隠れする。かつては批評作品が受賞するケースがあったのも、芥川賞に対抗する意識があったからだろうか。八〇年代後半から九〇年代前半にかけて、批評の地位が異常に高まった時期があり、三島賞はおそらくその機運に乗ろうとしていた。ただしこの「批評ブーム」は九〇年代半ばに鎮静化、批評作品が三島賞を受けるケースも九七年を最後に絶えている。大岡玲を皮切りに近年の宇佐見りんまで、芥川賞とダブル受賞する作家もいる一方、舞城王太郎や古川日出男といった「純文学の畑の外から現れた書き手」を三島賞は積極的に評価する。個人的には、二〇一六年の蓮實重彥の受賞が忘れられない。蓮實は、フランス文学者・映画評論家として名声を博し、年齢も八十歳に達していた。にもかかわらず三島賞を受け、しかも受賞会見で「選ばれたのは迷惑」などと爆弾発言を繰り返した。

講談社が運営する野間文芸新人賞の設立は一九七九年。三島賞同様、雑誌掲載作品だけでなく、単行本も対象となる。芥川賞と比較しても、オーソドックスな選考をおこない、「そのとき応援すべき作家」に賞を与えている印象が強い（たとえば、芥川賞を受けられなかった村上春樹も、『羊をめぐる冒険』〔講談社、一九八二年〕で野間文芸新人賞を獲得している）。この賞の受賞者で個人的に心に残っているのは、九一年に戴冠した笙野頼子。八一年にデビューした笙野は、いっとき伸び悩みぎみだった。彼女が筆を折らず、かけがえのない作品を九〇年代以降に残せたのは、野間文芸新人賞受賞に励まされた面もあったのではないか。

三島賞が「文壇」の内外を画する線を問い直し、野間文芸新人賞が「文壇」内部で期待されている若手を救う。この二つの賞は、それぞれの形で新人発掘をおこなってきた。「文壇」と一般社会の架け橋となる使命を芥川賞がまっとうするうえで、「選考方法は同じだが、コンセプトが違う」ライバルたちの存在は非常に大きい。

7

吉行淳之介『驟雨』

第三十一回、一九五四年・上半期

◆あらすじ

主人公の山村英夫は大学を卒業して三年目。汽船会社に勤めている。彼は「気に入る」と「愛する」は別のことだと考える。「愛する」とは自分の分身を一つ持つことで、わずらわしいことだと思うのだ。それで心によろいを着けて娼婦の街に通うのだが、道子という女性と出会い、「気に入る」だけでなく、徐々に心が傾いていく。そんな彼に対して、道子は次に会うまで「操を守る」（オルガスムスにならないようにする）と言う。

多数の客の相手をしている道子のもとに通ううちに、山村には嫉妬の感情がわき始める。ある日、道子に先客があったため、簡易食堂風の店で時間をつぶすことにする。酒を飲みながら、カニの脚をとって杉箸で肉をほじくり出しているうちに、感情が高まって箸を折ってしまう。ギリギリのところで恋愛と買春のはざまを探求した小説になっている。

初出：「文學界」一九五四年二月号、文藝春秋新社

作品の背景

吉行淳之介は性を通じて生のあり方を追求する作家だ。その達成は、戦後の日本文学のなかでも独自な位置を占めるものだろう。私は抜群に魅力的で優れたものだと考える。ただ、こういう言い方を吉行は好まなかったかもしれない。もっとなにげない言い方を好む作家だっただろう。

「國文學 解釈と教材の研究」一九七二年四月号（學燈社）が吉行の特集をしたときに「生と性の極北」というタイトルを付したが、なるほどと思ったものだ。凡百の知識人が自由だの平等だの平和だのといった荒っぽい議論をしていたときに、吉行は気張らず、威張らず、しなやかに性と生の探求者として作品を書き続けた。作家のあり方として鮮やかな姿だったと思う。代表作は『暗室』（講談社、一九七〇年）、『砂の上の植物群』（文藝春秋新社、一九六四年）あたりだろうか。

吉行にとっては芥川賞の候補になるのは『原色の街』（一九五一年・下半期）、『谷間』（一九五二年・上半期）、『ある脱出』（一九五二年・下半期）に続いて四回目。選評を読むと、過去三作を合わせての論功といった意味合いもあったようだ。いまとなっては不思議な現象にも見えるが、吉行の真価がなかなか理解されなかったのか、吉行が自身の才能を評価される形にすることに手間取ったのか。

村上春樹の『若い読者のための短編小説案内』（文藝春秋、一九九七年）で、優れた吉行論を読むことができる。吉行の魅力について、よく都会的とか洗練性とかいわれるけれど、むしろ「往々にしてごつごつしていて、ぎこちなく、場合によっては下手くそでさえある」（村上はけなしていっているのではない）と指摘している。村上にそういう印象を与える理由も、私は吉行の求道性にあるのではないかと考えている。

（重里）

性愛で自由を問う

助川幸逸郎◆重里さんは『驟雨』を高く評価されています。この作品の魅力は重里さんから見て、どういう点にあるのでしょうか。

重里徹也◆主人公が性愛に自分の心と身体を開いて、自分を実験台にして性愛とは何か、人間とは何かを探っている。そういう小説だと思います。

助川◆具体的に、たとえばどういうところですか？　恋愛心理みたいなものがどういうふうに移っていくかを、自分を実験台にしてやっているっていう感じですかね。

重里◆恋愛といっても、ロマンチックなものではなくて、人間の「骨」というか、「はらわた」というか、「生き物としての根っこ」というか、本質をえぐり出すような恋愛ですね。そして、人間関係というのは一体、どういうものなのかを探っているように思います。とても面白いと思ったのは、自由の問題です。人間は本当に自由を求めているのだろうか、という問題です。それが問われている。

助川◆この作品を論じる際にあんまり「自由」は問題にならないと思うのですが……。少し説明してください。

重里◆主人公は自身をとても自由な人間だと思っている。ところが、娼婦の家に通ううちに、自由でなくなってくる。道子という特定の娼婦にとらわれていく。人間という存在が自由を求めるものなのか、不自由を求めるものなのか、それがギリギリのところで探られている、そんなふうに思ったのです。そこが私はとても面白いと思いました。私たちにとっても、きわめて切実なテーマだと思います。

助川◆私は大学生のときに、年上の女性を好きになったことがあります。『驟雨』を読んで、そのときの心理をありありと思い出しました。

ものすごく魅力的な人だったのですが、それまで自分がこういうタイプが好きだって思っていたのとは全然違う人だったんですね。普通に恋愛してるんだったら、たとえ片思いでも「ああ、自分はものすごい恋をしてるんだ」という感じで、自分の状況を受け入れることができます。でも、これまでの恋愛とはパターンが違うのに、その人に夢中になってしまっている場合、自分で自分をどう扱っていいのかわからない。そのときの何ともいえず苦しい感情が、この小説を読みながら鮮明によみがえってきました。

重里◆つらいのだけれど、一方で「つらい」とはいえない感覚もあるのではないでしょうか。恋愛にまとわりつく物語というか、ロマンティシズムみたいなものを剝ぎ取って、なお残るものがあるのだろうか。あるとしたら、それは何か。そこを問いかけている小説に読めました。

助川◆ジャン＝ポール・サルトルが「人間は自由の刑に処されている」というふうに言っています。実は人間が自分を自由だって感じるのは、うまく枠にはまっているときなのかもしれません。

私は恋愛をしている。私は会社のために一生懸命働いている。そういう「わかりやすく名づけられる状況」を選んで、そこに身を投じているときに、人間は「なんて自分らしいんだ」と感じて

「自由」を自覚するのだと思います。

反対に、いままで体験したことがない状況に置かれ、自分だけの判断でどこかに行かなければならない場合、人間は、自分の感情に名をつけられなくなり、苦しむのではないでしょうか。

この小説を読みながら、そんなことを考えさせられました。人間性の深淵に光を当てた作品であることはまちがいありません。

重里◆日本の戦後文学、現代文学では、通奏低音のように自由の問題が問われ続けているように思います。自由とは何なのか。自由とはどれぐらいの価値があるものなのか。自分は、日本人は、人間というものは、本当に自由を求めているのだろうか。そういう問いが一貫して流れているように感じます。その結晶のような小説の一つが『驟雨』ですね。

刻印された戦争体験

重里◆もう一つ、見逃せないと思ったのは、この作品は一九五四年、敗戦から九年後の作品なのです。なぜ主人公がこういう心持ちになっているのか、そこのところも、この「敗戦から九年後」という時代が背景になっているのだろうと感じました。

助川◆それはまちがいなく正鵠を射た見方だろうと感じます。吉行淳之介は一九二四年生まれで、私の父と同い年なんですよ。

重里◆吉本隆明も一九二四年ですね。三島由紀夫も一つ下ですから、同世代です。

助川◈この世代は、戦争で仲間をたくさん亡くしています。敗戦を機に、それまで疑うことさえ許されなかった価値観が転倒するのも体験した。そのため壮絶なニヒリズムを抱え込まざるをえなかった。

私の父も、戦後の混乱期に、闇市でヤクザと無謀なけんかをしたりしていたようです。そのときの心の根底に、もう仲間もみんな死んでしまったし、日本もひっくり返ってしまったんだから、けんかして死んだとしてもそれまでだ、みたいな気分があったと言っていました。戦後しばらくの間は、そうした虚無的な思いを払拭しきれなかったみたいです。

重里◈戦争を体験したことに由来するニヒリズムは、まちがいなく吉行にもあるし、吉本にもあったと思います。

助川◈『驟雨』の主人公は、名づけえない感情にあえてのめり込んでいく。その背後にも、戦争を経験したゆえの「自己破壊的な構え」みたいなものがある気がします。

それから、この小説が書かれた一九五四年は、高度経済成長を支えた五五年体制成立前夜です。よく知られているとおり、ファースト・ゴジラ〔映画『ゴジラ』〔監督：本多猪四郎〕。よく「ゴジラ1954」と呼ばれる〕もこの年に公開されています。ファースト・ゴジラは、ゴジラと芹沢博士という「戦争の亡霊」が心中することで、戦争の呪縛から日本人が解放されるという作品です。世の中全体が、戦後の混乱から脱却して繁栄に向かおうとしているときに、吉行はその流れに同化できない思いをこの小説に託したのでしょう。

重里◈一九五四年の『ゴジラ』は何度も観ました。ある種の三角関係を描いている。戦争のために片目を失った芹沢が、自分が開発した薬物を使ってゴジラと心中する。残された若い男女が、これから「平和で明るい戦後社会」を謳歌するのを予感させる。吉行には、そういうものに合流するのが、恥ずかしいというか、後ろめたいというか、バカらしいというか、空虚だというか、そういう心情があったのでしょうね。

ところで興味深いのは、三島はこの年に『潮騒』（新潮社）を発表していますね。

助川◆時代の荒廃を大前提として、そういう混乱状況を遮断した人工楽園を構築してみせた。そのことによって、逆説的に現状の混迷を読者に知らしめようとした。それが『潮騒』のたくらみだったというのが私の解釈です。しばしば指摘されるように、三島の文体や人物設定には「つくりものくささ」が拭いがたく漂います。その「つくりものくささ」は、『潮騒』みたいな「あえて時代をネグレクトした作品」を書くときにはプラスにはたらいたのではないでしょうか。

これに対して吉行は、『驟雨』のなかで赤線地帯を「滅びゆく習俗」として描いています。この「滅びゆくもの」に固執するところに、吉行の精神のありようを私は感じます。戦後の荒廃は癒やされつつある。でも、俺はそう簡単に癒やされたくない。そうした意地を、『驟雨』の吉行には感じるのです。

重里◆ただ、内面はどうあれ、本人の意志に反してか、吉行も戦後を生きていくわけですね。そして時代は高度経済成長を加速していく。石原慎太郎の『太陽の季節』が登場するのは翌一九五五年です。明暗といえば明暗が、くっきりと前面に出てくる。

助川◆戦争の傷が封印された社会を生き延びていくのだけれど、ぬくぬくとは生き延びたくない。

そんな覚悟というか葛藤がこの作品から伝わってきます。

重里◆『驟雨』の主人公は会社勤めをしています。「汽船会社」に勤務している。そこにはとても俗っぽい世界が広がっている。まさに高度経済成長を突き進み始めた日本ですね。同僚の結婚といったエピソードもはさまれる。

主人公は、そういう俗なるものに背を向けて孤独を求めていくのだけれど、そこにも安住できない。人間は、どうしようもなく自由と孤独を求める生き物である半面、自由と孤独に身を浸している状況にも満足できない。非自由（何者かへの従属）、非孤独（何者かとのつながり）を求めてしまう。そのへんのところが鮮やかに描かれています。

助川◆この小説は、モチーフとしては長篇になりうる作品だと私は思います。主人公は、同僚の結婚式につながっていく俗っぽい世界を軽蔑しきっている。しかしだからこそ、うまく世の中を渡っているタイプだと思うんです。スノビズムというのは、本気でのめり込んでいる人間ではなく、「こんなのくだらないよね」といっている人間によって支えられているわけですから。

重里◆なるほど。くだらないと思っているからこそ、そこに合わせる演技もやりやすいし、器用に立ち回ることもできるわけです。

助川◆かつて、スラヴォイ・ジジェク（スロベニアの哲学者）が「社会主義体制というのは、本気で社会主義を信じている人間に支えられていたわけではない。社会主義を微塵も信じていないがゆえに、体制に服するそぶりを完璧に演じられる人間たちが維持していた」（「共同インタビュー スラヴォイ・ジジェク氏に聞く スターリンからラカンへ」「批評空間」第六号、福武書店、一九九二年、一四―一五ページ）という意味の発言をしていましたね。

迷い戸惑う「永沢さん」

助川◆それでこの主人公、ある意味『ノルウェイの森』（村上春樹、上・下、講談社、一九八七年）の永沢さんではないでしょうか。

重里◆何ものも本気で信じられないゆえに、語学も外交官試験も恋愛も、冷徹に仕組みを見極めて成果を出していく。けれども、それらの成果によっては心の底にある空虚は埋められない。それが永沢という人物です。

助川◆村上が吉行を高く評価するのは、永沢的なキャラクターをリアルに描けるから、という面もあるのではないでしょうか。

重里◆『驟雨』は、永沢を主人公とした小説とも読めるわけですね。自由と孤独を永沢は享受していた。ところが、ある日を境にそうではなくなった。自由や孤独よりも優先する価値があるような気がしてきた。まだ、迷っている。そういうドラマとして読めるということでしょうか。

助川◆ただし、永沢は最後まで全力で逃げるタイプです。もしこの作品の主人公みたいに、「名づけえぬ感情をもたらす対象」と出会ってしまったとしたら、永沢はそこから逃げ出すでしょう。「この出会いは、自分がこれまで構築した世界を壊す」と感じて。

永沢が抱えていたのはあくまで「虚無」だと思いますが、『驟雨』の主人公はより自己破壊的です。永沢（もしくは村上）は直接戦争を体験していない。その違いはやっぱりあるように感じます。

重里◆三島はどうなのでしょうか。

助川◆おそらく三島も逃げるでしょう。逃げて、かわりに「天皇」を持ってくるんですね。三島の「天皇」は「虚無」に直面しないための装置でしょう。

重里◆永沢って、すごく三島に近い印象を持ちました。永沢や三島は逃げる。ところが、逃げるか逃げないか迷っていて、立ち止まって、喫茶店であれこれ考えている人間を吉行は描いた。そういうことになるでしょうか。

助川◆永沢と『驟雨』の主人公との違いは、そのように考えるのが創造的かもしれません。三島や永沢が心にしまい込んでいた葛藤を、吉行は浮かび上がらせたということですね。

重里◆ところで、日本の戦後文学、現代文学は、自由の問題を問い続けたし、いまも問い続けている。その背景に戦争体験があることは見てきたとおりです。ただ、もう一つ、触れなければいけない問題があるように思うのですね。

助川◆それは何でしょうか。

重里◆左翼体験であり、政治闘争体験であり、リベラリズム的なイデオロギーですね。政治運動をした当事者はもちろん、そうではない人たちも考えざるをえなかった。自由とは何か。自分は本当に自由を求めているのか。ひょっとしたら、日本人は自由なんて欲していないということはないのか。自由とは、そんなに価値があるものなのか。自由に優先する価値はないのか。これは見逃せないポイントのように思います。それは、ポリティカル・コレクトネス（PC、政治的正しさ）の問題とも関わってきます。

吉行淳之介とPC

助川◆実は吉行について、どういうエクスキューズをつければいまの若者たちに読んでもらうことができるのかということを考えていました。

吉行が描くのは性愛の世界で、しかもこの『驟雨』のように赤線地帯が舞台になったりしている。何か補助線を引かないと、PCの観点に照らして「授業で取り上げるのは不適当」みたいに言われかねません。なにせ、いまの学生は、『ノルウェイの森』を授業でやると、「主人公たちが鬼畜すぎる！」といって怒るわけですから。

重里◆それは、だけど、どうなのだろう。

助川◆たとえば、あえて鬼畜な人間を描いて、そういう人間が「例外的な異常者ではないかもしれない」と読者に考えさせようとする作品もあるわけですよね。ところが、この頃の学生の感想文を読むと「こんな鬼畜な人間を描くなんて、作者も大概だ」みたいな意見が実に多い。太田豊太郎（『舞姫』〔「国民之友」第六巻第六十九号新年附録、民友社、一八九〇年〕の主人公）がダメ人間だとなると、森鷗外まで「道徳にもとる作家」にされてしまうのです……。

重里◆本当に鬼畜な人間は、鬼畜な人間を小説に書きません。鬼畜な人間との間に距離があるからこそ、そういう人間を描いて問題提起ができるのです。文鳥を死なせてしまって悪いと思っていない人間は、文鳥のことなど、題材にしません。華奢な文鳥に比べて、自分の手が大きいことを意識しているからこそ、夏目漱石は『文鳥』（「大阪朝日新聞」一九〇八年六月十三—二十一日付）を書いたのでしょう。

それよりも、もう少し複雑なPCの話をしましょう。『驟雨』のディテールで気になることがありました。主人公が娼婦の道子に髪を洗ってもらう場面がありますよね。又吉直樹がよくこれを書くんですよ。

助川◆普通に考えると、女性に髪を洗ってもらって、幼児の頃にお母さんにやってもらうわけですよね。だとすると、吉行も又吉も、女性に母性を求めているキャラクターを描こうとしているのかもしれません。

重里◆なにげないけれど、『驟雨』のなかで印象に残る場面でした。

助川◆あの主人公は自分でもほとんど無意識のうちに女と遊んでいるつもりで女に母性を感じてしまった。それがつまずきの石になった。そういうことを吉行は書きたかったのかもしれません。

重里◆あるいは、吉行がはっきり自覚しないで、そういう男を描いてしまったという見方もできますね。これは、PCの問題とからめても面白いと思います。男性にとっての母性をどう考えるか。

助川◆一般的には、男性が女性に母性を求める姿勢は批判の対象になります。確かに、幼児が母親に求めるような「無条件の承認」を、自分にとって「他者」でしかない相手からお願いされても女性は迷惑でしょう。しかし、母性と一切関係がない性愛や恋愛というのは、少なくとも男性にとってありうるのだろうか。

私は、母親とあまり相性がよくなかったので（笑）、自分の母親に似たタイプの女性を好きになったことはありません。でも、女性に優しくされたときに妙な安心感を覚えて、「世間の人は、母親からこういう感情を与えられていたのか」としみじみ思うことはあります。こんなふうに感じること自体が「害悪」なのでしょうか――もちろん、女性に「癒やし」だけを求めるのが「女性蔑視」にほかならないのはわかるのですが。

重里◆これは文学を考えるうえでの基本ですが、主人公の行為を「正しさ」で裁いても、文学作品を読んだことにはならないですね。この問題は、もうケリがついたと思っていました。

8

『妊娠カレンダー』

小川洋子

第百四回、一九九〇年・下半期

◆あらすじ

主人公の「わたし」は大学生。小説の全体は彼女の日記という形になっている。「十二月二十九日」から翌年の「八月十一日」までの記述が時間の流れに沿って続いている。両親が続けざまに病気で死んでしまい、「わたし」は姉夫婦と三人で暮らしている。

日記で主に書かれているのは、妊娠した姉の様子だ。妊娠の発覚から始まり、最後は出産で終わる。その間に姉はひどいつわりに苦しみ、食欲がなくなったり、逆にそれが終わると旺盛な食欲を示したりする。歯科技工士の義兄は常識的なことしか言わないつまらない男だ。「わたし」はグレープフルーツの防黴《ばい》剤が胎児の染色体を破壊するのを想像しながら、ジャムを作って姉に食べさせる。やがて姉が出産したとの報を聞いて、「わたし」は「破壊された赤ん坊」に会うために新生児室に向かう。

初出：「文學界」一九九〇年九月号、文藝春秋

作品の背景

小川洋子の初期作品群を読むと、強く主調音をなしているものがあるのに気づく。それは時間が止まったような静かな異界への強い憧れだ。この異界は死と近接した世界で、日常のすぐ隣に存在している。主人公たちはこの異界に強く引かれている。その背景にあるのは、心の底にある現実世界に対する抜きがたい嫌悪感、生命が織り成す俗世界に対する強い拒絶感だろう。

初期の小川は、この異界をどのように第三者にわかりやすく提示すればいいかに苦闘している。ひとりよがりにならないで、でも、魅力的に提示すること。しかし、この芥川賞受賞作では異界は片隅に置かれていて、あまり目立たない。

この作品での異界とはM病院のことなのである。古い建物で、清潔で、静かな場所。姉がここで診察を受けているのだが、描かれる調子は控えめだ。それでは何が前面に出ているのかというと、もう一つのテーマである生命そのものへの嫌悪感である。それは、姉のお腹のなかにいる胎児への「わたし」の殺意に収斂している。胎児の染色体を破壊すること。そのことを念じる主人公の執念が際立っている。

ここで、初期小川のモチーフはとてもわかりやすいものになったといえるだろう。なぜなら、出産指南書や育児書にあふれている神話や常識がことごとく否定されていて、そういうものに偽善と窮屈と差別心を感じていた人々に受け入れられるものだったからだ。だが、小川本来の透明で静かな異界への願望や、美しい記憶への思いや、もの言わない小さな存在への共感はどこへいったのだろう。私たちは代表作『博士の愛した数式』（新潮社、二〇〇三年）を待たなければならなかった。

（重里）

芥川賞は世俗や悪意が好き？

助川幸逸郎◆私たちと一緒に読書会をやっている若い女性が、この小説について名言を口にしています。「芥川賞って汚い小説だととれるんですね」って。『妊娠カレンダー』について、これ以上に的確な評価はないのではないでしょうか。

重里徹也◆小川洋子というのは大ざっぱにいえば、純粋で美しい世界を描く作家というイメージが強いですね。死と近接した異界を透明でピュアな空間として描いた印象が強いです。そこでは人間の善意や美点が切なく描かれる。けれども、浮世のしがらみや世俗のあつれき、人間の悪意や心の闇を描いたほうが芥川賞に近づくという意味ですね。

この半期前の小川の候補作は『冷めない紅茶』（「海燕」一九九〇年五月号、福武書店）ですね。これは清澄で切ない世界を描いている。でも、これでは芥川賞は受賞できなかった。「汚い小説を書いたほうが芥川賞をもらえやすい」傾向があるのは確かなようです。

助川◆芥川賞というのは、どこか自然主義リアリズム的な意味でのリアリティを、作品に要求するところがあるのではないでしょうか。

小川洋子には小川洋子なりのリアリティというのがあるのだけれども、それだけでは芥川賞は認めてくれない。どこか「生きていることに伴う汚れ」というか、「体臭」がダイレクトに漂ってくるような部分がないと芥川賞はもらえにくいのではないでしょうか。

重里◈ある種の世俗的なもの、浮世の義理や人間の体臭と関わらないと芥川賞はとりにくいということはわかります。かといって世俗だけでも芥川賞には手が届かない。世俗だけでも、世俗から離れすぎても受賞できないのが芥川賞という気がします。世俗をうまく結晶させて提示することが求められるように思いますね。

小川洋子に話を戻せば、一九八八年にデビューして以来、当初の作品にも、女性の主人公は生命への悪意や俗世間への嫌悪を抱いています。海燕新人文学賞の『揚羽蝶が壊れる時』(「海燕」一九八八年十一月号、福武書店)にしても、芥川賞候補になった『ダイヴィングプール』(「海燕」一九八九年十二月号、福武書店)にしても、そうです。ただ、主人公の悪意は、何かピュアで、死や永遠を感じさせるようなものとペアで描かれていた。聖と俗の間で、主人公が極端に揺れるのが特徴的でした。この『妊娠カレンダー』では、その悪意の部分(姉のお腹のなかにいる胎児への殺意)をうまく相対化して取り出した感じですね。「揚羽蝶」ではヒロイン自身が不実な男の子どもを妊娠しているので、デビュー作らしい混沌とした魅力はあるのだけれど、すっきりとしていないといえるかもしれません。

助川◈中村光夫の『風俗小説論』とか、一連の自然主義批判の論が指摘するとおり、自然主義作家というのは風俗作家でもあるわけです。やっぱり日本文学の伝統にオブセッションのように憑依しているこの自然主義的なもの、「体臭のような汚れ」と「風俗」が結び付いたところにリアリティを感じるありようというのを、芥川賞の選ばれ方から私は感じます。

だから小川は、全然自然主義的な作家ではないから本来の作風ではとれなかった。村上龍はもらえたけど村上春樹がもらえずじまいになったのも、自然主義的なものとの懸隔の度合いから説明がつく気がします。

重里◆これは推測ですが、初期の村上春樹はあまり編集者（特に文藝春秋の編集者）と密接なつながりを持たなかったから、『妊娠カレンダー』のような作品を書かなかったのではないかと推論します。小川は、編集者のアドバイスをきちんと消化して、芥川賞を受賞したのかな、という気がします。

芥川賞作家になれば、次の作品を書く場を与えられます。どんどん自分の世界を掘っていけるわけです。ただ、小川には、ある模索の時期があるように思います。芥川賞を受賞後、『博士の愛した数式』を出すまでの十数年間ですね。小川本来の作品世界をより広い読者に共有してもらうためにはどうすればいいか。力をためていた時期があると思います。この間に『密やかな結晶』（講談社、一九九四年）や『薬指の標本』（新潮社、一九九四年）のような魅力的な作品も書きました。そして、『博士の愛した数式』で一挙にブレイクしたのを鮮やかに覚えています。

この時期の模索を図式的に表現すれば、「物語を開きたい」、しかし、「自分の世界をしっかりと作りたい」という、二つのことをどのように融合すればいいか、ということになるのではないでしょうか。

助川◆いわゆる「女性作家」と呼ばれる人たちがいます。女性特有のものの感じ方というか、女性の本音だと見なされているものをもっぱら書いて、そのなかに必ずしも美しいとはいえないような感情や生理を交えていく。そういう作家が一九九〇年代後半にはそれなりにたくさんいました。

小川は、必ずしもそちらの路線で個性が生きる作家ではなかった。それなのに『妊娠カレンダー』で芥川賞をとったせいで、そういった「女性作家」が書くような作品を期待されてしまった。重里さんが指摘する「小川洋子の模索時期」は、そこに起因していると私は感じます。

重里◈母性批判とか、現代の女の生き方小説とか、そういうものを書いてほしいという期待を一部のジャーナリズムは持ちがちですよね。

助川◈『妊娠カレンダー』の主人公って、よくよく考えると、ぜんぜん悪い人ではありません。むしろ善人なのにすごく無理して、自分の悪意をほじくり返しているようなところがあって……。腹黒い人の悪意ははたから見ていて面白いんですけど、善人の悪意は小市民的で、読まされてもあんまり興奮しないんです(笑)。

重里◈そもそもアメリカで認可されている農薬のせいで、障がい児がどれぐらいの確率で生まれるのだろうかという疑問はありますね。

助川◈この主人公の「悪意」というのは、女性社員が気に食わない上司にお茶を入れるときに、わざと洗っていない茶碗を使った、というのよりももっと罪がない「悪意」だと思います。

重里◈客観的にはそうですね。無理やりに妄想で悪意をかきたてている。逆に死者への共感とか、ある純粋なものへのあこがれとか、小川洋子らしい感じは抑えられています。

助川◈だから『博士の愛した数式』で、あの博士への愛と阪神タイガース愛が爆発して、「ああ、小川洋子は、美しいものを美しいという作家なんだ」って本当によくわかりましたね。

重里◈タテジマのユニフォームを着た背番号28の左腕投手はこの世には存在しないから、永遠に美しいのですね。

「阿美寮」で暮らす小川的世界

重里◆『妊娠カレンダー』に戻っていえば、子どもの頃から主人公たちがなじんでいたあの病院の世界、試験管があったりビーカーがあったりする、ちょっと詩的な調子で描かれている無彩色の世界。記憶のなかにあって時間が止まっているように見える世界。あれが小川洋子の世界ですよね。

助川◆失われてしまった美しいものの記念碑を立てていく。小川がやっていることは、基本的にそれの繰り返しですよね。

重里◆小川が繰り返し描く世界は、村上春樹が『ノルウェイの森』で描いた「阿美寮」の世界に通じるものがあります。死と隣接したある種の純粋な理想社会のようなもので、決してこの世では長続きしない。そういう世界です。

助川◆『世界の終りとハードボイルド・ワンダーランド』(新潮社、一九八五年)の「世界の終り」とか、村上は阿美寮的な世界を繰り返し描いていると、重里さんは常々言っています。小川が描く『妊娠カレンダー』の病院みたいな世界も、確かに村上の阿美寮的なものに通じる面を感じさせますね。

重里◆ただ、村上と小川では、阿美寮的なものに対する態度が違っています。村上は、阿美寮の世界を捨てざるをえない人間が、「終わってしまった感覚」とともに、その後をどうやって生きていくかを描いている。小川は、阿美寮を捨てきれない人間に焦点を当てているのではないでしょうか。

助川◆小川が『ノルウェイの森』を書いたとしたら、直子が死んでしまったからこそ、レイコさんは一生、阿美寮で暮らすことになるんじゃないかという気がします。実際にはレイコさんは、直子の死をきっかけに長年の阿美寮での生活に終止符を打つわけですけれども。

重里◆あるいは、直子が死ぬ前に、主人公が阿美寮で直子と一緒に暮らすかもしれません、小川が書いたとしたら。そして、二人でレイコが演奏するビートルズを聴きにいくかもしれません。「毎週水曜日の夜はレイコさんの歌を聴きにいく」という感じ（笑）。

助川◆もう、小川洋子版『ノルウェイの森』が脳内で暴走して止まらないですけど（笑）、おばあさんになったレイコさんが、「なんであなたはこんなに長くここで暮らしているんですか？」って阿美寮を訪れた若者に聞かれる話とか書きそうですよね、小川って。

重里◆それで、「昔、こんな女の子がいたのよ」と、直子の思い出話を語る。失われてしまったものの記憶とともに。小川なら、緑のことはもっと悪意をもって描きそうですよね。

助川◆たぶん、そうだろうと思います。

重里◆緑ってなかなか魅力的ですよね。だけど、小川が書いたら、緑っていうのは悪役になるしかないだろう、という気がします。

助川◆村上の作品では、緑の世界と直子の世界で綱引きをして、主人公は結局、直子の世界から緑に引っ張られて出ていくというのが基本パターンなんですね。『海辺のカフカ』（上・下、新潮社、二〇〇二年）のカフカ少年だって、最後には中野区野方に帰還します。小川の小説だったら、カフカ少年は香川県から戻ってこられないはずです。

重里◆小川洋子版のカフカ少年は、四国の図書館で、お母さんかもしれない女の人の若い頃の姿をした幽霊と、ずっと一緒に暮らすのではないでしょうか。毎日、筋力トレーニングをして身体を鍛えながら、訪れた人を笑顔で迎える。静かで深みがある生活です。きれいで静謐な図書館の受付で、訪れた人を微笑で迎える少年カフカ。

助川◆あの甲村図書館の世界はまさに、『妊娠カレンダー』の病院や『博士の愛した数式』の「江夏が投げていた甲子園球場」なんだと思います。

重里◆つまり、小川洋子の登場人物は、「世界の終り」から出ていかないということですよね。「なんてここはいい世界なのだろう。みんな自我を失って、優しく静かに暮らしている。居心地のいい世界だ」と考える。それが小川洋子の世界ですね。それだけでは芥川賞を得にくいと考えた編集者が、デビュー作以来、小川作品のもう一つの底流になっている生命や俗世間への悪意を前面に出して、『妊娠カレンダー』を書く方向へアドバイスしたのではないかというのが、私の推論です。

小川も、物語世界をこじ開けたいと思ったからこそ、『妊娠カレンダー』を書いたのでしょう。一方で、自分が親和感を抱く世界をもっと深く現出させたいという思いもあった。それで、芥川賞の受賞後、模索の時期が続いたのでしょう。しかし結局、「世界の終り」から出ていくことを保留して、開き直って『博士の愛した数式』を書いた。その世界は時間が限定されている（博士の記憶は八十分しかもたない）という制約をつけることで現実ともわたりをつけているわけです。つまり、現実との通気口を作った。この選択はうまくいきました。

生きながら死んでいる

助川◈ある意味で小川洋子って、生きながら死んでいるんですよね。でも、あるタイミングで本気で生きようと思ったんでしょう。生きている世界を書けないと、芥川賞をとりにくいよ、みたいなことを周りにいわれたのかもしれない。それで『妊娠カレンダー』を書いたりした。にもかかわらず、やっぱり生きながら死んでいる世界が彼女の居場所だったんですね。

重里◈一方で、女性主人公が抱く悪意をこの受賞作でうまく結晶できたから、次のステップへ進めたということもあるかもしれません。

助川◈ただ、小川がこういう、生きながら死んでいるみたいな世界を描く、というのは、個人的な資質の問題だけではないと思うんです。どういう時代の必然が小川洋子を生んだのか。そこのところに私は興味があります。村上との対比も含めて。

重里◈小川はとても人気がありますよね。たくさんの愛読者がいます。学生に作品を紹介すると、必ず、ファンになる人が出てくる。それは何かを示しているのでしょう。それは一九九五年の阪神・淡路大震災後の日本というか、平成期の我々の時代の意識とも関係があるのだろうと思います。『博士の愛した数式』は、困難に満ちた平成期を象徴する作品です。

助川◈同感です。日本って、ガラパゴス化しているっていうか、世界の趨勢からものすごくずれている部分があるわけですよ。

たとえば、新型コロナウイルスが流行してリモートワークするように求められたときに、そういう状況を押して出勤してきたサラリーマンたちにインタビューしたら、「今日はどうしてもハンコを押さなくてはいけない用件があって出社しました」って語る人がいた。この光景をアメリカのマスコミなんかが、「日本はファクスとハンコがまだ生き残っている国である!」と書き立てたりしています。

そういう閉ざされた特殊な空間から、日本の庶民の大多数は自由意思で抜け出せないわけです。そして、この空間のなかにあるかけがえのないものを大切にして生きていくしかないと考える。そういう現代日本人のメンタリティーに、小川はフィットするのではないでしょうか。

村上と小川が示す平成という時代

重里◆道端の小石や部屋の隅っこに置き忘れられていた小箱に、かけがえのない意味を見いだすのが小川ですからね。一方で、村上も阪神・淡路大震災と地下鉄サリン事件(一九九五年)の後、世界中で読まれるようになっていきます。

助川◆村上は、中国大陸での戦争に従軍した父親がいて、一九八〇年代後半から九〇年代にかけて、ずっとアメリカやヨーロッパに拠点を置いていた。日本と世界のズレに敏感な立場にいたから、阿美寮みたいな特殊空間にとどまれない話を書き続けるしかなかったのでしょう。

重里◆村上も小川も、西日本に生まれて、大学は早稲田です。ところが村上は、大学卒業後も東京に居続けて、さらにヨーロッパやアメリカに移動する。これに対して小川は、大学を卒業してすぐに故郷の岡山に帰って、いまは兵庫県に住んでいる。このあたりにも、両者の資質の違いが表れているのかもしれません。

助川◆村上の場合、欧米文化からの影響もはっきり作品に出ていて、SFとかミステリーの枠組みでシリアスなテーマを語る作家として、欧米の小説家と並べて海外では語られています。その意味で、本当にインターナショナルな作家です。

小川も、海外でよく読まれているのですが、特にフランスで人気があるようです。フランスは、アニメとかビジュアル系バンドとか、日本の固有の文化が受ける傾向にあるので、小川のフランスでの人気もそこのあたりとも関係があるのかなと思ったりもします。現代日本というちょっと孤立した空間のなかで特殊に発達して研ぎ澄まされたものを、フランス人は愛でる傾向があるのかなと。

重里◆平成の日本とはどんな時代だったのか、どんな空気だったのかを後世の人間が考えるときに、明治維新で日本が開国した直後、ジャポニズムがいちばん強烈に台頭したのもフランスでした。

助川◆小川と村上は、平成の日本が抱える同じ問題に向き合って、対照的な答えを提示したという村上と小川を並行して読むといいのかもしれません。『海辺のカフカ』と『博士の愛した数式』。

重里◆歴史的事実は記録に残りますが、「時代の空気」というのは、過ぎてしまうとなかなか再現できません。ましてや、人々が心の底にどんな願望や欲望を持っていたのかはわかりにくいところがあります。平成の日本で生活していた実感を、百年後の人間に伝えるのは容易ではないでしょう。

平成を生きた一人の小説好きの人間としては、村上と小川をセットにして読めば、あの時代の日本がわかるという証言を残したいですね。

助川◆村上はもちろん、小川もそれぐらいの重みがある作家だと思います。

9

中上健次『岬』

第七十四回、一九七五年・下半期

◆あらすじ

竹原秋幸は、義父・繁蔵の家で暮らしている。母は秋幸を産む前に、勝一郎との間に三人の子をもうけたものの、死別。その後、秋幸の実父と関わりを持つが自らの意志で別れ、繁蔵と再婚した。このとき母は、秋幸一人を連れて繁蔵の家庭に入った。秋幸の父違いの兄・郁男は、そのことを恨んで自殺した。郁男の享年二十四歳に達した秋幸は、複雑な血縁関係がもたらす愛憎の連鎖から逃れることを切望していたが、それはかなわなかった。秋幸の姉であり、郁男と同じ父をもつ美恵は、秋幸が働く土建請負会社の親方・実弘の妻になっていた。その実弘の兄が、実弘の妹の夫に殺害される。美恵は衝撃のあまり、心身に失調をきたす。秋幸は、娼婦となっていた腹違いの妹を、錯綜する血の因果すべてに復讐する思いで抱きにいくのだった。

初出：「文學界」一九七五年十月号、文藝春秋

作品の背景

『岬』の構成は精緻である。文章にも、荒々しい話柄にもかかわらず、「高雅」と呼びたくなる品位が漂う。作者の天分は、歴代の芥川賞作家のなかでも屈指の高みにある。

にもかかわらず中上健次は、その資質を存分に開花させられなかった。その理由は主に三つある。一つには、わずか四十六歳の天寿しか与えられなかったこと。残りの

二つは、中上の『岬』の後の歩みと関わる。『岬』は、中上が生まれ育った紀州新宮の被差別地域＝「路地」を舞台とする。この「路地」に生きる人々の物語を、多彩な切り口からつづる。芥川賞受賞後の中上はそこに創作の軸を置いた。だが、一九七〇年代後半から八〇年代にかけて、土地再開発が日本中で急速に進展、多くの被差別地域が解体された。「路地」もまたこの時期に消滅する（その模様を中上は『地の果て 至上の時』で描いている）。『岬』発表時点では生々しかった被差別地域の問題は、ほどなく変質してしまったのだ。これが二点目。さらにもう一点。中上は、「路地」から生まれた「小さな物語」の集積によって、ある全体を描こうとした。ウィリアム・フォークナーに学んだとされるこの手法が、中上にとって最適だったのか。中上は随所で「路地」に関わる連作を、ギリシャ悲劇のような「文学の祖型」を具現したものにしたいと発言している。近代小説家で最もよくそれを達成したのは、一つの長大な作品のなかでさまざまな人物を動かしたドストエフスキーだ。中上は、フォークナーよりもドストエフスキーにならうべきではなかったのか。

（助川）

知的に制御された作品

助川幸逸郎◆中上健次は二十代で芥川賞をとって、確かこれが戦後生まれ初の芥川賞ということで、当時大変話題になったみたいですね。重里さんとしては、この作品の文学史的な意義みたいなところを、どのようにお考えになっていますか？

重里徹也◆今回、あらためて読み返して、やはり非常に魅力的な作品だと思いました。芥川賞受賞当時は、何か圧倒的な力は感じるのだけれど、どう受け止めたらいいのかわからず、ちょっと距離を置いて眺めていました。

いま読むと、とてもすぐれた作品です。特に心に残った点は二つあります。一つは非常に知的な作品、知的なたくらみに満ちた作品だということです。もう一つは、静かな、クールな作品という印象です。燃えたぎるものが満ちているのですが、知的に制御された小説といえばいいでしょうか。

リアルタイムで読んだときには、エネルギーに圧倒されて、渦に巻き込まれるような感じを受けたのですが、今回は、静かで知的で、しみじみとしたいい作品だなと思ったわけです。

助川◆この作品が知的だとおっしゃいましたけれど、たとえばどこにそれを感じたのでしょうか。

重里◆まずは全体の構成ですね。多数の登場人物たちの群像劇が、実はわかりやすく整理されて織り成されている感じです。細部をいっても、出てくる数字を12と24で合わせたりしていますね。あと、ソーセージが入ったコンドームが流れてくるなんていうのは、『古事記』の援用ですね。

助川◆河の上流から箸が流れてくるのを見て、そっちに人間が住んでいることをスサノオがかぎつける。そういうくだりが確か『古事記』にありましたね。

重里◆古典に詳しい人なら、そういうものをたくさん見つけられるかもしれません。

それからもう一つは、全体が短いセンテンスの積み重ねから成り立っていて、静かに抑えた感じで、いろんな感情やエネルギーを統括している、そういう印象を非常に強く受けました。

助川◆中上自身、『岬』を書く際には、短いセンテンスの間に句読点を入れて、ポエティカルなスタイルを意識したといっています。長いセンテンスでうねるように盛り上げていく路線は狙っていないのですね。

それからもう一つ、ギリシャ悲劇みたいなものを書きたかったとも中上は言っています。発表された当初、中上の家族をモデルにした話なので、『岬』は自然主義的な私小説みたいな感じで受け止められました。しかし、いまこれを見ると、リアルな人間関係のなかから非常に抽象的な「人間の原点」とか「ドラマの原光景」みたいなものをすくい取ろうとしているのを感じます。「ギリシャ悲劇」という言い回しは、そんな「原型志向」から出ているのかもしれません。そういう意味でも、重里さんがおっしゃるとおり、知的な小説であることはまちがいないでしょう。

自由意思と宿命

重里◆それから人間にとって、自由意思とは何か、宿命とは何か、両者はどのように関わるのか、そこを考えさせる作品だということも強く思いました。
　自由というのは、戦後社会の非常に重要なエレメントだと思うのですが、吉行淳之介の『驟雨』（「文學界」一九五四年二月号、文藝春秋新社）を読んで、それからこの中上の『岬』を読むと、自由というものには必ず葛藤がつきまとう、それが普遍的な問題としてあることが見えてきます。性とか恋愛というものを文学で描こうとすると、必ず自由と不自由の問題に突き当たると思うのですが、いかがでしょうか。
助川◆恋愛って、吉本隆明がいう「関係の絶対性」が典型的に現れる場なのだと思います。どの相手を好きかというのは多分に偶然です。しかし、いったん好きになったり関係を結んだりすると、抜き差しならない事態になってしまう。だから、恋愛を真剣に描こうとすると、偶然と必然だとか、自由と宿命という問題と向き合わなくてはならなくなるわけです。
重里◆戦後社会の表層には、「何にでも自由意思で参加できて、そのことにとても価値がある」みたいな風潮があります。中上には、そういうものに対するある種の違和感があって、そこにアンチテーゼを突き付けようとしていたのではないでしょうか。
助川◆文芸雑誌がやっている新人賞に応募してデビュー、というのがいまでは一般的ですが、一九六〇年代ぐらいまでは、プロ作家が主宰する同人誌で鍛えられるうちに世に出るチャンスをつかむ、というのが「王道」でした。中上は、この「王道」パターンでプロになったほとんど最後の作家です。「文芸首都」（文芸首都社）という同人誌に所属し、津島佑子なんかと一緒に修業していました。

一方で中上は、被差別地域の出身ですし、自分が支配階級の言葉を語る人間でないことを強く意識していました。「うちの母親は、芥川賞とテレビ番組の『アフタヌーンショー』（テレビ朝日系、一九六五―八五年）の区別がつかないんだ」と中上は繰り返し発言しています。一般的な作家たちは知的エリートで、そういう集団の内側だけで通用する「暗黙の了解」を共有している。自分は、その外側に立つんだという思いがあったのでしょう。中上は二重三重の意味で、戦後的な価値観や文壇ジャーナリズムに同化できないものを抱えていたと感じます。

重里◆中上はしきりに徳田秋声を話題にしていましたね。秋声って、戦後的な枠組みを超えていますよね。

助川◆自然主義作家の代表みたいに見られていますけど、もともとは尾崎紅葉の弟子だった人ですし、確かに一筋縄では語れないところがあります。

重里◆英語ができたので、若いときに徹底的に英訳でドストエフスキーを読んでいます。そういう体験を通過して、あのような小説を書いていたことは忘れてはいけないポイントでしょう。

助川◆江藤淳なんかも、秋声についてはかなり高く評価していますね。

重里◆野口冨士男の評伝も印象に残っています。野口と中上が対談して、秋声を語っているのを読んだ記憶もあります。男性週刊誌だったかな。しゃぶしゃぶを食べていたのは覚えています。野口がロッテファンだというのも話題になっていた。

助川◆秋声は、夏目漱石に推薦されて新聞小説を書いたりもしていますし、川端康成からも称賛されている。古井由吉なんかも熱を込めて論じています。「自然主義対反自然主義」みたいなよく語られる図式が、秋声を前にするとすっかり無効になってしまう。

重里◆秋声に引かれていた事実は、中上の作品世界を考えるうえで見過ごせないですね。

あと、気になったのは、『岬』が受賞したときの芥川賞の選評です。吉行淳之介はラストを絶賛していて、安岡章太郎はその部分を否定しています。この対立が私には非常に興味深かった。吉行と安岡の資質が、『岬』をリトマス紙にして克明に浮かび上がっている印象を受けました。

吉行淳之介と安岡章太郎

助川◆吉行と安岡の意見が割れたのは、どういう背景からなのでしょう？　面白いポイントなので解説してください。

重里◆『驟雨』で吉行は、娼婦との関係がいつのまにか自由よりも大事になってしまうという状況に迫っています。自由意思よりも女性に規定される姿を描いている点で、『岬』と重なる面があるのを感じます。ですから『岬』のラスト、主人公が腹違いの妹と交わる場面に、吉行は自分のテーマに通うものを見いだしていたと推測します。

助川◆確かに『驟雨』も『岬』も、宿命に憑かれたように性愛にのめり込んでいく男を描いています。

重里◆その点、安岡はもうちょっと覚めているのかなあ。不条理な情熱に駆られ、自ら危機のほうへ向かう人物というのは、安岡文学の中心的な対象ではありません。それで『岬』の、最後の場面に向けて、文体が勢いを増していくところに、距離感を覚えたのかもしれません。

助川◆重里さんのいまのお話をうかがって、絶望的な状況に陥ったとき、吉行と安岡がそれぞれどうするのか、想像してしまいました。吉行は、進退きわまって全く活路が見いだせない事態になったら、自己破壊的な行為に走ると思うんです。これに対して、安岡ならたぶんそういう場合、何もしないでポカーンとしている。

自由とは何か、運命とは何かを問い続けて、これ以上どこにも行き場がなくなったら、腹違いの妹と寝てしまうのもわかる。吉行はそう思ったのでしょう。追い詰められた人間は、ただ立ちすくんでいるだけのはずで、そんなメロドラマじみた行為に出られないだろうというのが安岡の感覚です。

重里◆吉行がいうのは、腹違いの妹と思うから、童貞の主人公・秋幸がセックスできるのだという読み方ですね。一方、安岡は『岬』のラストを「小説を終わらせるためのやや不自然なたくらみ」と感じたのでしょうか。

吉行と安岡は、文学史的には、「第三の新人」というくくりでひとまとめに語られることが多いです。しかし、作家としての資質は相当違っていた気がします。

助川◆たぶん、吉行よりも安岡のほうが、根源的に生命力が強いんだと思うんです。吉行が最後に自己破壊的になってしまうのは、生存本能がどこか壊れているからではないでしょうか。村上春樹が、吉行は実は不器用な作家で、あんまり文章はうまくないといってますよね。

重里◆『若い読者のための短編小説案内』ですね。そういう不器用なところがむしろ魅力になっている作家だという論調でした。

助川◆吉行の生存本能が壊れているというのは、敗戦後の社会を目の当たりにして、ニヒリズムを抱え込んでいることと直結しています。そういう虚無感があるから、物語をスムーズに運ぶとか、文章を整えるとか、そういうことはどうでもいいと思う部分があったのではないか。

一方、身動きができない状況でじっとしていられる安岡は、どんくさいように見えて、危機に対処する能力が無意識レベルで高いのでしょう。だから作品を書くときも、直観的に破綻を避けることができた。村上が「実は吉行より安岡のほうが小説がうまい」といったのは、そこの部分を指しているのだと思います。

重里◆村上春樹はどっちのタイプなのでしょう？

助川◆やっぱり、吉行ではないですよね。その点、中上は、吉行に近いのかもしれません。この『岬』を読むとわかるとおり、複雑なパズルのピースを精密に組み合わせる力がある人なのに、ツジツマが合わない部分を抱えた作品もたくさん残しています。

重里◆生活が荒れていたという話はさまざまな人が書いていますし、編集者たちからも聞きました。その無理が、四十六歳で早世する原因の一つになったともいわれています。

助川◆中上にも、自己破壊的にならざるをえない事情があったのですね。先ほどお話ししたとおり、文壇ジャーナリズムや、戦後的な価値観に安住できない人でしたから。中上と吉行の資質に共通点があるとおっしゃった重里さんのご指摘は、鋭いと思います。

鮮やかで魅力的な女性像

重里◆それから、『岬』の選評を読んでいて、ちょっと困ってしまったのが中村光夫です。

助川◆どういうことですか？

重里◆読み違いをしているのです。「病気で寝ている母親」というのは誰のことでしょうね。この小説で病気がちなのは、秋幸の異父姉の美恵ですね。母親は元気いっぱいです。だからこそ、次々に夫を替えて、この人物群像が生まれたのです。愛憎が渦巻く血縁の世界ができたわけです。母親は作品中でどう読んでも、生命力にあふれたしっかり者です。

助川◆中村光夫は、個々の作品をきちんと読まず、出来合いの物差しで対象を語ってしまうところがあります。村上春樹が芥川賞候補になったときも、とんちんかんなことを言っていました。

重里◆逆に丹羽文雄は「母親がよく描かれていた。この母親によって賞をうけたようなもの」と指摘している。確かに鮮やかだと思いました。

助川さんと以前、中上の作品では『鳳仙花』（作品社、一九八〇年）がとてもいい、という話をした記憶があります。苦労した女性を描かせると、中上はとても筆が冴えるような気がするのですが。

助川◆そうなんです。しかも若い女性よりも、おばちゃん、おばあちゃんたちを生き生きと描くのが上手です。男目線で見た女性ではなく、女性同士で集まってべちゃくちゃ喋ってる感じをリアルに表現してます。

重里◆『岬』でも、工事現場で働く男女の会話が魅力的です。

助川◆主人公の秋幸にしても、「身のまわりのインテリ男性に辟易したインテリ女性が、頭のなかで作りあげた肉体派男性」みたいなところがあります。カッコいいのだけれど、いまひとつリアリティがない。

重里◆女性のほうが男性よりもリアルに描ける男性作家というのは珍しいですよね。

助川◆絓秀実が、「中上健次は実は女性なのではないか」と言っていたのを思い出しました(笑)。金井美恵子も中上の追悼文で、彼のほほ笑みを「お産したての牝犬」に例えています。

重里◆それにしても中村は、どうして、批評家として唯一、芥川賞選考委員になれたのでしょうか。

助川◆映画の『シン・ゴジラ』(総監督・脚本:庵野秀明、二〇一六年)に、東京を核攻撃しようとするアメリカを、フランスとドイツの協力を仰いで思いとどまらせる場面がありました。戦後の日本は、軍事と外交では、アメリカの意向を無視した決定はできません。これは、現在でも克服されていない日本の生存条件です。このため、ヨーロッパの力を借りてアメリカに対抗できたら、という、何重にもねじれたナショナリズムを日本人は抱え込んでいます。その「こじらせ愛国主義」に、中村のような「フランス通」は妙に訴えるところがあるのです。

重里◆村上の登場時には全く読めていないですね。中村はフランスには詳しかったのでしょうが。

助川◆アメリカに興味・関心を向けず、フランスの側からばかり物事を語るところが、「こじらせ愛国主義」にはかえって心地いいのです。

中村自身は、あるべき純文学の側から、サブカルチャーにすぎない日本文学を批判しているつもりだったのでしょう。しかし、日本の現状を否認したい大衆の欲求のうえに文業を成り立たせていたわけですから、現在の目で見ると、中村こそ「ぬるいサブカルチャー」のようにも映ります。

重里◆流行の図式に引きずられるのではなく、愚直に個々の作品に向き合った読みは、歳月を経ても色あせないということを、丹羽文雄の選評を読むと感じます。「頭のいい人には、文学と政治は向かない」というのが私の持論ですが、中村は「頭のいい人」の代表のようにも見えます。

助川◆吉行や中上が違和感を覚えていた「戦後的なもの」、それに自分が守られていることに、中村は気づけなかったのです。

◆コラム

『1973年のピンボール』をもう一度、読んでみた

重里徹也

『1973年のピンボール』(講談社、一九八〇年)をもう一度、読んでみた。村上春樹の第二作として「群像」に発表されたのは一九八〇年の三月号だから、四十年以上前に書かれた小説だ。やはり、芥川賞を受賞しなかったのは不思議な思いがした。

小説は一九七三年九月から十一月までを描いている。この作品には二人の主人公がいる。二人とも二十代の半ばだ。「僕」は友人と小さな翻訳事務所を開いて生活している。暮らしているのは東京だろう。もう一人の「鼠」は大学を中退して、故郷で日々を過ごしている。外国人が多く住む港町だ。神戸かもしれない。二人は喪失感を抱えて生きている。「僕」は死んでしまった恋人の「直子」のことを思い出す。そして、大学時代を回想する。闘争で命を絶ったり、頭を狂わせたりした友人のこと。叩

き折られた歯のこと。一方で、「一九六九年、我らが年」と心のなかでつぶやいたりもする。「鼠」は大学を中退した。裕福な家の息子で、マンションで一人暮らしをしている。年上の彼女がいる。小説は喪失感、虚無感に覆われている。「僕」は仕事に励んでいるが、失ってしまったもののことをしきりに考えている。特に「直子」のことだ。「鼠」も生きる意味が見いだせない。

私がこの小説に引かれるのは、意味を失っても続く人生にリアリティを感じるからだ。それを深刻ぶらず、比喩を多用して、一見軽快に描いているのがいい。湿っていなくて、明るい。季節の移ろいに敏感で、小説全体が無常観を帯び、電話の配電盤にさえ魂が宿るアニミズム的な感覚には、日本の伝統的な精神世界とのつながりも読み取れる。

選考委員では三人が評価している。丸谷才一と大江健三郎は世界文学のなかで作品を位置づけている。学識と教養のなせるわざだろう。吉行淳之介の読みも鋭い。評価しなかった選考委員は、この作品が全身で訴えている空虚感にリアリティが感じられなかったようだ。

この作品に興味深い場所が出てくる。「僕」が思い出のピンボールを探してたどり着いた養鶏場の冷凍室だ。いまは廃屋になっていて、広くて静かで冷たい部屋だ。死と近接した異界で、長居するところではない。失われてしまった理想社会といってもいい。実は村上はこの後、こういう場所を書き続けることになる。たとえば、『ノルウェイの森』の阿美寮が代表だろう。いかにこういう異界から抜け出して日常を生きていくかが村上文学のテーマになっていく。詳述できないが、こういう異界は他の現代作家たちに受け継がれていく（たとえば小川洋子）。選考委員が鈍くても、文学史は動いていく。

10

『三匹の蟹』

大庭みな子

第五十九回、一九六八年・上半期

◆あらすじ

冒頭は、主人公の日本人女性・由梨がバスに乗り込むシーン。財布のなかにあったはずの二十ドル札がない。一晩をともにした行きずりの男に持っていかれたらしい。

この後、前日の夜に戻って、由梨が抱えている空虚感の深さが描かれていく。舞台はアメリカの辺境の地。アラスカだろうか。彼女は一家の主婦として、自宅で開くブリッジ・パーティーのためにケーキを作っている。パーティーにはアメリカ人、ロシア人、日本人などが来るが、彼女はこのパーティーがいやでいやでたまらない。小説では、パーティーでの虚飾に満ちたむなしい会話が続く。泥沼化して終わりが見えないベトナム戦争など、社会の激変期を生きているのに、状況や人生をめぐることは話題にできず、皮相な恋愛ゲームに時間をつぶしている。由梨は一人でこの場から逃げ出して、特別なあてもなく遊園地を訪れた。そこで、イヌイットやネイティブ・アメリカン、ヨーロッパ系など複雑な出自を持つ男と知り合い、海辺のみすぼらしい丸木小屋の宿で一夜を過ごす。二人は孤独と虚無感を抱えているのが共通していたが、むなしい朝を迎えるだけだった。その宿は「三匹の蟹」という名前だった。

初出：「群像」一九六八年六月号、講談社

作品の背景

時は一九六〇年代後半のアメリカ。人々はベトナム戦争に疲れ、学生たちが反乱を起こし、黒人たちが公民権運動に立ち上がり、カウンター・カルチャーが世を席巻していた。医者や聖職者や学者など、知的スノッブたちはそういうものに関わらず、意味がない会話とカードゲームと酒とケーキと恋愛ごっこに明け暮れている。由梨はそこから抜け出すが、家の外にも同じく、ただむなしい世界が待っているだけだった。日本人の専業主婦が家から飛び出して行きずりの外国人に身を任せるというセンセーショナルな題材で話題になったらしい。ウーマンリブが盛んになり始めた時期で、それも多くの読者に迎えられた背景といえるだろう。

戦後女性作家の四天王として、大庭みな子、河野多恵子、倉橋由美子、富岡多恵子が挙げられる。前者二人は芥川賞を受賞し、芥川賞選考委員にもなり、文壇でも活躍した。後者二人は芥川賞を受賞せず、文壇的には恵まれたとはいえない人生を送った。しかし、熱心なファンを持っている。特に倉橋の『スミヤキストQの冒険』(講談社、一九六九年)、富岡の『波うつ土地』(講談社、一九八三年)は忘れられない作品だ。今後、四人のうちの誰が残るのか、時のみぞ知る。

(重里)

映し出される女性の立ち位置

助川幸逸郎◆この作品から、私はいろいろな芥川賞作品を連想しました。

重里徹也◆たとえば、どんなものでしょうか。

助川◆主人公の友達で、唇がいつも腫れていて吹き出物が出ている女性が登場するでしょう。この友達と主人公の間に、同性愛的な感情があるという描写もあった。私は綿矢りさの『蹴りたい背中』(「文藝」二〇〇三年秋季号、河出書房新社)で、主人公が男の子のひび割れた唇にキスする箇所を連想したんです。また、主人公がお菓子を作っていて気持ち悪くなるというところは、小川洋子の『妊娠カレンダー』(「文學界」一九九〇年九月号、文藝春秋)にちょっと類似する場面があります。

やっぱり偽善的な共同体というか、その共同体とか家族とかのために奉仕することに対する嫌悪というのが書かれています。そこには『妊娠カレンダー』と共通するところがあるのでしょう。似たようなモチーフが出てきながら、全然違った形になっている。そういうところで、たとえば小川洋子と大庭みな子の違い、綿矢りさと大庭みな子の違いっていうのが、日本での女性のポジショニングの変化を表しているように感じました。

重里◆三人三様に優れた作家ですね。大庭みな子のこの作品については、デビュー当時にずいぶんと話題になったようですね。鳴り物入りでの登場でした。群像新人文学賞に続いて芥川賞を受賞して、ベストセラーになった。いまは落ち着いて、この作品を読める感じです。

助川◆当時はどんなふうに読まれたのでしょうね。

重里◆私がずっと聞いていたのは、日本人女性がアメリカ人の男性と不倫をする話っていうことですよね。それが日本の戦後社会を映し出していたという言われ方をよくしませんか？　けれども、主人公が関係を持つ相手というのは、アメリカ国家から疎外されている人間ですよね。

助川◆ネイティブ・アメリカンの血が入っている人ですね。要するにマイノリティーの側に属する人といっていいでしょう。

重里◆イヌイットの血も入っています。

助川◆そうなんです。マイノリティーなわけです。

吹きだまりの人間模様

重里◆そのあたりの事情は、講談社文芸文庫（講談社、一九九二年）の解説でリービ英雄が的確に指摘しています。そういうアジア系のマイノリティーの人の血とスウェーデンなどの血が混じった人物なのだということで、アメリカ社会から疎外された存在だというのがポイントでしょう。同時に主人公の日本人女性もアメリカ社会から疎外されている。アメリカから疎外された二人が、アラスカだろう辺境の地で出会う話なのです。それが大きな構図です。

表現が直接的ですが、いわば、人間の吹きだまりみたいなところが舞台になっていますよね。それが舞台として選ばれたアラスカです。アメリカとは何かという問題になってしまいますが、いわばアメリカであってアメリカではないともいえる土地ですね。もちろん、これこそがアメリカなのだという言い方も可能ですが。そういう大きな構図がまず、あるのだと思います。

助川◆私はとにかく、これはすごく女性小説だなと思ったんです。当時、女性は男性からどう見られるかっていうことでしか自己を社会のなかに組み込めなかった。そうしたなかであらゆる男が自分を（人間というよりは）女性としてしか評価しないわけですよね。周りの男たちも。そして、あらゆる女性が自分の女性性をどういうふうに男に評価させるのかという形でしか振る舞っていない。そうしたなかで自分を女性としてしか評価してくれない男が大嫌いなのに、その男の評価を気にしないでは生きていけないというこのブレーキとアクセルを同時に踏んでいるみたいな疎外感というのがすごく切実に表れている作品だなと感じました。

重里◆その疎外感というものが、照り返しで嫌悪感にもなっているのだと思います。その嫌悪感は、そういう自分に役割やレッテルを押し付けている男に対してもあるし、同性の女性に対しても、それなりにあるのじゃないか、と思います。

助川◆そうなんです。

重里◆男に媚びる女をネガティブに描いていますね。

根なし草たちの特性

助川◆アラスカという辺境が舞台なのに、登場する人物たちはみんなそれなりにインテリじゃないですか。医者だったり、大学で教えていたり。そして、アラスカといういわば人工的な空間で、生活に根づいたキャラクターは一人も出てきません。根なし草というか。

重里◆みんなが空中で生きているというか。

助川◆そのために、よけいにこういうことが起こるのです。男は女を欲望の対象としてしか見ないし、女自身が男からの評価しかあてにしていない。男でも女でも、その場に根を下ろしている生活人が全く出てこない。それで、よけいに、男の欲望の対象でしかない女という構図が目立つということだと思うんですね。

重里◆むしろ、根を下ろすことをばかにしているというか、そういう感じもしますね。深読みすると。変な言い方ですが、根を下ろさないことがアイデンティティーになっている。そういう人たちの会話がずっと続き、そういう人間模様が描かれていく小説だと読みました。

助川◆ずっといわれていることですが、一九六〇年代に「進歩的」といわれた人たちが、いまから振り返ると、いかに女性差別的だったかみたいなことですね。いわゆる根を下ろしているのではないライフスタイルこそが先進的なんだっていう、ある種グローバリズムの先駆けみたいになっている部分と、そういう存在だからこそ社会的な評価の文脈に依存してしまっても、時代のシステムとか社会のシステムとか、制度の限界を絶対に超えられないところがあると思うのです。

重里◆むしろとても無防備にそういうシステムに馴致されている、飼い馴らされている面が大きいと思います。それに合わせて生きているわけです。そこでいかに高い点数を取るのかに汲々としている。そういう人たちなのだと思います。

助川◆娘と父親がどっちも同じような甲高い声でしゃべると女性主人公が言っています。自分の夫が作っているシステムみたいなものに娘が乗ってどんどん悪い意味でカッコつきの「女」になっていって、そのシステムのなかで高い評価を得られる女として馴致されていく。この二人は主人公から見ると共犯関係です。要するにシステムのなかに取り込まれてうまくやっている。主人公にはそのことに対する疎外感や嫌悪感があるんですね。

重里◆ただ、一方で、それに対する別の生き方は主人公に見えてこない。そのために、無力感に襲われているわけです。その無力感を晴らすのは、その無力感を相対化して浮き彫りにするのは、たとえば文学しかないだろうと、私は思いますね。ここでもやっぱり小説というものの力を感じさせる作品だな、と思いました。

社会の闇は境界に表れる

助川◆この小説を読んでいて、ジョン・カサヴェテスが監督した映画みたいだな、と思ったのです。私はカサヴェテスが大好きなのですが。

カサヴェテスという人自身は両親がギリシャ系の移民なんです。それで、彼につるんでいた連中っていうのはいちおう白人なんですけれども、白人のなかではマイノリティーというのが多いんです。

たとえば、『刑事コロンボ』で有名なピーター・フォークは、カサヴェテスが監督した映画にしばしば出ていたし、カサヴェテスは俳優でもあったので、『コロンボ』のゲスト出演もしています。このピーター・フォークはユダヤ系です。あと、ベン・ギャザラというオードリー・ヘップバーンなどと共演している俳優もカサヴェテスの映画によく出ています。この人はイタリア系の移民の子です。

アメリカ社会では、白人でプロテスタントで、という人々がマジョリティーを形成しています。フランス人を例外として、プロテスタントではない白人が多い民族は、アメリカでは主流になりにくいのです。カトリックが多いイタリアとかポーランドとか、アイルランドの出身者は、アメリカでは苦しい立場に置かれます。カサヴェテスにとっての父祖の地であるギリシャもギリシャ正教の勢力が強いので、やっぱりギリシャ人はアメリカ社会ではマジョリティーになりにくいらしいのです。

そして、カサヴェテスの監督デビュー作は『アメリカの影』（一九五九年）という作品です。この映画には、見た目は白人だけれど、実は黒人とのハーフという人物が出てきます。

面白いことに、カサヴェテスはあれだけマイノリティー問題を追求する映画作家でありながら、「いちばん面白いのはミドルクラスの生活なんだ。そこに全部問題が出てくるから」ということを言っています。

たぶんマイノリティーを生み出していく社会の歪みというものは、マイノリティーそのものを描くよりもむしろ、そのマイノリティーから少し遠いミドルクラスの人間たちがある種社会システムのなかで、マイノリティーを馴致したりはじいたりする姿を描くことによって、かえってよく見えてくるということだと思うのですね。
　この小説もそうだなと考えました。むしろ自分はマイノリティーではなくてミドルクラスで、社会システムのなかで比較的うまくやれているんだと思っている人たちの偽善的な生き方、社会に馴致されていく生き方が、社会のシステムからはじかれていく人間を生み出していく構造をうまく描いている小説だと思ったのです。社会システムの闇は、実はそういうところに露出している。そのことが、すごくよくわかる作品だと。そこでカサヴェテスの映画と重なるなと感じました。

重里◆社会の構造というものは、上流社会でもなく下流社会でもなく、その境界のところに最も目立って表れるということなのでしょうね。その境界というのは、中流社会ともいえる。あるいは、比喩を使っていえば、支配者の心の陰りかもしれないし、被支配者の欲望や夢かもしれない。そういう形でより鮮明にあらわにされるということだと思います。

助川◆そうですね。

二十ドル、ベトナム戦争、原爆

重里◆この小説の細部で二つ指摘したいことがあります。
　一つは二十ドルの使い方がとてもうまいなと思いました。現金をきちんと数字を出して描く小説には、いいものが多いように私は思います。この作品の場合も、二十ドル紙幣が非常に生きている感じを受けました。吹きだまりのどうしようもない男女の一夜の鮮やかな象徴になっている。うまいな、と思いました。
もう一つは、アラスカの住人たちの会話のなかに、いろいろと懐かしい言葉が出てくるわけです。たとえば、ベトナム戦争ですね。あるいは、フォークナー。こういう言葉がちらちら出てくる。でも、深入りはしない。遠景になっている。これが非常に効いています。
ベトナム戦争そのものは描かれてはいない。ですが、この小説の前提にベトナム戦争というものがあって、それは話題にしてはいけないような雰囲気がある。ちらっと出てくるだけなのですが、妙に印象的です。

助川◆フォークナーの使い方、ベトナム戦争の使い方。まるで一九六〇年代あるあるみたいな感じの使われ方で、逆にいうと、すごく歴史認識として鋭いです。フォークナーは六〇年代では神のように評されていたわけですが、いまとなってはちょっと懐かしいわけです。そのフォークナーが、むしろ五十年たったら懐かしいものになっているだろうな、とわかって使われているがごときですね。

重里◆なるほど。もちろん、フォークナーの魅力はいまも色あせていないと考えますが。

助川◆歴史認識が鋭いなと思います。大庭みな子はそこまで計算していなかったとは思いますが。

重里◆当時としてはオシャレというか、ある種知的流行に沿っていたのでしょうけれども。

助川◆フォークナーとかベトナム戦争とかが、いまとなっては一九六〇年代あるあるみたいな感じで読めて、あの頃はこういうこと言うヤツいたよな、みたいな感じで使われている。

重里◆それともう一つ気になることは、大庭は広島の原爆の惨状を見ているわけですね。デビュー作でそれを書かなかったというのはかなりの覚悟というふうに私は思いました。つまり、この人はデビューした後いくらでも書くものがあるということですよね。そこもちょっと私は感心しましたね。引き出しがいっぱいあって、そのうちの一つしか使っていないということですね。

助川◆たぶん、原爆のことよりも、自分が抱えている違和感とか、社会に対する違和感みたいなもののほうが描けるということだったんでしょうね。

重里◆入り口にそういう虚無感や疎外感があって、その向こうに原爆が見えていたのかもしれません。これは大器だという表れですね。はっきりいって。小さい器じゃないなって私は感じます。

助川◆三島由紀夫の選評がすごく面白くって、構成がいいということを強く指摘しています。確かに読み始めたときはなんだかわからないけれど、読み終わったときにあの冒頭が。

重里◆逆になっていたのだと。

助川◆そうなんです。本当にむなしい一夜を明かした翌日の空気というのは、ものすごくよく出ていましたね、あの冒頭。

重里◆選評を読んでいて、三島由紀夫と井上靖が一緒に選考をやっているというのは感動的ですね。それで、二人ともがきちんとこの作品に反応している。面白いなと思いました。

助川◆同時受賞は丸谷才一ですね。

重里◆大岡昇平は丸谷のほうを評価しています。それも面白いところですね。

助川◆大岡は戦争に行って見るものを見てしまったけれども、もともと半分は中村光夫みたいな「フランスかぶれ」ですから、あの人は。大庭の本当のすごさがわからなかったのじゃないかな。

重里◈むしろ、永井龍男とか瀧井孝作とかがしっかり評価しているのが印象的でした。

助川◈私も瀧井孝作がほめているのがとても意外であるとともに、瀧井の心に触れるぐらい、この小説は「根なし草」の生活が本当に書けているんだなと思いました。生活に根を下ろしてなくて生活感がないと言いましたけれど、生活感のなさがしっかり描けているということでしょうね。

重里◈生活感に下ろして描けているということですね。

助川◈生活感のなさが、生活そのものににじみ出るぐらい描かれている。それが生活なんだっていうことが伝わるように描けているのが、瀧井の肯定的な選評になっているのだろうと思いました。

重里◈あるいは、永井龍男の選評につながっている。瀧井や永井がきっちり評価できる作品だということが、一方にあると思います。

助川◈逆に頭で小説の構図を作ってしまう作家のほうが、大庭が身体感覚ではなくて、頭で考えたものだと誤解していますね。

11

大江健三郎『飼育』

第三十九回、一九五八年・上半期

◆あらすじ

洪水のために周囲から孤立した山あいの「村」にアメリカ軍機が墜落した。唯一の生存者である黒人兵は、「町」から処遇についての指示が下るまで、「村」の地下倉庫で監禁されることになった。黒人兵への食事の搬入を任された「僕」は、初めは彼をけだもの同然に見ていたが次第に心をかよわせる。しかし、「町」に移送されようとした瞬間に黒人兵の態度は一変、「僕」を人質にして地下倉庫に立てこもる。鉈を手に踏み込んできた父に黒人兵は殺され、黒人兵に盾にされた「僕」も左手に重傷を負う。数日後、「町」の住人のなかでは例外的に「僕」を差別しなかった「書記」が、アメリカ軍機の尾翼で斜面を滑り降りようとして投げ出され、「僕」の目の前に骸をさらす。

初出：「文學界」一九五八年一月号、文藝春秋新社

作品の背景

この作品の末尾近くで「僕」はいう。「僕はもう子供ではない、という考えが啓示のように僕をみたした。兎唇との血まみれの戦、月夜の小鳥狩り、橇あそび、山犬の仔、それらはすべて子供のためのものなのだ。僕はその種の、世界との結び付き方とは無縁になってしまっている」(「飼育」)、黒人兵と絆ができかけたところで相手の裏切りに遭い、手を砕かれる。そんな体験をした「僕」は、「村」に自足する子どもではいられない。かといって「僕」はまだ小学生にすぎず、「村」の大人たちの仲間に

なることはかなわない。「村」の外側とつながる道も、「書記」の死によって閉ざされた。

あらゆる共同体のはざまに主人公が追い込まれて幕が下りる。この構図は、『飼育』と前後して書かれた大江の初長篇『芽むしり仔撃ち』（講談社、一九五八年）にも認められる。洋書やその訳本をひもといてひっかかる言葉を探し、その言葉を糸口に日本の土着のリアルに降りる。そういう形で若き大江は作品を構想していたという。洋書の世界にだけ没入するには土着の痕跡が心身に食い込みすぎている。欧米の知識を学びすぎたため地元の村には安住できない。現在身を置く東京も、いまだ敗戦の痛手をとどめ、復興していく姿が定かでない――そんな「どこにも寄るべのない状況」のなかで大江は『飼育』を書いた。そのことが、『飼育』の主人公の運命にも反映されている。

そして、寄るべを一切持てない人間がどのように生きていくかは、大江にとって終生のテーマになる。彼の代表作『万延元年のフットボール』（講談社、一九六七年）の主人公が「根所」の姓を持つ事実は暗示的である。

（助川）

イメージを喚起する叙情的な文体

助川幸逸郎◆中上健次の『岬』と同様に圧倒的な才能というか、スケールの大きさを感じました。

重里徹也◆硬質な叙情の力が印象的でした。イメージの喚起力に驚きます。畑正憲（「ムツゴロウ」シリーズで知られるエッセイスト）が大江の作品を読んで作家になることを断念したというのはよく知られていますが、なるほどと思いますね。ずば抜けた才能です。同時代にこういう作家がいることの幸せと、畑にとっては断念というか、諦念というか、そういうこともよくわかる気がしました。特に叙情の力が優れていると思います。

一方で数十年ぶりに読み返して、とても読みやすいと思いました。それが意外でした。何というか、普通の文体なのですね。これはどういうことなのでしょう。日本文学全体が大江の影響を受けて、我々も慣れてしまったのでしょうか。

助川◆それもありますが、大江が若いときから、徐々に文体を変えたのではないでしょうか。若いときのままの文体だったら行き詰まっていただろう、と本人は言っています。大江自身の本来の資質が自然に流れるとこういう文体なんですよ、きっと。大江夫人がいつも言っているのは、最初に書いたのがいちばん読みやすいということらしいです。最初に書いたときのまま出していれば、もっと売れたのにと夫人はぼやいているんだとか（笑）。

母親と方言を排除した作品世界

重里◆ところで、この小説で、気になることが三つあります。一つは、母親が出てこないことです。この母親の不在は一体何なのだろう。大人の女性が出てこない。子どもと大人の男しか出てこない。

助川◆すごく面白い視点ですね。

重里◆さらに不在なものがあります。方言です。登場人物たちの会話は抽象化されて描かれている。四国の山奥が舞台なのに、方言を出さない。母親と方言を排除した小説空間。非常に気になるところです。

助川◆もう一つは?

重里◆主人公がいつも受け身だということですね。子どもが大人になる小説はたくさんあります。それには、大きく二つのパターンがあって、被害者になって大人になるか、加害者になって大人になるか、です。

石原慎太郎の『太陽の季節』というのは、加害者になって何事かを知る話です。女の子を孕ませて堕胎させて死なせて、主人公が大事な経験をする。対照的に『飼育』の主人公は、暴力を受けて手を砕かれて大人になる。受け身なのです。象徴的ですね。大江と石原の違いがここにある。図式的ですが。

街から差別される共同体

助川◆この子どもたちが住んでいる地域自体がたぶん、被差別なんだと思います。町に出ていくとすごくジロジロ見られる。主人公が所属している共同体自体が嫌われて差別されている。それで、足の不自由な人だけが差別しないで寄ってきてくれる。その人は最後に死ぬわけです。町のほうは敗戦のせいで、黒人兵どころの騒ぎではなくなっている。日本という国が崩壊していく状況に対して、呆然とするしかないという経験が書かれているんだと思います。

大江にとって、民主主義がやってきて、結果的には社会はよくなった。でも、敗戦はショックなことで、意味づけられないような呆然とした体験だった。こういう経験は、受け身的にしか書けない問題だし、一方で役場という存在が全くきっちり応対してくれないという状況は、大日本帝国のシステムが崩壊していく様子を示しているのでしょう。

あの足が不自由な唯一自分のことを構ってくれた人があっけなく死んでしまう。結局その足が不自由な人だけが、大日本帝国みたいな強大な統治システムと差別されている山奥の自分たちの間の結び目だったのだけれど、それがあっさり切れてしまうわけですよね、最後でね。八月十五日を経験した人間たちは何が起こったのかよくわからない。解釈できない。けれども、とてもダメージを受けたのは確かだという感じが描かれている小説だな、と思いました。

母親が出てくると、母親って自分が体感的に接している存在ですから、戦争が終わって、巨大なシステムが崩壊したダメージをどう解釈するかみたいなことに関して、母親にすがってしまうのではないでしょうか。母親が不在であることで、呆然自失感がきちんと出るのかな、と話をうかがっていて感じました。この小説の要じゃないかな、母親を描いていないというのは。

重里◆けれど、小説としてはどうですかね。すごく気になりました。母親はどうしているのだろうって。主人公とその弟を産んだ女性はどこにいるのだろう。とても疑問を持ちました。それは、最後に足が不自由な役場の書記が突然に事故で死ぬことの違和感とつながっていますね。ずるいなって感じなのです。こんなに作家に都合よく物事が運ぶのは、おかしいでしょう。

助川◆私も思います。

重里◆いい気なものですね。誰かに殺されるとかね。そんなふうにしないと。納得できないです。小説のなかで死を描くのなら、殺したヤツの正体をさらすべきだし、火事を描きたいのなら、放火したヤツの内面を描くべきですね。

助川◆小説を終わらせるために死んだという感じですね、書記は。母親の不在についてですが、作家論的にいうと、大江のお母さんが出てきて方言をしゃべりまくるじゃないですか、『懐かしい年への手紙』（講談社、一九八七年）とか。方言を封じることとお母さんを封じるというのもつながっていると思います。

重里◆なるほど。

助川◆大江のなかで四国の山奥の村の土着性だとか、そこに根付いた生活みたいなものというのは、母親とつながっているんですね。方言とも、つながっている。母親を出すことで、大江は自分の土着性をしっかり自覚できるわけですよ。

重里◆初期大江には、それを出さないで、知識人として自分を読者に伝えたいというのがあったのではないですか?

助川◆そうですね。と、同時に自分が経験した不条理な状況、まさにある意味でサルトル的な、自分が何者であるかわかる前に実存として存在してしまうんだ、みたいな感じを普遍性をもって描くためには、母親と方言がないことが必要だったのでしょう。

重里◆ただ一方で、「朝日新聞」の百目鬼恭三郎がかつて書いていたけれど、大江は四国の山ではなく「大江山」を描いているんだと、山を描いても。川を描いても四国の川ではなくて「大江川」を描いている。いつも大江の世界を書いているということを否定的に指摘していたわけですが、そういうところがあるのかな、と思いますね。方言について何度も何度も地元の方言でしゃべった、とかそんなふうに記述しています。それで、方言を具体的に書かない。いつもオブラートにくるんでいる。大江のリアリズムって何なのだろう、と思います。

土着性とおフランス

重里◆障がい者を最初期から描いているというのも、今回の発見でした。足が不自由な役場職員はそうですし、もう一つは兎口ですね。気になりました。我々は大江のこの後の展開を知っているわけです。つまり、四国の村落と障がい児を根拠に小説を書いていくようになるわけです。

助川◆私の持論なのですが、大江において、四国の山奥で野蛮人みたいに育った自分と、東京に出てフランス文学の最先端を学んだ知的エリートとしての自分というのが、矛盾葛藤しているわけです。

大江の問題というのは、近代日本の知識人たちが隠蔽してきた自分の土着性みたいなものと、そのうえに移植したおフランスみたいなものと、どう切り結んでいけばいいかという問題ですね。この点をネグレクトして、おフランスのほうだけでやっている作家や評論家も少なくないわけです。

重里◆あるいは両者に分裂してしまう。

助川◆そうなんです。

重里◆芥川龍之介がわかりやすいですね。分裂して、もたなくなってしまう。

助川◆大江の場合、『飼育』のような初期作品の段階から、日本の土着性みたいなものとおフランスみたいなものが、きっちり小説のなかでつながっているんですね。状況のなかに投企されてしまって、自分が置かれている現実を名づけられないというサルトル的な問題と、田舎《いなか》の疎外された村に生きている子どもの原風景みたいなもの。一見対照的なこの両方が、大江作品では重なっています。大江にとって、「最先端の近代」と「土着的なもの」は、ある部分では矛盾しながらも別ものではないんですね。

重里◆『飼育』にはもう一つ出てこないものがあります。白人です。どうして、黒人にしたのでしょう。

助川◆これは、差別されている者が逆にもっと下を作って差別していくという構造ですね。ここに出てくるアメリカ兵が白人だとすると、力関係的にいって、自分より上の人間を引きずり下ろしてという感じになるんですけれど、黒人であることで、まさに村人が兵士を「飼育」しているような感じを出せる。差別されている側は必ずしも差別しないわけではなくて、もっと差別する者を作っていくという痛切な構造を描いていると思います。

重里◆差別の構造は、よくラッキョウの皮に例えますよね。むいてもむいても、次の皮がある。

助川◆差別されている側が差別の構造そのものを告発するのではなくて、俺らを差別しないでくれ、あいつらとは違うという構図を作っていく。差別の一筋縄でいかないところです。黒人を出すことで、そういう構造が描けているのではないでしょうか。

戦後日本人と重なる被害者意識

重里◆最初の話に戻りますが、被害者として大人になる、被害を受けたことで成長するという構図が、とても大江的な感じがします。大江って、いつも被害者を描くわけです。それが非常に戦後日本的というか、戦後日本人の心性の反映でもあるのだろうと思います。

助川◆大江に『「雨の木」(レイン・ツリー)を聴く女たち』(新潮社、一九八二年)という連作短篇集があります。全部で五編からなる短篇集で、どれも大江当人を思わせる作家が主人公で、「序章」と見なせる冒頭の一編を除くと、残りは全部、主人公の分身みたいな存在が罪を犯したり破滅したりする話です。自分は無垢で罪を犯さないけれど、自分の分身みたいなものが実は罪を犯して加害者になる。大江ってそのパターンが多い。それから、大江自身の息子である光さんがモデルになっている障がい児の子どもに対して、罪を犯すんじゃないか、という不安を抱く小説も書いていますね。

重里◆性に目覚めた後どうなるのか、とか。

助川◆そうそう。だから、大江のなかでは自分とかあるいは自分の子どもとかが罪を犯すところは書かないのだけれども、自分が加害者になるんじゃないか、とか、自分の子どもが加害者になるんじゃないかってことに対する恐怖みたいなものは常にある。そこが戦後日本的ということでしょう。大江はたぶん、加害者になるわけにはいかないんですね。常に被害者面している。それを装いながら、実は自分が加害者になっているんじゃないかっていう意識というのは大江のなかに、半ば無意識かもしれないけれど、ずっとあるような気がします。そこをどう評価するかなんです。

重里◆大江の態度は、戦後日本人の姿を映し出しているように思います。

助川◆自分の加害者性に関しては口を拭って、被害者としての立場に、戦後の日本人はずっととどまってきたわけですよね。軍部の一部の悪いやつが暴走して、国民はみんな巻き込まれてしまった。

重里◆そして原爆まで落とされました、と。

助川◆でもアジアの国々に対しては加害者だったし、ヨーロッパ人の捕虜に対しても虐待していたわけです。

重里◆軍をあおったのは誰ですか、と問いたくなりますね。あなたたち（国民）の無意識とそれを反映したメディアでしょう。

助川◆そういう意味では、大江は本当に戦後の日本を代表する作家ですね。大江の政治的発言については、よくばかだ、といわれているけれど、それは「おフランス」の部分でいっているわけですよ。中村光夫とかと共通していて、それこそ近代知識人の進歩派みたいなところでいっているもので、それと土着の部分が大江の場合、矛盾葛藤しながらも、どこかで結び付いていて、それが小説世界になっている。だから、大江の政治的発言は大江の小説を理解する補助線として見るべきで、そのまま受け取ってはいけない。大江の政治的発言は、彼の半分だけが語っていることなのです。

重里◆政治的発言は非常にお粗末ですね。それを本人は頭から信じている、みたいな態度でいうでしょう？　そこには彼の自己責任がありますね。

助川◆大江は自分の加害者性を自分が罪を犯した話として表現できない。あるいは、光さんがモデルになっているあの障がい児の性的な問題がどう解決しているのか、本当のところが書けていないですね。

重里◆書こうとしないですね。

助川◆矛盾はわかっている、自分の加害者性もわかっている。ただ自分が当事者として加害者の側に立って書いているのかっていう問題になると、そこを大江は書いていないわけです

重里◆はい。しかもそれは、戦後のある種のインテリの甘さにもつながるのだろうと思います。

助川◆おっしゃるとおりです。大江は才能がある作家だと思うし、私は熱烈に支持しています。しかし、自分や息子が「加害者となる可能性」を突き詰めきれていないところは大江の限界です。ただ、政治的発言だけとって大江の小説を否定するのは間違っていると私は言いたいです。

読んでも元気が出ない小説

重里◆せっかくの機会なので、もう一つ。私は若い頃から大江の小説をけっこう読んでいますが、なんていうか、いくら読んでも、あまり元気が出ないんですよね。素朴な言い方ですが。私は自分に元気を与えてくれる小説が好きなんです。大江ってなんか、気がめいるというか、読んでいて。乱暴な話ですけれど。

助川◆どんな残酷なことを書いていても、読んで、これは間違いなく真実だというときに人間は元気が出ますね？　大江の場合、自分の加害者性を書いていなくて、寸止めで葛藤しているから元気が出ないんです。

重里◆大江の小説って、なんかつらいんです、読んでいて。どこにも行けない感じになる。私がいちばん好きな大江作品は『洪水はわが魂に及び』（新潮社、一九七三年）です。

助川◆あれは最後、自分がもう暴力をふるう側に、腹をくくってなるわけですね。あれはまさにそうですよね。自分が被害者でばっかりいられないっていうことをあの小説はほとんど例外的に引き受けている。

重里◆「自由航海団」の不良少年たちも、すごく魅力的でした。あの小説で、加害者を引き受けることと、祈りが初めてテーマの一つになったことは結び付いていると思います。

助川◆最終的に自分たちは加害者の側、テロリストの側に立つ覚悟をするわけじゃないですか。だからあの不良少年たちと自分は加害者か被害者かで揺れているのだけれど、最後に主人公はテロリストの立場を選ぶわけですよね、あの小説は。だから元気が出るのでしょう。

12

『闘牛』

井上靖

第二十二回、一九四九年・下半期

◆あらすじ

主な舞台は敗戦翌年の一九四六年十二月から四七年一月にかけての大阪—阪神間。主人公は関西のローカル夕刊紙の編集局長・津上。もともとは全国紙のやり手の新聞記者だったが、その実力から余剰人員の整理のために設立された夕刊紙のナンバー・ツーに抜擢された。小説は、その夕刊紙が社運を賭けた事業として実施する闘牛大会の顚末を描いている。

焼け跡が残る敗戦後の街を背景に、津上の虚無的で孤独な心情が浮かび上がる。妻子を疎開させている津上は、戦争で夫を失った女性との愛欲にふけりながら、新聞の宣伝力をフル動員して、事業を成功させようともくろむ。海千山千の興行師やアプレゲールのプロモーターなども登場して、人々は闘牛大会というイベントに突っ走る。戦後社会が抱える空虚や閉塞感が浮き彫りにされ、一方でそこでは、激しい生命力がのたうち回る。その図は戦後日本の根っこをあらわにするようだ。

初出：「文學界」一九四九年十二月号、文藝春秋新社

作品の背景

特に重要だと思われることをいくつか指摘しておこう。まず、小説のなかに戦後日本社会の最高権力者の姿が描かれていることである。津上は、闘牛大会に関連するイベントとして中之島公園（大阪市の中央部にある公園）で花火を打ち上げる計画を立てる。

ところが、いったん許可が下りたのに再び許可されなくなるなど、振り回される。大阪市からは「許可が降りるかどうか請け合えない」と言われる。花火の許認可をしているのがどこかは記述されていないが、GHQ（連合国軍総司令部）である。戦後社会の真の最高権力を誰が持っているのかが暗示されている。この花火をめぐっては津上の愛人が考えをめぐらす。彼女は「菊の花でも咲かせたら」と話した後で、（津上は）牛の形でも出すつもりなのだろうと思う。戦後社会において、「天皇」が「イベント」に置き換わることを示しているように読める。

全編に閉塞感と虚無感が漂っているが、その外にあるものが二つ描かれているのも印象的だ。一つは京都の除夜の鐘に象徴される「歴史」であり、もう一つは六甲山に見える白い雪に代表される「自然」である。津上が中心になって展開するメディアの狂奔や、闘牛大会が示す刹那的な時間の消費に対立するものとして、「歴史」と「自然」が純粋で静かな空気を漂わせている。

井上靖はこの後、しきりに山岳や野鳥を描き、歴史へと物語の筆を進めていくことになる。それが井上にとって、戦後社会を生きるということだったのだろう。（重里）

虚無感を物語で楽しむ

助川幸逸郎◆この作品は重里さんの評価が高くて、私も読んで非常に感銘を受けました。この作品の価値をざっくりいうと、どういうことになるのでしょうか。

重里徹也◆歴代芥川賞受賞作品のなかでも傑出した作品の一つだと思います。アジア・太平洋戦争を体験し、敗北した日本人の虚無感が根底にある作品です。それは「焼跡」という言葉が計八回、使われていることにも端的に表れています。

それで勘どころは、その虚無感をどうやって埋めるかということだと思うのです。どうすればいいか。敗戦後、雨後の筍のようにたくさんの小説が書かれ、読まれました。この小説が傑出しているのは、その虚無感を良質な物語にして楽しんでいるところにあるのではないかと思います。虚無感を楽しむ大人の小説なのです。

助川◆物語にして楽しんでいる。なるほど。そこをもう少し説明していただけませんか?

重里◆徹底的に打ちのめされて、虚無感に侵された自分の内面を描くのではない。自暴自棄になって、荒れた生活をしている自分を描くのでもない。虚無感からいたずらに立ち上がろうと何かのイデオロギーにすがる姿を描くのでもない。不条理だの、矛盾だのに神経を震わせてうずくまっている小説でもない。システムや社会を「告発」するものでもない。

世界が虚無だなんて当然のことなのだ、当たり前のことなのだというふうに平然と構えて、少し距離を置きながら、虚無感を楽しむように物語を創出している。これが井上靖という作家の際立った特徴なのではないか、と思うわけです。

助川◆それはジークムント・フロイトがいうところのユーモアですよね。自分の絶望的な状況を超自我が見て、それに対して距離感を置いたところから超自我が絶望して、つぶされそうになっている自我に対して、お前大丈夫なんだぞと言ってやるのがユーモアです。絶望的な状況のなかで自暴自棄になって語るのはアイロニーなんですが、それに対して、絶望的な状況で絶望的な状況を相対化するような目線から語るのがユーモアなんです。そうすると、井上靖の『闘牛』というのは、国が破壊された状況で、本当に虚無的になっている状況で、闘牛といういかがわしいイベントをやることをある種ユーモラスに描いているんですね。

井上靖が大人な三つの理由

重里◆そうなのです。では、井上靖にはなぜ、それができたのか。ちょっとありきたりですが三つぐらい理由を挙げましょう。一つは年齢を経てからデビューしたことです。芥川賞を受賞したときにすでに四十歳を超えていた。若い間は受験の失敗をしたり、旧制第四高等学校で柔道に打ち込んだり、九州帝国大学や京都帝国大学に在籍したり、就職したり、詩を書いたり、さまざまな経験をした後で小説を書いている。だいたい人生の酸いも甘いもかみしめたうえで小説を書いているということがまず、あるでしょう。

二つ目は、よく指摘されることですが、血のつながった両親に育てられていないのですね。おじいさんの妾と二人で伊豆で暮らしていた。非常に特殊な幼年時代だと思うのですけれど、これがきっと井上にある種の対象との距離感というか、人生や世間や物事に対する距離感を養ったのではないのか。つまり、俗っぽくいうと、大人の目を培ったのではないか。こんなふうに思うわけです。

三つ目は、新聞社に在籍していたことですね。新聞記者というのは虚無感を具現化したような仕事でしょう。事実を報道するといって戦争報道もしていたわけですね。そして手のひらを返して、やがて「平和と民主主義」の紙面も作ったわけです。このことに対するたまらない虚無感があったと思います。それはこの『闘牛』という小説にもよく表れていますね。

小説の舞台となっているのは、大手新聞社系列の関西ローカルの夕刊紙です。敗戦後に創刊されて、まだ一年もたっていない。全国紙系列なので、一定のブランド力があり、記者にもそれなりの力量がある。一方で紙面作りには小回りがきく。このメディアは、醜悪で、こっけいで、あつかましくて、利己的で、無軌道です。つまり、メディアというものが持っている性格を拡大鏡で映したように露出している。それで、このいかがわしい新聞社というものが仕掛けるのが闘牛というイベントですね。人々の虚無感を一時的に麻痺させ、熱狂させる花火のような興行です。

助川◆なるほど。

重里◆戦後の虚無感を物語にして楽しむ態度で、闘牛というのはその象徴になっているわけです。しかし、実は戦後日本というのはこの「闘牛的な社会」、闘牛をどんどん次から次にやって楽しんで、時の流れを忘れるような、そういうやり方で社会を作ってきた、と思います。そういうふうにいえば、とても予言的な小説ですね。日本人の戦後の運命をかなり長いスパンにわたって予言したような小説になっている。そんなことも考えました。

変わらない日本人

助川◆でも、たとえばの話、日本軍が敗れたのだってある意味では、合理性を失ったからですよね。バブル崩壊以来、もうとっくに切り捨てたほうがいい事業とか意思決定のやり方などを、過去の成功体験にこだわるあまり手放すことができず、窮地に陥る組織が後を絶ちません。そういう組織を、インパール作戦を決行した日本陸軍に例えて批判する言説がありますけれども、日本の組織につきまとう非合理的な部分というのは、戦前から変わっていないのではないでしょうか。

組織の論理からいうと合理的な選択で、あるいは自分の身の周りの利権からいうと合理的なんだけれど、距離を置いて眺めると、全く非合理的でとんでもないみたいなことを、日本人っていうのは、近代になってから、ずっとやってきたような気がするのです……。

重里◆なるほど。

助川◆実は戦後で変わったように見えても、結局変わっていなかったという気がしてなりません。

重里◆日本人は一体、いつからそういうふうになってしまったのか、というのは難しいですね。

助川◆難しいです。

重里◆日露戦争の後からかもしれません。

助川◆一つの考え方でしょうね。少なくとも、司馬遼太郎の見方だと日露戦争の後ということになるのではないでしょうか。

重里◆歴史学者によっても違うでしょうね。

助川◆違うでしょうけれど、少なくともインパール作戦をやった軍部、いやいや、そもそもアジア・太平洋戦争を始めてしまうような体質は、敗戦後もずっと引きずっていたのは確かでしょう。

重里◆そうなんです。何も改まっていない。これははっきりとしていますね。

助川◆だからこの『闘牛』という小説を読むと、戦争に負けたニヒリズムがありながらも、結局そのニヒリズムを埋めるためにやっていること自体がインパール作戦なわけですよね。ニヒリズムによって、ニヒリズムを埋めるというか。

重里◆そういう図式になりますね。

助川◆その変わらなさ、変われない日本人の姿をシニカルに描くのではなくて、ユーモラスに描いているのですね。

重里◆物語にして、楽しめるように描いているのです。

助川◆そうなんですね。それがくっきりと浮かび上がってくるように思いました。

重里◆そして、インパール作戦が惨めな失敗に終わったように、新聞社がたくらんだ闘牛というイベントも挫折するのです。

助川◆そうなんです。失敗するべくして失敗する。

重里◆そんなふうに考えると、とても広がりがある小説だとわかりますね。この作品の真価も、井上靖の真価も、まだ十分に論じられていないように思います。

助川◆芥川賞作品を読んでいると、その時代その時代を描いている作品は、やっぱりその時代で終わってしまうのですね。その時代を捉えただけで終わってしまう。

重里◆確かにそうですね。

助川◆距離を置いてしばらくたってから読むと、たとえば、この『闘牛』のような作品は、戦前からずっと近代日本を貫いていく大きな問題を捉えていたということが、五十年六十年たってから読むと見えてきます。そういう作品が歴史に残ると思うのです。

重里◆クリアに見えてくる感じがしますね。私たち日本人は、次から次に闘牛を催しては、その場その場の虚無感を埋めてきたということですね。それは現代にも通じています。

助川◆はい。

重里◆井上靖というのは非常に大きな作家なのじゃないかというふうに、私はこの一作だけを読んでも思いました。そして、若い頃に読んだ作品群を読み直して、その実感をさらに深めているところです。

西域、歴史、美、大自然への亡命

助川◆でも、その井上が逆に中国に題材を求めていってしまったというのが、皮肉といえば皮肉ですね。ある種の亡命といえばいいでしょうか。

重里◈井上は旺盛な創作力の持ち主で、いくつもの場所に亡命しています。一つは中国の西域に亡命した。『敦煌』（講談社、一九五九年）をはじめ、私たちの財産ともいうべき作品を残してくれた。さらに、日本の歴史をさかのぼる仕事もしています。それからもう一つは、歴史のなかでも美の世界の探求ですね。利休の世界などに亡命した。

それはもういくらこの日本の現実を書いても、結局は『闘牛』の世界を描くことになってしまうということがあるからですね。井上がヒマラヤから日本の北アルプスまでしきりに山岳を描いたのも、「闘牛的世界」からの亡命という意味合いがあるのだろうと思います。「闘牛的世界」ではない世界というのは、どこにあるのだろうという、それを希求し続けた生涯だったのではないでしょうか。そして、物語を創出し続けること自体が、「闘牛的世界」を相対化し、超えていく道筋だったのだろうと思いますね。辻邦生が井上靖に引かれたのも、このポイントでしょうね。ここに、戦後日本のまれなニヒリズム相対化の仕事があるのがわかったのでしょう。

助川◈そうですね。戦後の日本社会とか、あるいは昭和戦前とか大正ぐらいの日本社会はある意味、『闘牛』で書いてしまったわけですよね。

ここで私は、三島由紀夫のことを思い浮かべます。三島は、戦後の混乱期にブレイクしてスターになり、高度経済成長が軌道に乗り始めた一九五〇年代後半から時代と齟齬をきたすようになった。井上が『闘牛』で書いていることの半面、敗戦によって剝き出しにされた人間の本性という点については、三島も共感するはずです。

ただいったんそのようにして露呈されたものが、高度経済成長によって「なかったこと」にされていくのに三島は耐えられなかった。これに対して井上は、民衆というものが「喉元過ぎれば熱さを忘れる存在」であることを受け入れていた。だから、高度経済成長期の日本を否定する言辞を直接口にすることなく、モンゴルとか戦国日本とか、剝き出しの生を追求できる別の舞台を求めた。
三島に比べると井上のほうがより大人だったし、そのぶんもっと深くニヒリストだったように感じます。

重里◈井上靖はベストセラー作家でした。大衆がその仕事の貴重さを本能的にわかったということかもしれません。新聞小説でも活躍しました。ただ、現代を描いても、さっき言った山岳もそうですし、湖を描いたり、渡り鳥たちを描写したり、仏像や音楽を題材にしたり、どこかナマの現実と距離を置くという姿勢はありましたね。

助川◈『太陽の季節』で石原慎太郎が出てきたときに井上靖が評価したというのは、たぶんベタに石原慎太郎はやっているのだけれども、井上靖はその虚無感からああいう限定された世界のなかでハチャメチャをやるってことを描いているのじゃないか、と思ったのではないかと感じるのです。井上靖は、「闘牛的なもの」そのものが石原慎太郎の世界なんだと思ったのではないでしょうか。

芥川賞作品の二つのタイプ

重里◈芥川賞の受賞作品を読んでいると、わりとベタに書いて、それが実は時代を表現しているというタイプの作品がけっこう多いのではないかなと思うのですね。第一回の石川達三『蒼氓』(「星座」創刊号、星座社、一九三五年）からそうでした。芥川賞受賞作には二つのタイプの作品があって、ベタに現実を描いて時代を表現する作品と、もう少し射程が広い小説とがあるのではないかという気がします。たとえば、庄司薫の『赤頭巾ちゃん気をつけて』（「中央公論」一九六九年五月号、中央公論社）は前者のような気がします。あのノーテンキな理想主義こそ、時代の産物でしょう。

助川◆『赤頭巾ちゃん』は、学生運動が盛んだった頃の作品です。大学解体が声高に叫ばれるなか、当時、東大合格者数が全国ナンバーワンだった日比谷高校に通う高校生が、既存の学歴社会に疑問を持ちながら、知的エリートに対する憧れも捨てきれず葛藤する。当時はおそらく、それなりに本質的な問題に迫っている小説に見えたでしょうし、「社会的成功に向けてのキャリア形成」と「〈今、身の回りにある価値観〉の枠を超えた知性・見識の涵養」と、どちらを高等教育で重視すべきか、というのは、現代でも古びていない問題です。

けれども、学園紛争の影響で東大入試が中止になり、知り合いのおばさんから「かわりに京大か一橋を受けるの？」と聞かれる場面なんかは、鼻白みます。高校や大学の「ブランド・バリュー」の相対化が、ぜんぜんできていないんです。

田中康夫の『なんとなく、クリスタル』（河出書房新社、一九八一年）はブランド・アイテムがたくさん出てくる作品ですが、これに出てくるブランド・アイテムには事細かに注がついている。この注のおかげで、『なんとなく、クリスタル』は外国語への翻訳も可能ですし、後世の人も解読できるでしょう。しかし『赤頭巾ちゃん』は、外国語に訳しても、書かれてから百年後に読んでも、意味がわからないところがたくさんあると思います……依然として現在でも、東大を受けたい受験生が受けられなくなって次善の策として考えるのは、文系なら京大か一橋かもしれませんが（笑）。

重里◆半年ごとに芥川賞受賞作が選ばれ、それを我々は読むわけですが、最近でも、いつまでもつかなという作品はあるように思います。

助川◆井上靖に戻りますが、「闘牛的なニヒリズム」というのは一貫しているように思います。『蒼き狼』でチンギス・ハーンの世界を描いても、結局根底にあるのはまさにニヒリズムですよね。

重里◆そうですね。あるいは敦煌の経典の運命を描いても、遣唐使の苦労を描いても、その底に流れているのはニヒリズムです。ただそのニヒリズムによって、湿っぽくならないのですね。ニヒリズムを楽しんでいるようなところがある。しょせん、この世に意味はなかなか見つからない。だったら、距離を置いて眺めて、意味を探してみようじゃないですか、と誘われるような感じなのです。物語でニヒリズムを面白がり、読者を励ましているのだと思います。

助川◆結局、歴史の大きな流れであるとか、あるいは大自然の力などに、人間は絶対に勝てないわけですね。勝てないのだけれど、それではそこで人間なんて何をやったってしょうがない、にならなくって、そこであがいている人間の姿をきちんと共感を持って書いていますね、井上靖は。それが大衆的な人気の理由だと思います。

重里◆そうなのです。単に共感するだけではなくて、一つひとつの人生を愛おしむような感じがあります。それから、それを描くことによって読者を元気づけたり勇気づけたりしているように思います。これが戦後の日本人に莫大な人気を博した理由ではないかと私は思います。

助川◆だから、本当の大人の小説だと思います。子どもというものは、あるいは若者というものは、結局ニヒリズムを書いて、何やったってしょうがないというところまでいったら、それで終わってしまうわけです。もうむなしいじゃん、むなしくてたまらないじゃん、という感じです。それで、そのむなしさを描くところで終わってしまうわけですよ。

重里◆あるいは、死にたいとかですね。

助川◆そうそう。

重里◆こんな汚い世の中、生きていたってしょうがないとか、人間なんて生きていたって意味がないから死にましょう、みたいな話になってしまう。でも、それで単純に死ねるものではないから、それでも生き続けるのが現実ですね、人間というものは。闘牛の興行をやってでも生きていこうとするわけです。そして、闘牛を興行しながらも生きてしまう人間に対して、ニヒリズム前提ですが、君たちも大変だね、わかるよって、描いてくれるところが井上文学ですね。あるいはそのなかで起こる悲劇をニヒリズム前提で死ねない人間たちの悲劇をきちんと詩的に繊細に描いていくところが、井上靖の大人なところだな、と私も思います。日本人の文学読者の質がいいことは、井上がベストセラー作家であり続けたことからもわかるような気がします。

助川◆そう思いますね。

13

『裸の王様』

開高健

第三十八回、一九五七年・下半期

◆あらすじ

主人公の「ぼく」は画塾を開いている。小学校教師をしながら絵を描いている友人から、ある少年を紹介された。友人のパトロンの息子だ。裕福な家で育った少年は「ひどい歪形」を受けていた。画一的な学校教育にさいなまれ、親からは勝手な価値観を抑圧的に押し付けられて、徹底的に損なわれていた。それは、彼が描く絵にも端的に表れていた。その絵には人間は不在で、類型がただただ繰り返されていたのだ。

「ぼく」は少年が自然に対して愛着を持っているのを知り、川原へ連れていった。少年は泥まみれになって魚を追いかけた。さらに「ぼく」はアンデルセンの童話の挿絵を子どもたちに描かせて、デンマークの子どもたちが描いた絵と交換する企画を思いついた。少年の父親がこの事業のスポンサーになった。

少年が描いてきた『裸の王様』の絵には、フンドシを着けた裸のチョンマゲ男がお濠端を闊歩する姿が描かれていた。少年の父親が集めた審査員たちはこの絵を評価しなかったが、描いたのがスポンサーの息子だと知るとすごすごと去っていった。

初出：「文學界」一九五七年十二月号、文藝春秋新社

作品の背景

社会の歪んだ価値観に押しつぶされそうになっている、神経質で自閉的な少年を救済する筋だ。現代は子どもから大人まで、不登校、ひきこもり、自殺、生きる力の減

退が問題になっているが、そういう時代を予見させる作品ともいえる。開高健は生涯にわたって、巨大なシステムにどのように個人(生命)が抗うかを追求した作家だ。その原初的な形の一つがうかがえる初期作品と位置づけられるだろう。

そこにあるのは野性への憧憬であり、自然への思いであり、システムの正体を見据えようとする考察である。戦後社会の虚妄を浮き彫りにし、経済成長の空虚と偽善を暴き、個人の根っこを求める問いかけである。しかし、開高は安易な自然回帰や文明否定をうたうわけでは、もちろんない。作家の姿勢はいつも複眼的で、現代のどうしようもなさの底の底をさらうように、筆は進められる。

ここから開高の豊かな試みが展開されることになる。そのもの自体が生命力をたたえる有機的な文体と、見え透いた観念やうわついた理想主義を排する徹底したリアリズムと、執拗で粘り強く柔軟な精神と、世界中どこまでも出かけていく行動力によって、『輝ける闇』(新潮社、一九六八年)や『夏の闇』(新潮社、一九七二年)など、戦後日本文学を代表する傑作群が書かれるのはこの後のことだ。

(重里)

身体でつかんだ認識

助川幸逸郎◆これ、大江健三郎に勝ったんですよね。

重里徹也◆そうですね。同時に候補になった大江作品は『死者の奢り』（「文學界」一九五七年八月号、文藝春秋新社）ですね。

助川◆ちょっとそれだけ見ると、えっ、という感じですけれども。確かに『死者の奢り』も非常に面白い作品だと思うんですが、ただ、やっぱりサルトルの影響があらわというか、背景が透けて見えるところがあるのに対して、この『裸の王様』はもうちょっと皮膚感覚っていうか、身体でつかんだ認識みたいなものがあるので、結果的にこちらが受賞したというのは、私は間違ってはいなかったという感じがしますね。ところが、開高が書いている深みよりも、もうちょっと浅いところで読まれていますね、当時は。

要するに資本家の偽善みたいなものに対して、なんというか、一杯食わせたみたいなところで終わっていて甘いみたいな評がけっこうあるじゃないですか。だけど、こうやって主人公が一杯食わせたように見えて、実は資本家の掌の上で踊っているみたいな。そういうところがあってやっぱり開高が根底に抱えている虚無感みたいなものが、実はこの作品にも出ているんじゃないかっていう話を以前にもしたことがあると思うんですけども。

重里◆そうでしたね。

助川◆そのあたりはどうなんでしょう。どうして当時の人はそこまで読めなかったんでしょうね。

重里◆開高健の視野の広さや複雑な世界認識が、同時代の評者にはなかなか共有されていない印象を受けます。どうしてなのでしょうか。一方では、その無力感を当然の前提として持っていた人が多くて、きちんと意識化できなかったということかもしれませんね。他方では、単純にいえば、資本家に一杯食わせたい人たちが文芸業界にけっこういたということかもしれませんね。それで、喝采を送りたくなったのでしょう。その二つのことが、いまとなっては距離を置いて、浮き彫りになって見えるということがあるのでしょうね。

助川◆たとえば、金を出してコンクールをやっている資本家には勝てないよっていう、そういう自分に勝てない力があるみたいなものに関して、大前提としてみんな共有しているってことですね、この作品が出た頃は。

重里◆無意識に共有していたような気がします。つまり、それが高度経済成長期の風潮、空気なのだろうと思います。そういうものを肌に感じながら、それが圧殺していくものについて書いているのだろう、という図式で理解されたのだと思います。それに諦念に近いものを感じるか、怒りを感じるかは分かれたのだと思いますが。そして多くの日本人は、実は無意識に肯定していたかもしれません。もちろん、意識的に肯定する人もいたのでしょうね。ただ、当時の文壇には、「資本家の横暴」に抗するような空気がけっこう強かったのではないでしょうか。

開高はそんな単純な図式には立っていないですね。もっと複雑なことを複眼的に考えています。『パニック』(「新日本文学」一九五七年八月号、新日本文学会)、『巨人と玩具』(「文學界」一九五七年十月号、文藝春秋新社）、『裸の王様』とずっとそうです。『裸の王様』は、浅いところで称賛されたという面があったのではないかという感触を持っています。この作家がデビュー時から抱いていた問題性はもっと深いものでしょう。この状況はいまだに続いているように思います。私は、開高健が日本の文壇や研究者たちから正当に評価されていないという思いを持ち続けています。

助川◆なるほど。

成熟した大人の小説

重里◆俗っぽく言い換えると、開高の作品には成熟した大人の小説という面があるということでしょうね。デビュー時からそれはいえて、『裸の王様』と『死者の奢り』との違いにもなっているように思います。それで、その虚無感の由来ですが、開高の場合、やっぱりアジア・太平洋戦争の影が濃いように思います。この作品でも、戦争が前面に出てくる場面があります。戦争によって破壊された後、その破壊を表面的に覆うようにしてコンクリが敷かれ、出来合いのこぎれいな家が立っている。それを暴いている小説でもあるわけですね。この後の歴史を見ると、ここで予言されているものが戦後日本を覆っていくことになるわけです。そういう時代を予見する小説という性格も感じさせますね。

助川◆高度経済成長って非常に明るい時代だった、希望があった、というふうにいまとなってはいわれることが多いですが、決してそうではなかったということになるのでしょうか。

重里◈そこは複雑ですよね。とても多面性がある問題だと思います。人々の願望が必然的に高度経済成長を追い求めたという面が大きいでしょう。高度経済成長による恩恵もたくさんあると思います。端的に二ついうと、飢えて死ぬ人が少なくなっていったという言い方もできるし、平均寿命が飛躍的に伸びたという面もある。さまざまな分野で、大きな達成をしたのは事実でしょう。これをいたずらに否定する言辞はおそらく間違っているのだと思います。

ただ、一方で経済成長のむなしさとか、形骸化された理念とか、そういうものに対して目をつむれなかった一人が開高健だろうというふうに思います。そして、そのどうしようもなさを見据えている。まあ、この時期に生み出された日本文学の多くが、何らかの意味で、高度経済成長の陰の部分への摘発を代弁してきたという面もあると思います。その象徴的存在は石牟礼道子ですよね。彼女一人出すだけで、高度経済成長の恩恵といっても、むなしくなってくる。水俣病を思い起こせば、一体、経済成長というのは何だったのかと根底的に考えざるをえなくなります。

助川◈大江と開高の比較なのですが、やはり一つは大江健三郎が学生で書いていたのに対して、開高はサラリーマンをやっていて、しかもコピーライターなわけですよね。この社会的経験の差は大きいように思います。

重里◈それは大きいでしょうね。急成長していた洋酒メーカーのコピーライターでした。つまり、戦後の経済復興から成長へと向かう時代の最先端で働いていたともいえるでしょう。これはとても大きいですね。それから、もう一つ。開高は大阪生まれで大阪育ち。大阪市立大学を卒業して就職してから、東京に出てきた。二つの大都市を知っているというのも、彼の複眼的な視線を養ったのだろうと思います。

助川◆コピーライティングというのは要するに、たぶん現場で物を作ったりとか、あるいは客に直接、対面でものを売ったりというのとは違うところがあるでしょう。バブル期には、コピーライターというものが時代のスターになっていくわけですけれども、ある意味では実体がないところで勝負しているわけですよね。言葉だけで。

コピーライターの先駆け

重里◆開高はコピーライターの先駆けみたいな存在だと考えればいいのではないでしょうか。そこで人々の哀歓を表現しようとした。例を挙げておきましょうか。

「明るく　楽しく　暮したい　そんな　想いが　トリスを　買わせる　手軽に　夕餉に　花を　添えたい　そんな　想いが　トリスを　買わせる」

「「人間」らしく　やりたいナ　トリスを飲んで　「人間」らしく　やりたいナ　「人間」なんだからナ」

いまから思うと単純なコピーですが、高度経済成長へ向かう日本人の心をこまやかにつかもうとしていますね。敗戦から復興、経済成長へ向かう社会に振り回されている日本人に、生活の彩りや安らぎを与える存在としての洋酒。現在から見ると、開高の諦念もニヒリズムも、それを前提としたエネルギーも感じるのですが。

助川◆開高は美食家で、釣りマニアで、スーツもロンドンでいちばん高級といわれるテーラーで仕立てていました。そういう衣食や趣味への没入によって、心の底に巣食う虚無をまぎらわしていたのでしょう。そのことが、このコピーにははっきり出ている気がします。トリスを飲んで「人間」らしくなる、というのは、裏を返すなら、うまい酒がなければ「人間」らしくなれない、という意味にもなるわけですから。

開高は高度経済成長を、虚無をまぎらわすうまい酒を与えてくれるものとして肯定していた、ということでしょうか。

重里◆コピーライターという仕事が消費社会の波を先頭で切り開いていく。そういう存在の先駆け的な役割を果たしたのだと思います。

助川◆そういうなかで、このような職業があること自体が、経済成長の恩恵なわけですけれども。開高にはそこがよく見えていたのではないでしょうか。つまり、この仕事をしながら、同時にコピーライターに甘んじていていいのだろうか、という思いがあったように思います。ただ結局、開高の場合、それを生涯やり通したようにも見えますね。富があって豊かな社会だからこそ、自分は生きていけるのだけれども、それに甘んじていること自体のむなしさとか、それによって生かされていることへの疑問がずっと開高にあったと思うんですよね。

重里◆そうなのですね。この太郎という少年。それから「僕」という主人公。これは両方とも開高ですよね。この少年は、経済成長が進んでいくなかで殺されそうになっているわけです。唯一、彼に生命力をもたらしたのが、川にいた魚だったということですね。これは開高の人生を考えると符丁が合いすぎるぐらいに面白いですね。彼はアラスカのサーモンとかアマゾンの怪魚とか、そんなものを追い求める人生を送ることになる。とても重なって見えてきます。

一方で、この主人公の画家が、前衛的なものに対して疑問を持っているのも印象的ですね。これも面白いところだな、と思います。観念的なもの、ヨーロッパから伝来した新しい美術思潮にかぶれる風潮に疑問を持っている。そのへんはいかがですか?

助川◆これはすごく明晰な洞察ですね。結局一九六〇年代の前衛とかっていうのは、いまほとんど残っていないですね、各芸術ジャンル。たとえば音楽にしても、それから美術にしても。残れているものは何か、と尋ねたいぐらいです。たとえば、二十世紀初めに大きな仕事をしたジェームズ・ジョイスは残っているわけです。

重里◆よくこの話になりますよね(笑)。

助川◆ジョイスは、一見するとわけがわからないことを書いているように映る場合でも、『聖書』とかギリシャ神話とか、西洋世界で広く共有されているものを踏まえています。だから、きちんとした手続きを踏めば、ジョイスの作品は解読できるし、ジョイスが属していた時間と空間を超えて『ユリシーズ』(一九二二年)も『フィネガンズ・ウエイク』(一九三九年)も享受されています。これに対して一九六〇年代の前衛の多くは、無から全部新しいものを作り出そうとしてしまった。

一九六〇年代の作品でも、現在でも鑑賞に堪えるものは、美術でも音楽でも、ある程度それまでの伝統とつながっているはずです。

物語は始まらない

重里◈単にシステムを否定しても、何も生み出せないのです。本人たちはそのときは気持ちいいかもしれませんが。もしれませんが。知的な遊戯に対する違和感というか、いたずらに欧米の思潮に付和雷同して何かをやった気になっているインテリに対する反発というか。そういうものは、この作品から強く感じますね。

『裸の王様』というのは、開高らしい小説だし、開高の生涯の仕事を予見させるところがあるのですが、そのうちの一つは、開高自身が物語を作っていくということに対して、とても淀みがある点なのです。調子よく、うねるように物語を作っていくのではなくて、断片やエピソードを探り探りつなげていくといえばいいでしょうか。構成的な物語が屹立するのではなくて、断片化した物語を何とか集めて小説にしようとしている。それがとても開高らしいと思います。

開高の生涯を見渡すと、物語を語るということに対して疑問を持ち続けているのですね。物語を構成するということをわざと放棄するようなところもある。この頃はまだデビューして間もない頃で、何とか断片をつなぎ合わせて物語の形を作っています。ただ、だんだんとそれが崩れていく。この後、『日本三文オペラ』（文藝春秋新社、一九五九年）という人気がある小説を書きますが、これも物語の形をしているのかと思いきや、エピソードが連なっていって、断片化した物語をつなぎ合わせていくのですね。私はこれが開高の時代認識なのではないかと思います。つまり、物語を語ろうとすると嘘になる。物語を作ってしまったら、それはつぶしていかないと嘘つきになってしまう。自分はそういうことはしないのだと。そんな感じがするのです。開高健作品で、物語は始まらないのです。開高は物語を信じない作家なのです。物語が始まったと思ったら、すぐに淀み、断片化してしまうのです。これが開高文学の大きな特徴だと思います。

助川◆私が思うのは、開高の場合は、文章はすごく滑らかなんですね。おそらく開高は自分の文章が滑らかであることが決して気持ちよくなかったと思うんですよ。さっき魚釣りの話をなさっていましたけれど、時代の流れがある方向にいく、それに自分が乗っている。それに対する違和感が開高の書く力だったと思うんですよね。そのときに、開高は本当はギクシャクした文章が書きたかったのではないでしょうか。ところが流暢な言葉しかしゃべれないんですよ、開高は。

重里◆語彙がすごく豊富ですよね。多彩な言葉があふれている。

助川◆そうです。本当は大江みたいな文章が書きたいんだと思うんです、開高は。けれども、わかりやすくて滑らかな文章が書けてしまうんですよ。

私の感触としては、言い淀みたい自分をどこで表現するのかというときに、たぶん大江みたいな文章が書けていたら、もっとしっかり物語を作ったと思います、開高は。大江みたいな文章が書けるんだったら、ああいうギクシャクした文章が書けるんだったら、世界への違和感みたいなものをもっと表せるので、その違和感を物語のなかに託すことができたと思うんですよね。流暢な言葉でよくできたウエルメイドな物語を作ると、開高が抱え込んでいる違和感みたいなものが全然リアリティを持って表現できないということがあったのではないでしょうか。そのために物語を構築することに対して、すごく躊躇していたのだと思います。

重里◆物語を作らないのは、世界への疑問、違和感、世界との摩擦の表れだというのは、そのとおりだと思います。

助川◆物語を作ることへの抵抗感があった。あるいはギクシャクした物語しか作らなかった。

重里◆今回読んでいて、アメリカ軍の大空襲を受けて、圧倒的な破壊を受けて、戦後にそれを表面だけを覆うようにしてできた戦後社会みたいなことをすごく感じました。空襲によって、実は大きな穴ができている。表面からは見えないけれど、それを剝ぎ取ると大きな空洞が空いている。そこに魚がいたりするわけですよね。この図式は開高の時代認識をよく表しているのだと思います。高度経済成長でどんどん豊かになっていく。多くの日本人はそれに乗っかっていく。単に乗りかかるだけでなく、必死に努力して推進していく。しかし、心にはいつも違和感がある。

助川◆三島由紀夫も、そこを何とか表現しようとしたのでしょう。彼は開高よりは五歳上ですが、吉本隆明などと同じ世代で、高度経済成長に向かっていく日本に対する違和感を何とか表現しようとしたのだと思います。ただ、三島の場合、そのときに天皇という言葉を持ってきた。それがよかったのか、よくなかったのか。

重里◆開高は決定的に拒絶しました。天皇も、マルクス主義も。「国から賞はもらえない」といって、芸術選奨文部大臣賞（当時）も断りました。それでは、何があるのか、というのでのたうち回ったのが開高の文学だろうと思いますね。

私は戦後日本の文学を考えるときに、物語というものを軸にして二人の作家を思い浮かべます。

一人は自前の物語によって、日本人を鼓舞し続けた井上靖。もう一人は物語を拒絶し、言い淀み続けた開高健。この二人を視野の両端に入れると、見えてくるものが多いように思います。二人とも実力よりも過少に評価されているのが残念です。

助川◆たとえばベトナム戦争にしても、高度経済成長期の日本よりもベトナムの戦場のほうがリアルだったから、開高はあれだけこだわったんでしょうね。だからベトナム戦争に行って何かを見たっていうよりは、焼け野原で地面に穴が空いている状況でどう生きていくかというのが人間の裸の姿なのに、それを覆ってしまっている高度経済成長下の日本がすごく偽善的に見えたのでしょう。戦争というのは、坂口安吾的にいうと、開高にとっての「文学のふるさと」ですね。

重里◆戦場では、理不尽な充実感を感じたのでしょうね。危険で、なぜ、こんなところに来てしまったのかと自問し続けるのに、どうしようもなく充足感を感じる。突き放されているのに、包まれている。開高にとってベトナムの戦場とはそういうものだったのでしょう。

助川◆戦場が「文学のふるさと」で、たぶん開高は戦場に行くと懐かしさも感じたのだと思いますね。

14

『忍ぶ川』

三浦哲郎

第四十四回、一九六〇年・下半期

◆あらすじ

大学生の「私」は、客として訪れた小料理屋・忍ぶ川で働く志乃と出会う。志乃は娼婦の街に生まれ、家族はその後栃木に移り、貧しい暮らしを営んでいる。自身も複雑な家庭で育った「私」は、互いの生い立ちを打ち明け合って志乃との関係を深めていく。栃木に赴いて志乃の父親の臨終に立ち会ったのち、「私」と志乃は雪深い「私」の実家を訪れ、ささやかな結婚式を挙げた。

初出：「新潮」一九六〇年十月号、新潮社

作品の背景

新潮文庫（新潮社、一九六五年）の解説で奥野健男はいう。「……ぼくは主人公に嫉妬をおぼえるほど志乃に引かれて行く。これこそ、日本の男が心の底に伝統的に求めてやまぬ理想の女性、――妻のイメージにほかならぬ」

確かに志乃は魅力的だ。心のありようだけでなく姿かたちも、現実味がないほど美しい。志乃に求愛する男は少なからずいるが、取りえもなく貧しい「私」を彼女は伴侶に選ぶ。

カーストが高いとはいえない男性が、みんなが憧れる美少女の愛を手にする。小説に限らず漫画、アニメ、さまざまな形態の物語に頻出する話柄である。幅広く求められているそうした「定番の型」を、『忍ぶ川』は見事に受肉させた。この作品は、ストーリー的には作者の実体験を踏まえている。しかしそれが支持された最大の理由は、そのような意味での「典型」たりえているからではないか。六十年前に書かれたというのに、現在でも古さを感じずに読めるのも、「普遍」を体現している証拠だろう。

そのことはしかし、ここでなければ味わえない体験が、そんなに豊かでないことと裏腹である。「さえない僕が美少女に愛されるファンタジー」を満たすなら、『君の膵臓をたべたい』(住野よる、双葉社、二〇一五年)を読んでもいいわけだ。

『忍ぶ川』が将来にわたって読み継がれるべき価値、おそらくそれは文体の独自性に存する。一語たりとも常套句にもたれかからず、対象を「これ以外ない言い回し」に置き換える。多くの近・現代作家は、この水準まで「描写の正確さ」に固執することはない。彼らが言葉を駆使するとき重んじるのは、ストーリーを運ぶ利便性であり、レトリックの洗練である。

文体に対するこうした三浦哲郎の構えを、私小説的リアリズムが行き着いた極北だと私は考えたい。「自分の体験のかけがえなさ」を伝えるには、「置き換えの利かない表現」が要る。私小説の系譜に連なる一人として、三浦はこの問題と徹底的に向き合ったのである。

(助川)

ある種のメルヘン

助川幸逸郎◆私は読んでいて二つのことを思いました。選評などで、これはまさしく小説だと評されていますが、小説というよりもこれはある種のメルヘンですよね、男の側からすると。
なぜ、志乃が「私」のことを好きになるのかをもう少しリアリティをもって伝えるべきではないのか。おそらく、「私」には自覚がなくても、この女が「私」を好きになる理由がもっと生々しくあるはずですね。それが伝わってこないと、リアリティがないなと思ったんです。

重里徹也◆そうですね。いかに「私」がもてたかという話なのだけれど、魔法を使ったみたいになっている。魔法を使ったのなら、どのような魔法だったのか、説明してほしいですね。

助川◆美しい女が自分のことを好きになってくれた、それですごく幸せを感じてくれている。これは、ある種のメルヘンですね。美しい夢としては共感して読みました。一方で、この作品は文章がすごくいいんですよ。

重里◆鍛えられた文章ですね。

助川◆比喩が巧みですね。ただし三島由紀夫の比喩みたいに言葉だけが華麗で、書かれた内容よりも言葉そのものに目がいくようなものにはなっていない。「冬のなごりのつめたい風が底まですきとおった水面にたえず皺をたたんでいるというのに」とか。鮮やかに情景が浮かびます。春先の冷たい風が吹いて水面に皺のような細かい波が立っていて、はよくあることだけれども、情景が鮮やかに浮かぶ比喩ですね。「街は陽に萎えて、病む人のように色をうしなっていた」とか。「陽に萎えて」というのは、まだ寒い時期の午後の日差しの感じをありありと脳裏によみがえらせます。細かい文章が一つひとつリアルで、でも全体としておとぎ話みたいに美しい夢の話になっている。それで、相手の女性がなぜ主人公の「私」のことを好きになるか伝わってこない。部分部分の表現は生々しいのに、全体としてはメルヘンになっている。まるで生々しい夢を見たときのような感覚の小説でした。

重里◈その二つのことは私も考えていました。「夢」「メルヘン」と指摘されましたが、確かにとても軽やかな感じがするわけです。軽快で洗練された感じといえばいいか。それはどうしてかと考えると、この人は場面を作るのがすごくうまいのです。少ない言葉で場所を的確に描く。それがダイレクトに伝わってくる。このうまさが際立っているのではないでしょうか。それで、けっこう重いことを描いても、重力が軽減されている。それは読みやすさの理由にもなっている。土地、建物、風物を少ない文字数で描き出すのがとてもうまい。ベタベタとは描かない。スパッ、スパッ、スパッと端的な言葉でつないで、場面を切り替えていく。それが一つ。

それから文章のことです。この人が使わないエレメントが二つあります。一つはオノマトペ。もう一つは形容詞。オノマトペと形容詞を使わない文章なのです。そして、比喩は指摘されたように装飾的な比喩ではなくて、文章のなかに埋もれているような自然な比喩を使う。そんなふうに感じましたね。

助川◈自然主義系作家の文章ですよね。物語の乗り物になる文章ではなくて、文章そのものに意味を持たせていくような文章ですね。

重里◆モダニズム系の作家ではなく、私小説や自然主義小説の文章です。

助川◆これ、スカスカの文章で書いたら、俗っぽくって堪えられない話になったと思うんです。

重里◆中身だけだと、ライトノベルになるかもしれないような内容ですね。

助川◆そうそう。だから本当にそういう内容なのにとりあえず最後まで読ませてしまうのは、目が詰まったきっちりした文章の成果ですね。日本文学の一つの王道をいく、純文学の文章とはこういう文章だよねというお手本みたいな文章ですね。この文章できっちり丁寧に書いてあるからバカバカしいという感じにならないで、きちんと最後まで読めるのでしょう。

重里◆日本語の力というものを存分に発揮している文章ですね。

助川◆才気あふれる文章だとか、物語の乗り物として優れている文章というのはいろいろとありますけれど、日本の純文学の王道をいく文章という点では、これですね。純文学の文体と感じましたね、これは。

志乃はなぜ、「私」を好きになったのか

助川◆ところで、普通は私小説系の物語って自分がもてなかった、自分の恋愛がうまくいかなくて破滅していく話を書くわけですよね。ところがこれは、自分がもてて家庭を作る話を書いてくわけですよ。三浦哲郎というと井伏鱒二の弟子ということをよくいわれます。井伏にはもう一人、やは

り青森出身の太宰治という弟子がいます。自分がもてた話で何とか持たせてしまうのは太宰ですよね。そういう点では、三浦も太宰も、伝統的な私小説というより、少し異質だなと感じるんです。

ただ、太宰の小説だとこいつ絶対もてるなってわかるわけです。自分が自慢げに書いてなくても。なぜもてるのかは何となく、言わなくても伝わってくる。ところが、この『忍ぶ川』は主人公がなぜ、志乃にもてたのか、きちんと描いていないのです。人気がある志乃が、他でもない「私」とどうして将来を誓うようになったのか。いまいち伝わってこない。

重里◆そうですね。結局、「私」はこんなにモテたんですよっていう話になってしまっている。読者がそこに乗っかれるかどうかというのはあると思いますね。こんなにうまくいくかよっていう人もいるでしょうしね。

助川◆吉行淳之介の小説だったら、主人公がたまたまハンサムだったというだけじゃなくて、ちょっとニヒルなところとかがセクシーに見えるんだろうな、というのが、きちんと伝わってくる。こういう男性を好きになる女性っているよなっていうのが何となく理解できる。ところが、この『忍ぶ川』だと普通のあんまり金がない学生ですよね。他の振られてしまった先輩とこの人とどこが違うのかが、いまいち伝わってこない。

重里◆一人、自動車会社に勤めている志乃の婚約者みたいな男がいたでしょう？　そいつに比べたら、主人公のほうが賢くて真面目なのでしょうね。頭のよさそうな学生で、一途なところがあって、深読みしたら、それで好きになったのかなっていう感じですか？

助川◆私が思ったのは、志乃の父親のことでした。この父親はけっこう学がある人だったんですよ、きっと。それで、父親はある程度いい家庭で教育も受けていたのに、その娘である自分はいま飲み屋のお姉さんになっている。子どものときには色街の射的屋で育った。そういう教育レベルの高いところから没落した父親の娘というのは、アカデミックなものとか学歴とかに対するあこがれがものすごくあって、この主人公もたぶん他の大学生と比べても旧家で昔からのおぼっちゃまくんの家柄だから、代々家で受け継がれた教養の雰囲気みたいなものがおそらくある。そこの部分に対するあこがれでくっついたんじゃないかなって私は思ったんですね。

志乃が持っている、知的な世界とか教養とかに対する、いまは遠ざかっているけども、接したかった憧れみたいなせいで、この主人公が自覚しないで持っている教養ありげな感じに引かれたんだと思うんです。自動車会社のセールスマンは仕事ができるけれど、全然そういう文化だとか教養だとかに対する理解がない。だから全然好きじゃない、みたいなことだったのでしょう。ところが、この小説にはそれを書いていません。

重里◆父親への志乃の思いは想像できますよね。それはしっかりと書かれています。遊女が死んだときに、父親がその遺体を世話したというエピソードなどは書かれていて、おっしゃるように父親をどこかで誇りに思っているようなところがある。確かに、この父親というのは知的なところがある。けれども、親から勘当されて。

助川◆うまく生きられなかった人ですね。

重里◆器用さがなかったのでしょうね。それで、崩れていった人なのでしょう。ということは見えてきます。その父親への思いが、この主人公の「都の西北にある大学」の学生に重なっているのだろうというのは想像できますよね。

助川◈早稲田の学生のなかでも、なぜ、この主人公だったんだろうといったときに、たぶん父親への思いを重ねられるようなところが、この主人公にあったはずなんだけど、そこがきっちり書かれていないかなと思います。

重里◈あるいは、文学志望と関係があることかもしれませんね。それを書くべきですね。そこは。父親は文学崩れ（文学を志望してかなわなかった人）なのかなと思いました。

助川◈主人公は自覚していないけれども、そういうところがあって、それが書かれていれば、これはファンタジーではなくて、二人の出会いがすごく運命的なものになったのだと思います。二人の組み合わせは必然だったんだというのが伝わってきて、もっとこの小説は説得力があったし、最後の二人がくっついていく場面にしても本当にこうなるしかなかったんだな、というのが強く出たはずだと思いますよね。

なぜ、志乃の思いを描けなかったのか

重里◈恋愛小説には鉄則があります。出会いは偶然だけれど、恋愛は必然だったというものです。その必然をしっかりと書かないと、恋愛小説として説得力を持ちにくいですね。必然に触れないと。

助川◈もうちょっと頑張れば書けたのに。現実ではたぶん、三浦哲郎の奥さんは三浦のそういうところが好きになったのに、三浦はそれを書けていないんです。

重里◆どうして書けなかったのでしょう。

助川◆太宰治だと兄のことや、自分を温かく支援してくれている周囲の人たちのことを書いて、頼りになる大人に甘えている子どもみたいな立場に自分のポジションをとります。すると、子どもがこんなにみんなに優しくしてもらえてうれしい、みたいな調子でもて話も書くから、いやみにならないわけです。けれども、三浦哲郎は、要するに、自分の魅力みたいなものとか、自分のどこが他人に好かれたのかみたいなことを書けない文体と視点で、この題材に挑んでしまったのではないでしょうか。それで、方法的に書けなかったのだと思います。才能の不足というよりは。この文体だと何だか知らないけど、もてているよってという書き方になってしまうんですよね。

重里◆単純にいうと、自慢話をするのがいやだったということではないのでしょうか。

助川◆簡単にいうとそうですね。自慢話を上手に書くには、違う文体を獲得する必要があったのでしょう。

自慢話を自慢話でなく書けるような方法を太宰は持っていた。ところが、この伝統的な自然主義の文体だと、要するに「私」というものを読者よりも上に設定できないわけです、簡単にいうと。かなり低いところに自分を設定しないと書けない文体なので、これだとなぜ、自分がもてたのかって理由がきっちり書けないんですね。

重里◆けれども、その分、読者が感情移入しやすくなったということはありますね。なぜ、もてたのかを書くと、感情移入しにくくなるかもしれません。いい気なもんだなってなってしまうかもしれません。それがいやだったのではないですか？　それを避けたかったのでしょう。

背景にある階級の問題

助川◆いい気なもんだなっていうか。教育レベルという話をしましたが、それをいってしまうと階級的な問題が出てきてしまいますよね。それは伝統的な私小説というものが抱えている矛盾ともいえるでしょう。私小説作家の多くはもともとそんなに階級が低くありません。貧農の家に生まれたり、工場労働者の息子だったりしたら、高等教育は受けられませんから、なかなか小説家になんかなれないわけですよ。ある程度の家に生まれて学問もさせてもらって、それで私小説作家になっているわけですよね。そうすると、自分がこういうふうなところにいまのような境遇にあるということを深掘りしていくと、結局、自分の特権性みたいな問題に行き当たってしまうわけです。

自分はこんなにみじめな暮らしをしていると書いているけれども、それを書いている自分が今日ここにいたって、ただ悲惨な暮らしをしているのではなくて、悲惨な暮らしをしているということを小説に書いて原稿料がもらえてしまう構造がそこにはあるわけです。これは、ある種階級的な問題と関わらざるをえなくなる。たぶん、三浦哲郎は、日本の小説が抱えているすごく大きな問題とぶつかっているのだと思います。三浦個人の問題ではないと思います。

重里◆この問題を深掘りしていくと、なぜ、太宰治が特権的な作家になれたのかということにも触れられそうですね。おそらく、そこには非合法の左翼運動の経験が関わっているのでしょう。三浦はそういう問題で悩まなかったのかもしれません。自分が社会的にどういう位置にあるのか、その社会はどんな矛盾を抱えているのかを深掘りしなかったのではないでしょうか。あるいは左翼運動の正体を切実に体験することがなかったのではないでしょうか。三浦がなぜ、志乃さんに「私」がもてたのかを書けなかったかという問題は、非常に深い理由があるということですね。日本近代文学史を一望するような問題ですね。

助川◆三浦一人の腕が悪いとか才能が足りないとかっていう問題ではないですね。

重里◆三浦はだけど、それは本能的に書かなかったのでしょうか。俺の方法では書けないよな、これは書かないほうがいいのだ、書かないほうが結構のいい小説になるのだということですか。

助川◆この文章とこの視点を選んだ段階で、自動的にそこは排除されたのではないですかね。文体と視点が物語内容を制約しているのだと思います。

井伏鱒二に引かれた作家たち

重里◆それを書こうとすると、新しい文体と視点が必要だったということですね。ところで、井伏鱒二の弟子だというのはどう思われますか？　私が少し思ったのは、手紙がわりと大きなウエートを占めていることですね。これは井伏的だな、と思いました。

助川◆なるほど。太宰も書簡体が好きですよね。

重里◆好きですね。そんなこともちょっと思いましたね。それにしても、井伏鱒二とは何なのですかね。日本近代文学での井伏鱒二というのは。

助川◆あまり目立たないけれど、こうやってお話ししていくと、重要なポジションにいる作家ですよね。井伏については、私は文体と物語の問題を考えます。物語を運ぶのに適した文章というものがあって、たとえば宮本輝や井上靖の文体がそうです。この二人の文体は、俗っぽいといわれることもありますけれど、文章という「仲介役」をあまり意識させず、物語世界に読者を引き込む力はピカイチです。井伏とか三浦哲郎とかの文章は、そういうものとは全く違って、文章そのものに意味があるというタイプの小説ですね。

重里◆お話を聞きながら、しきりに開高健のことを思い出していました。開高も井伏を高く評価し、慕った作家ですね。開高の文章にもそういうところがあるのではないでしょうか。文章そのものが目的の小説というか。

助川◆井伏、三浦、開高と並べると、それぞれ文章のタイプが違うのですが、いずれも、ものすごく緻密ですね。アバウトじゃないですよね。いいかげんじゃない文章です。

重里◆密度が濃いですよね。文章が自立しているといえばいいか。

助川◆そういう文章を設定してしまうと、逆に物語を動かしにくくなるのではないでしょうか。

重里◆あるいは言葉自体が物語性を持ってしまうのでしょうね。物語があって文章があるのではなくて、文章自体が意味を作っていく。

助川◆そういうことです。あまりにも文章が、書いている側の感受性や思考をリアルに反映するから、嘘をつけない文章になってしまうのですね。結局、ちょっとアバウトに書いていると、近似値で書けるから、嘘が仕組めるのだけれども、井伏も三浦も開高も、そういう近似値の文章ではないのです。

厳密に自分が感じたことを書いていく文章だから、そうすると本当はこうやって体験したのだけれど、実際は小説の都合としてはこういう話にしたほうがいいんだよねっていう、そういうことがしにくいのですね。対象と叙述主体の関係が少しでも変わると、そのズレが如実に出てしまう文章だから、「本当はこういう体験をしたけれど、作品にはこう書いておく」ということがやりにくい。あえてやってしまうと、そこに不具合が生じる。こういう文体を駆使して、物語を展開するということはやりにくい気がしますね。

重里◆その嘘をついたところで、文章が浮き上がってしまうのでしょう。それは井伏も開高も三浦も、共通しているのではないかという気がしますね。

助川◆文章を精密にしすぎると、虚構を描きにくくなるという傾向はある気がします。

重里◆ただ、逆にいうと開高も井伏も三浦も、フィクションよりも言葉のほうが信じられるということなのでしょうね。あるいはフィクションを信じられないというか。物語よりも言葉のほうが信用できるということなのじゃないかな。

助川◆そういうことかもしれません。

重里◆そういう精神に基づいて、そういう姿勢で、三浦も小説を書いたのだろうなということを思いました。それは『黒い雨』(井伏鱒二、新潮社、一九六六年)も『輝ける闇』(新潮社、一九六八年)も、そうなのでしょう。

15

大城立裕『カクテル・パーティー』

第五十七回、一九六七年・上半期

◆あらすじ

舞台になっているのは一九六三年、日本に復帰する前のアメリカ統治下の沖縄だ。基地住宅（ベースハウジング）にあるミスター・ミラー（当初は彼の職業は明かされず、のちに諜報機関に勤めていることがわかる）の家でカクテル・パーティーが開かれた。沖縄人である「私」とミラーは、中国人弁護士、日本の本土出身の全国紙記者とともに中国語の会話サークルを作っている。参加者たちと沖縄固有の文化とは何か、沖縄はどこに帰属すべきかなど、沖縄のアイデンティティーをめぐる会話を楽しんだ。ところが帰宅すると、この夜に娘が、自宅の裏座敷を借りているアメリカ兵と夕涼みのために二人で訪れた岬で、強姦されたことを知る。「私」は告訴しようとするが、ミスター・ミラーは協力してくれない。アメリカ兵に自発的な出廷を促したが、断られる。裁判手続きを手伝ってくれた中国人弁護士は、戦時中に自分の妻が日本兵に暴行を受けたことを話す。再び開かれたパーティーで、アメリカ人がささいなことで沖縄ハウスキーパーの女性を訴えようとしていることを知る。「私」は「親善」が欺瞞であることを主張し、娘を犯したアメリカ兵の告訴を決意する。

初出：「新沖縄文学」一九六七年第四号、沖縄タイムス社

作品の背景

沖縄出身作家、初めての芥川賞受賞作。アメリカ統治下の沖縄で、治外法権の実態が浮き彫りにされている。前半は三人称でパーティーでの親善模様が描かれ、後半は

読者にも問いかけるような二人称で、その親善が虚偽に満ちたものであることを暴いていく。

大城立裕に続いて東峰夫、又吉栄喜、目取真俊が芥川賞を受賞し、日本文学に貴重な魅力を加えてきた。沖縄の「土地の力」をいくつか挙げておこう。まず、沖縄では本土で起こっている問題が拡大鏡を通したようにくっきりと見えることだ。日米関係、日中関係、天皇制、自然破壊、民俗世界、共同体の解体、観光業の実態。いずれも、本土では見えにくい矛盾の所在が「沖縄の視点」を通して浮き彫りにされる。東京で生活している人間も、実は自分のことが描かれているのだとふと気づくことになる。この『カクテル・パーティー』でも読者に、その刃は突き付けられている。

沖縄のアイデンティティーをめぐる自問も、戦後の日本人全体にとって痛切なものだ。生のよりどころをどこに求めるのか。その忘れられない作品の例として、第百一回候補作の崎山多美『水上往還』(「文學界」一九八九年四月号、文藝春秋)と第百十四回受賞作、又吉栄喜『豚の報い』(「文學界」一九九五年十一月号、文藝春秋)を挙げておこう。

(重里)

沖縄問題入門のガイドブック

助川幸逸郎◈選評では三島由紀夫が貶していますね。私はけっこう、三島の意見に同調するところがありました。この小説、当時の沖縄の問題が端的に語られていて、沖縄にあまり詳しくない人間が、この時代の沖縄の状況を知るうえではひどく便利というか、これ一冊読めばいいみたいな、「沖縄問題入門」のガイドブックとしては大変よくできています。

そういうガイドブックとしての価値はすごくある。けれども、これは長篇にしないとダメだと思いました。要するに問題がマッピングされたというか、いまあるもろもろの問題がきれいに配置されたところで物語が終わっていますよね。そんなふうに問題がマッピングされてできた構図をどう動かしたいのか。そういう意志を作品なり作者なりが示していくことによって、思想や文学が生まれるわけです。ですから私は、この『カクテル・パーティー』から、文学が始まる準備段階で終わってしまったという印象を受けます。本当にこれが文学であり思想であるためには、ここから話を転がさないとダメ、というふうに感じたんです。

重里徹也◈大城は一九二五年生まれ。三島と同い年ですね。そういう意味でも、三島の選評は興味深く思いました。おっしゃったことはよくわかります。同意する人は少なくないでしょう。

でも、大城はそれを聞いても、「ああ、あなたはそっちのほうですか」というような気がします。大城はそんな読み方など承知のうえで書いているのだと思います。わかったうえで、書いたのだと考えます。沖縄を理解してもらうためには、沖縄についての共通した基盤を作らなければならない。そういう意識で、大城はこの作品を書いたのではないでしょうか。

助川◈うーん。たとえば、松浦理英子について、彼女はまず、『ナチュラル・ウーマン』（トレヴィル、一九八七年）ではっきりと、自分が理想とする性愛の像を書いたわけです。その後、『ナチュラル・ウーマン』だけだと、もともと自分に嗜好や感覚が近い人にしか伝わらないと考えて、『親指Pの修業時代』（河出書房新社、一九九三年）を書いた。『親指P』は、嚙んで含めるように説明的です。『ナチュラル・ウーマン』で伝えたくて伝わらなかったことを、『親指P』でわかりやすく図式的に書いたんですね。

私は、大城に詳しくないのでお尋ねしたいのですが、大城に『ナチュラル・ウーマン』に相当する作品があって、松浦理英子の『親指P』みたいな位置づけでこの『カクテル・パーティー』を書いた、というのなら共感できるのですが、大城は『ナチュラル・ウーマン』的な作品をどこかで書いていますか？

重里◈私も大城の初期作品をつぶさに知っているわけではありません。ただ、印象として話すと、ある時期から『カクテル・パーティー』の路線、そして『亀甲墓――実験方言をもつある風土記』（「新沖縄文学」一九六六年第二号、沖縄タイムス社）の路線、この二つぐらいで小説を書いていくことにしたのではないかと思います。政治的要素が強いか、民俗的要素が強いかという違いはありますが、両方とも、「沖縄を描く」という点では共通しています。それを生涯、貫いたのではないでしょうか。個人としての自分ではなく、沖縄を書くのだということを自分に課したのではないかと私は考えます。

助川◆つまり、大城には『ナチュラル・ウーマン』はないということですね。どうしてそういう感触を大城に対して持たれたんですか？　重里さんは、大城にインタビューをなさったことがおありですけれど、そのときに何かお感じになったのでしょうか？

気になるレイプの描き方

重里◆それは大城の仕事を一望し、大城の発言を拾えば、わかることではないでしょうか。沖縄の運命を描くことを自らの役割にしたのだと思います。自分がブルドーザーで道をならして、その後、沖縄から後進の若い作家がどんどん書いてくれればいいと思っていたのではないでしょうか。

もう一つ。大城の才能の質が図式を描くタイプの小説に向いていたのではないでしょうか。図式的だ、見てのとおりじゃないかといった批判は、大城の多くの作品に当てはまるように思います。それは演劇的ということと関係があるかもしれません。その書き方は生涯、通したように思います。嘉手納基地で、アメリカ軍機による騒音で苦しむけれど、その下で琉球舞踊を負けないで踊っている、みたいな場面を晩年にも描いていました。図式的といえば図式的だし、わかりやすいといえばわかりやすい。けれども、そこまでして、問題を明確化することが自分の使命だと大城は考えていたのでしょう。そして、そういう作家がいてもいいというのが私の考えです。

助川◆たとえば、『カクテル・パーティー』では、主人公の娘がレイプされます。そして、娘は告訴してくれるなって言うわけです。それなのに主人公は告訴する。結果的には、娘のほうが傷害罪に問われることになる。レイプみたいなデリケートな話柄を、問題を浮かび上がらせるための安易な道具として使っている印象がぬぐえなくて、フェミニズム的に見て、これはたぶんいまだったら批判を浴びる可能性を感じてしまいました。

そういう、一つひとつのディティールに対する配慮のなさというか、熟慮の不足のようなものを、「図式を明確にするために仕方のない犠牲」といって許容する気には、私はなれません。

重里◈そういう批判が、ネットでちょっと検索しただけでも出てきます。ただ、芥川龍之介の『藪の中』（「新潮」一九二二年一月号、新潮社）にしろ、志賀直哉の『暗夜行路』（「改造」一九二一年一―八月号〔前編〕、二二年一月―三七年四月号〔後編〕、改造社）にしろ、太宰治の『人間失格』にしろ、日本近代文学で、女性はよくレイプされますよね。この点を問題にする研究も散見されます。日本の近・現代文学での女性凌辱の歴史というのは重い問題で、この『カクテル・パーティー』に出てくるレイプもそこに連なるものでしょう。

助川◈芥川とか太宰とか読んでいたら、レイプの話を出さなければいけない書き手の側の事情みたいなものはとりあえずわかるんです。だけど、『カクテル・パーティー』の場合、この手を使う以外に方法がなかったのか、疑問を感じてしまいます。しかも、アメリカ人の男の子が迷子になって、大騒ぎで捜し回っているさなかに、実は主人公の娘が性犯罪に遭っていた、という設定になっています。何か、あまりにもあからさまな図式がイージーに選択されている印象はぬぐえません。

重里◈図式的・見取り図的・アレゴリー的・演劇的なのです。ところが、この小説は図式に収まらない部分も抱えています。たとえば、中国人の登場人物ですね。それで、被害者の加害者性というか、沖縄の人間の加害者性を浮かび上がらせている。そういうところは、この作品の底にある力のように思います。

沖縄という場所は、人々が激しい議論をする土地です。そういう感触を持っています。大城もしばしば批判の的になっています。そういうなかで鍛えられているのを、この小説を見ても私は感じます。

助川◆沖縄には電車で移動する習慣があまりないので、飲むときは終電を気にせず徹底して飲む、という話を聞いたことがあります。だから、飲みながらの議論もエンドレスになる。

重里◆いきなり根底的な議論になるところがあるのではないでしょうか。日米関係をどうするのか、リゾートとは何か、中国とどう付き合うのか、沖縄独立論をどう考えるのか。大城もさんざん、自分の思想の根っこを問われたと思います。しかも彼は琉球政府に勤務し、県庁職員もした。論争のターゲットにされやすいわけです。そうした環境に身を置いたせいで、ずいぶん鍛えられている感じがありますよね。

被害者が加害者にもなるのだ、差別されている人間が差別をするのだ、ということをしっかり書いています。そのへんのしたたかさは、議論で鍛えられた成果の一つなのかもしれません。そして、図式を重ねていった延長上に、ブラックボックスのような魅力的な中国人の登場人物を描いたのだと思います。

魅力的な中国人の登場人物

助川◈「孫」という名前でしたよね。私も、彼は魅力的なキャラクターだと思います。弁護士の資格を持っていて、だから専門職なわけですよね。相当に能力もあるけれど、異邦人だから公務員とか日本企業の社員とかにはなれないので、医師とか弁護士とかを選ぶわけです。人間的にいっても、主人公の娘の弁護も成算はないのに引き受ける誠実さもあります。やれることは一生懸命、周りのためにやる。けれど、やれないことをムリに通すことはしない。そのあたりの見切りのつけ方にも、頼れる相手のいないまま、異国で生きている人間はこうだよな、こうでないと生き延びられないよな、というリアリティを感じました。

重里◈彼は一人で生活をしている。家に山水画があって、それを眺めて暮らしています。なかなか味わいがある人物で、懐の深さも感じます。逆に、最も薄っぺらで魅力を感じないのが新聞記者でした。日本の近・現代文学に出てくる新聞や新聞記者というのは、いつもこういう書かれ方です。夏目漱石だろうが、大江健三郎だろうが変わりません。薄っぺらで、都合のいい「正義」を口にして、問い返されたら何も言えなくて、深く物事を考えてなくて、付和雷同する。日本の近・現代における新聞とは何なのだろう、新聞記者とは何なのだろうというのは、小説を読んでいるとよく考えさせられますね。

三島由紀夫が選評で主人公のキャラクタリゼーションを批判しています。堀田善衞の『広場の孤独』（第二十六回芥川賞受賞作、一九五一年・下半期。「中央公論文藝特集」第九号、中央公論社、一九五一年）と並べて批判しているのが面白い。「主人公が良心的で反省的でまじめで被害者で」。私は主人公に限らないと思うのです。この『カクテル・パーティー』に登場する人物は、結局、みんないい人ばかりですね。もっと悪いことをするのが人間だと思いますが。

助川◆それは感じますね。自分の個人的な怨念から娘の事件を拡大させて、レイプの告発も娘のためと言いながら自分のためにやっている部分があって、その点について主人公の内面に葛藤があった、という話なら、私も共感できたでしょう。自分がこれまで仕事をしていくなかで、アメリカに対する複雑な思いを抱いていて、そこに整理をつけるために娘のレイプを大ごとにしていくんだけれど、一方ではそんな自分のエゴイズムに傷ついてもいる、みたいな筋書きにするのは、難しかったのでしょうか。

重里◆直面している問題が重くて大きいので、何とかそれを図式の形であってでも、あらわにしたいということではないでしょうか。そして、それは意味がある仕事だと思いますね。小説という表現は、そういうところがあるのではないかと思います。重い題材にこのように挑んだだけでも、意味があると思います。たとえば、原爆を描く、戦争を描くということでもいい。そういう題材を真正面から小説にしたということだけでも、意味があるように考えます。

図式を超えるものがあるのか

助川◆この図式で書くのだったら、エンターテインメント小説にしたほうが効果的だったのではなかったでしょうか。たとえば、高村薫みたいな社会派犯罪小説にすれば、読者はこの図式をもっとダイナミックに体感できた気がします。

重里◆それこそ、「孫」を主人公にしたら面白いかもしれませんね。『カクテル・パーティー』は、前半が一人称で後半が二人称ですが、これはどうでしたか？

助川◆後半部分は結局、「君は」とか「お前は」と書かれているけれど、これは実質一人称と同じですよね。それで、一人称で語ることには難しい話柄というのもあって、レイプの告発が、被害者である娘を傷つけているということをどこまで自覚しているのか、みたいなことを一人称で問題化するのは、テクニック的に難しいんですよ。だから後半を二人称にしたんだと思います。そうすれば主人公に対して、「お前はこういっているけれど、本当はこうじゃないか」という感じで語り手が突っ込んでいけるわけです。そういう意味でも、この小説はやすきに流れているなあ、という気がしてしまいます。

重里◆この作品の評価は、図式的だとか寓話的だとかいった批判を超えるものを見いだせるかどうかでしょうね。

助川◆沖縄に『カクテル・パーティー』に書かれたような問題があるのは事実で、それを無視することができないのもわかります。しかし、あえて言いますが、ある小説に書かれた問題が大事だからといって、その小説がその問題にもたれかかっているようなものであっても許されるのでしょうか。

重里◆問題が深くて重いものであれば、それを何とか書こうとしただけでも、一定の意味が付与されるべきだというのが私の立場です。何を書いているのかという題材の重さを考慮しない批評の立場を私は取りません。

助川◆私にとって沖縄の作家というと、ウルトラマンの生みの親である金城哲夫です。大城は金城と親交があって、何度も金城について書いています。だから大城のことを悪く言いたくはないのですが……。

重里◆大城は、「自分は沖縄をめぐる問題の大枠を書くから、そこから先は自分より若い書き手が沖縄から登場して書いてくれればいい」と思っていたのではないでしょうか。

助川◆おっしゃる意味は、大城の金城に対するスタンスなんかを見ると、わかる気がします。ただ、クリエイターは何かしらの問題を明らかにするために物を作るのでしょうか。ある問題に対して、自分がどう関わるかということを留保したままで、その問題をめぐる作品を作れるのでしょうか。

重里◆おそらく大城は確信犯です。自分の役割を定めていたのだと思います。問題の所在を明らかにするだけでも、自分のその問題に対するスタンスを表明できます。大城の後、又吉栄喜も目取真俊も崎山多美も出てきました。そういう人たちが沖縄の文学をどんどんやればいいじゃないか、と考えていたと思いますよ。助川さんが直接、大城にいまおっしゃった批判を突き付けても、微笑して、「なるほど、図式的か、私の小説は」と答えるだけでしょうね。そんなこと、わかっていてやっているわけです。

背後にある大城のニヒリズム

助川◆私の父親が大城より一つ年上で、母親は金城哲夫と同い年です。ですから、大城の世代と金城の世代の、戦争体験の違いがよくわかります。金城の世代は、身体に刻まれた戦争の恐怖はあるのですが、それを知的に解釈するフレームは、戦後になってから植え付けられているんです。一方、大城の世代は、生理的な部分と知的な領域と、双方が戦争によって脅かされた体験をしているはずです。

そうすると、この対談でも触れた、井上靖や開高健が抱えていたようなニヒリズムの問題と、大城も直面していたと私は思うんです。そこのところと大城がどう向き合っていたのかが、この『カクテル・パーティー』からは見えてこない。『ナチュラル・ウーマン』を書かない道をあえて大城が選んだのだとすれば、自分自身のニヒリズムの問題があまりにも大きいので、それを封印したということでしょうか。だとすると大城は、「沖縄文学の不可能性」を受け入れることで、かろうじて沖縄文学の書き手になった、ということになりますね。

重里◆ある視点から見れば、戦後の日本はアメリカの「半植民地」のようなものです。ところが、沖縄は「半」抜きの「植民地」なわけです。治外法権なのですから。大城はせめて「半植民地」になりたいといっている。大城が抱えていたニヒリズムの現実的な側面とはそういうものでしょうね。

ところで、この後、一九九〇年代に一時期、沖縄文学ブームみたいなものがあったのですが、長くは続かなかった。逆にポピュラー音楽やダンスで続々と才能が出てきた。安室奈美恵はその象徴的な存在でしょう。沖縄の表現者の出方が変わったのかもしれません。

助川◆ダンスだったら、いろんな要因が入り組んでいたとしても、図式的に交通整理する必要がありませんね。ひと目見れば、すぐにわかりますから。

重里◆音感や身体のキレが本土の子どもたちとは何か違うような印象がありますね。物心がついた頃から、英語やアメリカ文化にさらされていることと関係があるのかどうか。ダンスだと、沖縄が置かれている立場がそのままアドバンテージになるような気がします。

助川◆中国vs本土vs沖縄vsアメリカみたいな、項が多すぎる連立方程式みたいなものなんです、この『カクテル・パーティー』って。だから、図式的にしないと問題の所在が明らかにできないって、弁護なさるのはある意味わかります。でも、変数がいくつあっても踊りは一つですから。

重里◆だけど私なんかが思うのは、だからこそ、新しい小説の書き手に登場してほしいということですね。困難であればあるほど、魅力的な文学が生まれてくるのではないか。抑圧が強ければ強いほど、優れた文学がそれを突破してくるのではないか。文学の原理に基づいて、そんなことを期待したいです。

16

古山高麗雄『プレオー8の夜明け』

第六十三回、一九七〇年・上半期

◆あらすじ

敗戦から二年後。戦争中、捕虜収容所に勤務していた主人公の「私」は敗戦後に戦犯として拘束され、ベトナムのサイゴン中央刑務所に収容されている。「私」が収容されているのはプレオー8（中庭第八号）という雑居房だ。そこでの日々の様子が、自在とも無頓着とも感じられる文章でつづられている。

「私」はときに過去を回想する。無職で居候生活をしていたこと。「私」の子どもを産むために死んだ女性のこと。生まれた娘のこと。招集されて、ここに至った経緯。従軍慰安婦の記憶も語られる。なかなか裁判がおこなわれない様子の囚人たちは、雑居房で時間つぶしをしている。ベトナム人やフランス人の囚人たちの合唱、女囚たちとの交流、女囚の水浴ののぞき見。特に娯楽の中心になっているのが軽演劇の上演だ。「私」が脚本を書き、元・兵士たちが演じる。そこでちょっとした愛憎模様も繰り広げられる。同性愛的傾向に傾く囚人もいる。そんなふうにして、今日もまた、刑務所の一日が始まる。

初出：「文藝」一九七〇年四月号、河出書房新社

作品の背景

まずは魅力的なのが、この独特な文章だろう。しなやかで、芯が強い。明るくて澄んでいる。開高健は講談社文庫（講談社、一九七四年）の解説で「文体に一貫したリズムがあります」と指摘しているが、確かにこのリズムに包まれるとすなわち作品世界

に入ってしまっている。「したたかな苦渋を濾過した〝かるみ〟」「ほのぼのとした微光のようなユーモア」というのも開高の評だ。

ただ驚くべきは、そのような一見、のんきな文体で描かれているのが戦争だという事実だろう。古山は戦争の悲惨や戦争の惨劇を大仰な言葉で表現しない。ましてや、「反戦」や「平和」を声高に主張することもしない。それなのに（それだからこそ）、じわじわと心にしみてくるものがある。読んでいて形をなすものがある。

あの戦争とは一体、何だったのか。そんな戦争を起こす人間とは一体、どんな存在なのか。そういう問いかけを地に足をつけて、普段着で問うてくるといえばいいだろうか。

芥川賞の選評では三島由紀夫のものが印象的だった。「体験曲折の上に、悲喜哀歓と幸不幸に翻弄された極致に、デンとあぐらをかいた、晴朗そのもののノンシャラントな作品で、苦みのある洗煉は疑いようがない」。選考会がおこなわれたのは一九七〇年七月。三島はこの四カ月後に自決する。どんな気持ちで『プレオー8の夜明け』を読んだのだろうか。気になるところだ。

（重里）

無能な中央政治と優秀な現場

重里徹也◆コロナ禍で閉塞感を感じる日々です。ただ、振り返ってみると、日本列島で生きる人々はこのところずっと災害に振り回されてきました。一九九五年に阪神・淡路大震災があって以降、地震や異常気象など災害続きです。その頃からコロナに至るまでずっと共通しているのが、中央の政治があまりうまく機能していないのではないかということですね。能力の低さをさらけ出しています。

助川幸逸郎◆阪神・淡路大震災そのものは天災なんですが、話題になったのは政府の救援物資よりも、民間の救援物資、たとえば、ダイエーの中内社長がヘリコプターを飛ばして救援物資を早く運んだという話がありましたね。

重里◆そうです。人々の共助はかなりうまく機能しているし、民間には優秀な人が多い。それは、ボランティアの人々から一般市民までいえることでした。また、暴動のようなものも起こらない。人々はおおむね秩序立って災害に対処しました。ところが、政府の動きが鈍い。

助川◆そうですね。今回のコロナにしても、二〇一一年の東日本大震災にしても、同様の図式が見られました。個人では非常に知的な人もいれば、勇気ある行動をとった人もいる。ところが、東京の政治システムが毎回毎回、対処に失敗しているように思います。

重里◆東日本大震災のとき、地元の市長や町長には優秀な人が多い印象を受けました。市役所や町役場の職員、スーパーマーケットやコンビニエンスストアで働く人たち。自衛隊や消防団の人々。真面目で機転が利き、しっかりと対応した人が多くいたように思います。ところが、中央の政治家は手も足も出ないような感じがしました。事態に対応できない。機敏な判断ができない。東京電力の東京の本社にいる幹部からもそういう印象を受けました。絵に描いたように無能なのですね。それが無残なほどにあらわになった。

助川◆旧日本軍と同じですよ。大本営とか関東軍とかはバカなことやっている、現場の指揮官や兵隊には優秀な人がいるのだけれど、という。

繰り返されるインパール作戦

重里◆それで、この新型コロナウイルスのパンデミック（世界的大流行）の下でも、日本政府の無策を批判するのに、よく戦争中の日本軍のデタラメぶりが例えに出されます。ガダルカナルがどうだったとか。

助川◆インパール作戦に似ているとか。

重里◆インパール作戦のことを少し調べると、なぜこんな無謀な作戦を実行したのか、信じられない思いですね。本当に、バカじゃないの、という感じです。ところが、それと共通したようなことが、二〇二一年のコロナ禍でもおこなわれているという印象があります。日本の政治システムというものが、大きな問題を前にして、その無能ぶりをさらけ出している。弱さ、もろさを露呈しています。

助川◆敗戦後、上が吹き飛んでシステムが一回壊れた。それで現場の健全な人だけが残った。ところが、システムが復活して完成してしまった途端に、また元の戦前のバカなシステムに戻ってしまったみたいなところがあります。一人ひとりの人間は決してダメではないと思うのですが。

現場で頑張っている人に優秀な人はいるのだけれど、何かが起こったときにシステムとして判断ができない、対処ができないというのは日本の病理ですね。

重里◆今回のコロナ禍でも、現場にはたくさん優秀な人がいると思います。医者、看護師、保健所の人など、能力が高く、真面目で、心情のきれいな人は多くいるように思います。テレビに登場する大学の先生や病院の医師にも、とても知的で優れた判断力を持っている人がいるように思います。ところが、それが日本政治というシステムのなかでは埋もれてしまう。なかなか生かされない。そんな感じで、日本全体が鈍くなっているような気がしますね。足がすくんでしまっているのですね。

なぜ、こんな話をしたのかというと、『プレオー8の夜明け』の話に入りたいのです。私はとても優れた小説だと思います。芥川賞史上、屈指の名作といってもいいでしょうね。高校時代に読んで以来、ずっと引かれ続けている作品なのですが、この小説の思想とは、システムにはもう期待しないというものです。けれども、この地獄のような現場をどうすれば、少しでも楽しく生きられるのかを模索する主人公の姿を描いている。非常に芯の強さを持って書かれている小説だと思います。それが、こちらの心に響いてくるのですね。芥川賞作品を読み続けるなかで、戦争を扱った作品を入れたいと思ったときに、『プレオー8』が思い浮かんだのです。

システムが壊れた後で

助川◈私はこの小説で最も共感したというか、かわいそうだなと思ったのは、金井中尉ですね。ある種エリート軍人でこれまでやってきた人なのでしょう。日本のシステムのなかではエリートとして振る舞ってきたのが、捕虜になってシステムが壊れてしまって、裸で投げ出されてしまっている。それでシステムは守ってくれないから、個人として愛されなきゃいけない。それで、もう女性の言葉を話して女性のロールを演じて、愛されようとするわけですね。

自分のそれまでのアイデンティティーみたいなものを完全にかなぐり捨てている。逆にいうと、それを全部捨ててしまえるところが金井中尉の優秀さというか、鋭敏さともいえるのではないかと思います。この人はただエリートコースに乗っていただけではなくて、システムが壊れたときに、本当に裸になった自分には何の価値もないんだと思ったときに、必死になって愛される道を探しにいった。そのときに自分の男としてのアイデンティティーさえも捨てなければ自分は生きていけないのだというところに直面してしまったのだと思います。金井中尉とはそういうキャラかなと思ったときに、この人は現実と向き合っているんだろうなって思いましたね。はたから見て。

重里◈軍人としてのアイデンティティーがもうすべて失われてしまった世界ですよね、これはね。戦犯容疑でベトナムの刑務所に抑留された兵士たちの日々が描かれているわけですが、軍隊の階級社会は壊れてしまっている。そのなかで無防備な個人として生きていくのに、それではどうやって生きていきますか、ということが書かれているのだろうと思います。この主人公のしたたかさとしなやかさが、とても印象的でした。

助川◆主人公は自分に見栄を張らないですね。大人ですよね。

重里◆大人ですね。徹底した自己相対化がなされています。いつも、自分を他人の目で見ている。

助川◆そうですね。水浴のときに動作が遅いとフランス兵に細竹でビシビシと尻を叩かれます。でも、あまり痛くない。それで、平気で叩かれてやる。ところが乱暴なフランス兵がいて、そいつに蹴っ飛ばされるととても痛いから、それは一生懸命に逃げ回る。ところが、仲間は、主人公がわざと細竹でぶたれて、みんなをかばっていると誤解して、ほめてくれる。そんなことを主人公が考える場面もありますね。

重里◆東南アジアの湿気と高温がひどい刑務所で過ごすというのは、耐えがたいことですよね。しかも、いつ死刑になるかわからない。ところが、そこで何とか精いっぱい、日々を楽しく過ごそうとする。芝居をやったりして。そういうのも、涙ぐましいようなユーモアがあります。

助川◆そうなんですよね。そのくせ、ちょっとかわいくて。みんなのためにやっているんだぞって誤解されるのだけれど、それを言っちゃあ、おしまいよって、ちょっと思っている。言ってくれるなよ、照れるじゃないか、みたいな感じじゃないですか。

重里◆そうなのです。都会人の繊細な感覚ですね。

徹底した自己相対化

助川◈そうです。都会人の感覚だし、やっぱりすごい知性を感じますよね。これがホントの知性だと思います。徹底した自己相対化も知性がもたらすものですね。子どもっぽくひねくれて、自分の卑小さをシニカルに言い立てるのではなくて。そういうのは過大な自己愛の裏返しの表れですからね。そうではなくて、本当に自分の等身大の存在価値みたいなものがわかっている。自分の良心と同時に自分のセコサもわかっている。

重里◈表立ってはあまり書かれてはいないですが、主人公たちは生と死のギリギリのところで生活しているのだと思います。いつ死刑になるか、誰もわからない。いつ自分の人生が閉じてしまうかわからない切羽詰まった極限状況で日々を送っている。自分の運命を自分で決められない。死ねと言われれば、死ぬしかない。そういうヒリヒリとした状況に置かれているのだけれど、それははっきりとは書かない。隠し味にしている。つまり、感傷的なことは直接には書かないのですね。

助川◈この刑務所に至る過程でも、ちょっとしたタイミングで自分は殺されていたかもしれない。逆にいうと、殺されたやつもちょっとタイミングが違えば、全然無事だったかもしれない。正しい心で、正しい状況判断をすれば助かるというものではないのですね。主人公たちが置かれているのは、そういう状況です。

重里◈徹底した極限状況といえるでしょうね。そういうなかで、狂気に陥らないで、平常心みたいなものをどのように保つのか、ということが描かれているのだろうと思います。これは、とても射程の長い小説ではないでしょうか。

助川◆本当に、等身大のしなやかな小説ですね。逆にいうと、人間ってそういう状況でもたとえば、娯楽を求めたりする存在だということですね。

重里◆女性にラブレターを書いたり。

助川◆ちょっとかわいい男の子（日本兵）を女性アイドルみたいにしてみんなで取り合ってみたり、とか。なんかそういうつまらないことに意義を見いだしている。結局、どんな非日常も日常にして生きてしまう、人間のしたたかさと悲しさがすごく出ていますよね。こんな非日常的状況でさえも日常化して、日々のちょっとしたつまらないことでいらついてけんかしたり楽しんだりという、人間の悲しさみたいなものがすごく出ていますよね。

声高に「正しさ」を主張しない

重里◆それで主人公は決して、声高にはしゃべらないですね。大きな声で主張しない。目の前のことしか言わない。観念的なことを言ったり、正義という言葉を使ったり、そういうことは一切口にしない。いつも、つぶやくようにしか話さない。

助川◆これは裏返して、人生訓にしてもいいと思います。簡単に声高なことを言ったり、かっこいいことを平時に言ったりする人間というのは、信用できない。あてにならない。

重里◆特に「正しいこと」を大きな声で言う者は絶対にあてにならない。おそらく、そいつは嘘をついている。本当にそんな感じがします。

講談社文庫の解説を開高健が書いています。「孤徳の文学」というタイトルが付けられていますが、記憶に残る文章です。開高は全身を戦争という狂気につかまれて、生涯を過ごした作家だと思います。ベトナムの風土も熟知している。その開高がこの小説を激賞しています。

たとえば、文体ですね。「したたかな苦渋を濾過した〝かるみ〟と、ほのぼのとした微光のようなユーモアがいきわたっていて」、戦争や戦場を描いた数々の文学作品で全くユニークだと評しています。流木のような文章だというのが言い得て妙ですね。人物や風景の描写に形容詞を使っていないというのですね。日本語の文章というのは形容詞から腐っていく。流木のような文体とは、形容詞や修飾語を削ぎ落として、岸辺に流れ着いたようなものという意味でしょうね。

助川◆私は逆に、これは何かを足していこうと思えば、いくらでも足せる文体だと思うんですね。たとえば、わかりやすくするために主語をもう一回足したり、目的語をもう一つ足したりすると、ちょっと波長が乱れてしまうというような、そういうスタイリッシュな文章ではないのですよ。わかりやすくするためだったら、何度でも同じ主語が出てきてもいいし、何度同じ言い回しが出てきてもいい。これが本物の散文というものではないかと思います。

重里◆漢字の熟語はカタカナで表現してもいいし、どこで改行したっていいし、というような感じでしょうか。スタイリッシュな文章というのは、たとえばどういう作家のものが思い浮かびますか？

助川◆たとえば三島由紀夫もある意味そうですし、堀辰雄もそうだし。

重里◆そういうものと対極にある文章ということなのでしょう。

助川◆だからカッコいい文章ではないけれども、何でも書ける文章ですね。ある種小説家の一つの理想の文章じゃないですかね、これは。

しなやかで温かい文体

重里◆とてもしなやかで、自由な文章ですね。けれども、装飾は剝ぎ取っている。着飾らない。それに人懐っこいですよね、なんか。温かみがある。体温を感じる。

助川◆そうなんです。愛嬌があるんですよ。要するに。チャーミングなんだと思うんですよね。かわいげがある、すごく主人公が。

重里◆このチャームの正体は何ですか？

助川◆自己愛みたいなものがないことでしょうか。愛されようとか、受けようとかしていない人間ってチャーミングなんですよ。

重里◆年齢もあるのでしょうね。芥川賞受賞作というと比較的、若い人の作品が多いですが。

助川◆五十歳ちょっと前ぐらいですね、これは。この力の抜け方は五十じゃないと出ないですよね。

重里◆それと戦争体験、この刑務所体験から、数十年たっている、ということもあるのでしょうね。

助川◆そうですね。私にはとても尊敬していて、すごいなと思う作品がいくつかあります。芥川賞作品でいうと、大江健三郎の『飼育』もそうですね。中上健次の『岬』もそうです。だけど五十歳超えて、いまから自分がどういう文章を書きたいかというときに、こういうのをやりたいなあって、重里さんとずっと芥川賞作品を読んできていちばん思ったのが、今回のこれですね。

本当に共感しました。私は短歌結社に入っていて、毎月、結社の雑誌に短歌を十首ぐらいずつ投稿します。そのときに何を目指しているのかというと、なかなかできないんだけれど、こういう世界を詠みたいんです。気取らないで自分に見栄を張らないで、そして自分のセコサを、自嘲とかにならないですっきり見据えて。そういうものを歌えるような歌を作りたいなと思って、毎月やっているわけです。もちろん、私はこんなふうにはできないけれども、でも目指しているのはこういう方向ですね。

重里◆私は俵万智の短歌に引かれるのですが、彼女の歌にもそういうところがあるのではないでしょうか。

助川◆俵万智はうまいんですよ。「寄せ返す波のしぐさの優しさにいつ言われてもいいさようなら」という歌がありますよね。これなにげないようでいて「寄せ返す波のしぐさの優しさに」というところで、すごくほんわかした歌を予期させるわけです。なのに次に、「いつ言われてもいいさようなら」っていわれると、ドキッとするじゃないですか。だから、平常心をさらりと詠んだようでいて、一首のなかにドキッとするようなスリルとサスペンスを仕込んでいる。これは平凡な私を上手に表現しているというよりも、うまいということを素人に気づかせないぐらいいものすごくうまい歌なのです。

古山はそういうんじゃないんです。そういう技巧なんかは一切かまわないところがあります。俵万智は俵万智で、並の歌人じゃないのはまちがいありませんが。俵万智は、とにかく技巧が水際立っている。千年以上のこの国の歌の歴史のなかでも、トップクラスといっていいうまい歌人だと思います、技巧という点でいえば、俵万智は、和泉式部とかとの比較に堪えるレベルではないでしょうか。

17

古井由吉『杳子』

第六十四回、一九七〇年・下半期

◆あらすじ

大学生の「彼」は、一人で山歩きをする途中、精神に失調をきたし谷底に座り込んでいた杏子を助ける。「彼」は杏子と頻繁に会うようになり、彼女の「病気」におびえながらもそれに魅せられていく。杏子には、かつては心を病んでいた九歳年上の姉がいる。病気にも健康にも安住せず、境目で顫《ふる》えていたいと望む杏子は、回復して家庭を持つようになった姉を嫌悪していた。姉は「彼」に、杏子を病院に連れていってほしいと頼む。「彼」とともにあるかぎり、病気と健康のはざまで生きられると杏子は確信したらしい。彼女は病院に行くことに同意したのち、「今が私の絶頂みたい」とつぶやくのだった。

初出：「文藝」一九七〇年八月号、河出書房新社

作品の背景

古井は文壇に登場した折、後藤明生、黒井千次などとともに「内向の世代」と称された。一九六〇年代を席巻した政治闘争が下火になり、社会変革よりも個人の内面に目をとどめる作家たちが登場した。古井はその代表的な一人と目されたのである。『杏子』の主人公は、理由は定かに語られないが、大学の授業にも出ず家にこもって暮らしている。「彼」は自らの関心を、杏子の「病気」と対峙することにだけ向ける。学生運動に挫折したとはいえ、にわかに既存の体制に順応することにも抵抗を覚える。そういうメンタリティーを抱えた若者は当時たくさんいた。彼らが『杏子』に強く共

感したことは想像に難くない。

それでは、今日この作品を読む意味はどこにあるのか。杏子に対し、「女くさい」「女の肉体感をあらわにしていった」という類いの形容がしばしば用いられる。狂気と結び付いた女性性に、日常の秩序を超える力という役割が与えられているわけだ。この構図はいささか陳腐であり、男性が女性に対して抱きがちな妄想、という印象も受ける。

古井はしかし、周到な作家である。杏子の「病気」は、姉への対抗心から誇張されて演じられたものとも解釈しうる。そういう書き方を、作家は意図的に選んでいる。女性が神秘の源泉となる「安直な図式」は、「彼」と杏子が作り出した幻想ではないか——この作品は、読者にそう問いかけてくる。

それなりに吸引力があるからこそ、「陳腐な発想」は広く共有される。「俗なるもの」のそんなしぶとさを描こうとしているのか、それとも、そこに堕していく人間の度し難さに眼目があるのか。両者の境目で顫えることを、『杏子』は私たちに求めている。

（助川）

固有名を喪失する病気

重里徹也◆今回は大いに質問したいと思います。まず、なぜ、古井は『杳子』を、一人称ではなくて三人称の小説にしたのでしょうか。

助川幸逸郎◆杳子の病気自体が固有名の消失ですよね。喫茶店に着いても、以前に訪れたのと同じ喫茶店なのに、そういう感じがしなくて中に入れないというのが出てきます。これは病状でいうと境界性人格障害です。ボーダーライン・パーソナリティー障害。

重里◆平たくいうと、何なのですか？

助川◆簡単にいうと、「重里さん、今日は変だよね」ということが、ボーダーライン・パーソナリティー障害の人は言えなくなってしまうんです。普通は人間って他者を二重化していて、重里さんという名前で重里さんを呼んでいるときには、いま見ている重里さんと、これまでずっと付き合ってきて私のなかで重里さんはこういう人だっていうイメージとを、二重にして見ているわけです。ところがボーダーライン・パーソナリティー障害の人は、そのときそのときのその人しか見られないんです、簡単にいうと。

今日、重里さんが私に対してちょっと態度が冷たかったとしても、もう芥川賞企画をやめるのかな、とかまでは思わないですよね。それはこれまでのお付き合いがあるからなんですが、ボーダーライン・パーソナリティー障害の人は、それまでどんなに大事にされても、その日一日心が通い合わないと、もう絶望して死んでしまったり、リストカットをしたりするわけですよね。それは要するに、そのときの自分、目の前に現前している他者とそれまでの蓄積によってできたその人に関するイメージみたいなものが、普通の人間は二重になるんだけども、ボーダーライン・パーソナリティー障害の人は重ならないんです。常にその瞬間を生きている相手しか見られない感じになってしまうんですね。だから、先週使ったのと同じ喫茶店に来ても、同じ喫茶店という実感が持てない。杏子はたぶんそういう時間帯を生きている。

重里◆自分自身に対してはどうなのですか?

助川◆自分の人格もすごく不安定なわけです。

重里◆だから、アイデンティティー障害でもあるわけですね。自己同一性を失っている。

助川◆そうなんです。だから他人の感情に移りやすいし、他人の感情が胸に浸透してきやすいのです。もう一つの現代人の病である統合失調症はある意味反対です。統合失調症の人というのは、逆にいうと目の前の現実みたいなものに対する実感がすごく希薄になってしまうんですね。

重里◆なるほど。平たくいえば、杏子がかかっている心の病は、目の前の現実に振り回される病ということですか。

助川◆そういうことです。目の前の現実が圧倒的に自分に入り込んできてしまって、それがどういうものかっていうことに形を与えることができなくなってしまう。そういう状況です。だから、この小説で書かれている世界というのは、固有名が成立しない、境界性人格障害の世界ですね。自己同一性が成立しないところに、古井由吉なら古井由吉という固有名をもった人格は想定できませんから。
この小説は固有名が不成立の世界を描いているのです。だから、本当はすべて匿名でやりたいのだと思います。きっと。ほとんど一人称視点なのだけれど、これ「僕」とか「私」とか、男の一人称にした場合、ニュートラル度（中立性）がなくなってしまいますよね。「私」だとある程度、成熟した大人だろうとか、「俺」だとプライベートな立場で語っているなとか。男性の一人称は、どれを選ぶかというだけで、その人の属性とか立ち位置とかを表してしまうんです。それを古井は避けたかったのだと思います。だからそこで、「僕」とか「私」とかを全部取っ払ったニュートラルな匿名性というのを出したかったのではないでしょうか。そこから出てきたのが、「彼」という人称だったのじゃないかなと私は思います。

重里◆「彼」も同じ病を病んでいるのでしょうか。読んでいると、そんな感じもうっすらと漂っていますが。

助川◆「彼」も病んでいるというよりも、もともとは杳子自身が姉に影響され、病の世界に入り込んだわけです。そういう人格性障害の病気をね。そして、杳子と接するうちに、「彼」もこの世界に巻き込まれていくわけです。ボーダーライン・パーソナリティー障害の症状については、山が崩れてにじみ出してくるみたいな描写がさんざん、この小説の冒頭でありますよね。それで、そういうある境界が崩れて周りの現実が自分のなかに侵襲してくる感じというのが杳子の病であって、彼女の病に付き合っているうちに、「彼」と杳子の間の境界みたいなものも崩れ落ちていくという状況ですね。ボーダーライン・パーソナリティー障害の人と付き合っているとこういうことが起きやすいです。特にディープに付き合っていると。そういう状況を描いた小説なんだと私は解釈します。

「彼」はなぜ、外を向かないのか

重里◆「彼」はもともとは健常者なのでしょうか。やはり、境界性人格障害的な精神の傾向を持っている人なのでしょうか。

助川◆「彼」はこういう女性にひきつけられやすい人ですね。自分にそういう傾向があるというより、この種の女性にどうしようもなく心引かれてしまう。こういう女性にひっかかりやすいタイプの男っているんですよ。

重里◆これは、大学生同士の恋愛を描いた小説とも読めますね。なぜ、「彼」は他のことに興味を持たないで、杳子にばかりのめり込むのでしょうか。杳子はそんなに魅力的なのでしょうか。「彼」はなぜ、こんなに内側にばかりのめり込むのでしょうか。拒否している外側には何があるのですか？　外側にあるものが、この小説の隠し味になっているのでしょうか。

助川◆精神医学の話ばかりしていますけれども、この状況、このボーダーライン・パーソナリティー障害の人が交ざり合う状況になってしまうと、完全に密室で二人きりみたいな世界になってしまうわけです。外部が目に入らなくなってくる、完全に。

重里◆意識的にか無意識にか、外部を避けているのではないでしょうか。

助川◆外を避けているというか、外がない世界に行ってしまっているんですね、二人で。

重里◆外に意識を向けたくないのではないのでしょうか。外に行きたくない理由があるのではないでしょうか。内側を見ているのが心地いいのではないでしょうか。

助川◆外に行きたくない理由というか、そういう具体的な何かがあるというよりは、この世界がそういう世界なんですよ。だから外に行きたくない。

重里◆私には何か、外を避けている感じがします。かたくなに外を嫌っている。

助川◆外があったとしても、外がどんどんどうでもよくなるような世界にのめり込んでいく感じなんじゃないですかね。

重里◆私は読んでいて、かたくなに外を避けている感じがしました。

助川◆それは、男のほうが？

重里◆はい。ただ、それは隠し味になっているのですよ。外にはろくなことがないだろうということを隠し味にして、内側にのめり込んでいっているのではないでしょうか。それで、最初は精神科医のように精神を病んだ人と付き合いながら、患者とデートしたりセックスしたりして、のめり込むように自分も病んでいく。そういう記録が書かれているのかなあと思いました。

集合的無意識でつながりたい

助川◆ただ古井由吉自身が盛んに書いているのは、集合的無意識みたいなものでつながり合いたいということなんですね。だから、たぶん外を全部、削ぎ落として内面を描く、二人の男女の対を描くことによって、ある種の集合的無意識みたいなところにつながっていこうとしているのでしょう。完全にこれは『新世紀エヴァンゲリオン』（原作：庵野秀明、テレビ東京系、一九九五年十月—九六年三月）の世界だと思います、普通にコミュニケーションをするのではなくて。個人の内面に閉じこもることによって逆に人類が全部つながっていくみたいな。そういう線を狙っているのだと思います、古井は。

重里◆難しいことがいろいろあるのですね。ただ、フツウに読んでいると、なぜ外へ行かないのか不思議ですよ。いい若い者が、外を忌み嫌っている。おそらく、外へ行くのがいやなんだろうなと思うわけです。それはいっこうにかまわないのです。外が嫌いな若者もいるでしょう。引きこもりたい人もいるでしょう。そういう小説があっても、全然、かまわない。だけどその理由を作者は書いていていませんね。読者に目配せもしない。アプリオリな前提として、外を嫌っているわけです。隠し味にしているのです。わかる人にはわかるだろう、ということなのかなと思いました。そこは読者との共犯関係で成り立っている小説です。

助川◆外に行きたくない理由としては、やっぱり、あれなんですか。政治から逃走しているということですか、この時代の。

重里◆外がいやなのでしょう。よほど、外が嫌いなのでしょう。

助川◆学生運動の末期ですね、これ。書かれているのが。そういうところから逃走しているっていうことをおっしゃっているわけですか？

重里◆そう考えるのが妥当でしょうね。だけどそれは書いていません。描かれていないのです、そのことは。だから想像したり推測したりするしかないのですが。ただそう思わざるをえないですね、これは。よほど外がいやなのだろうって。

助川◆ある意味、高橋和巳の裏返しなんじゃないですか。作中人物レベルでいえば、重里さんが指摘されていることはいえると思うんです。小説の方法としていうならば、その学生運動の現実にナマに関与しないで、内側に入り込むことで、逆にその学生運動が終わりつつある日本の現実みたいなものの共通の根っこを掘ろうとしているといえるでしょう。とても民俗学的ですね、この初期古井はね。『妻隠』(「群像」一九七〇年十一月号、講談社)だってそうだし、この後『聖』とか『栖』(「文体」一九七七年九号—七八年十二号、平凡社)とか、すべて民俗学的な要素を指摘できますね。

重里◆『杳子』の二人はなぜ、山で知り合ったのでしょうか。山にも、民俗学的な意味があるのでしょう。山って何なんですか、日本人にとって。

助川◆やっぱり、異界ですよね。平地では出合えないような魔性のモノとか、そういうものと出合う。そういう伝統なんだと思いますよね。

重里◆泉鏡花の『高野聖』(「新小説」一九〇〇年二月号、春陽堂)みたいですね。

助川◆そうです。もう一つは、この時期の古井、初期の古井というのは、硬いものが軟らかいとか、どん底が高所恐怖症を呼び起こすとか、イメージのうえでは、そういう逆転の論理を持ってきますよね。それで、この逆転の論理を使うときに、山というのは硬い岩があり、高い際立ったものがあるから、低いところで感じる高所恐怖症だとか、あるいは岩がにじみ出て自分のほうに寄ってくるイメージとか、とても書きやすい場所ではありますよね。

重里◆場所の話をもう一つします。二人はなぜ、公園でデートをするのでしょうか。場所だけを見ていくと、山、公園、喫茶店、旅館の一室、杏子の家ということになっています。公園というのは、山と旅館の間にあるものなのでしょうね。

助川◆そうでしょうね。

重里◆自然と都市が日常的に混交している。

助川◆模造された自然というか。山のなかで見つけてきた女性ともう一回、山のなかであったことを都市のなかで擬似的に反復するということなのではないでしょうか。

重里◆もう少し杏子を魅力的に描くことはできないのでしょうか。そうしたら、「彼」の独特な恋愛にもっと説得力が出るのだと思います。なぜ、「彼」が杏子に引かれるのかわからないですね。ほんのちょっとしたディテールでもいいから、杏子の魅力を描くことはできないのでしょうか。何が「彼」の性欲を刺激したのでしょうか。

助川◆いやこれはね。私は思いますけど、古井はものすごく力量がある作家ですよ。だけど、重里さんがおっしゃっているような線はあえて避けているんじゃないですか？　「もうちょっと杏子を魅力的に書けるのじゃないか」というのはリアリズム小説に対する見方ですよね。古井はリアリズムで書いていないと思います。実験小説で書いている。私もこれを読んで思ったのは、言語技術と作品構成の手腕はすごいけれども、結局は学者が書いた小説だなということでした。要するに、頭で構図を作って書いている小説です。そういう意味では評論家的な小説だと思いました。

重里◆私はこの小説を五回くらい読んでいます。それも十代の頃からいまに至るまで、四十年以上かけて繰り返し読んでいるわけです。それで、外に何かがあって、それを避けているのが隠し味になっているというのと、杳子をもう少し魅力的に描けなかったのかな、というのは、今回も感じました。

ツッコミだけでボケがない小説

助川◆それはおっしゃるとおりだと思います。古井には、何とか民俗学的要素を使って、ある種日常的な価値観を反転させて、それで内側を深く掘ることで共通の社会的な根みたいなところにいこうというのが戦略としてあったのだと思います。それで書いていって、でもやっていても届かないところが出てくるのはなぜかといったときに、簡単にいうと、古井はボケとツッコミでいえば、完全にツッコミの資質で小説を書いているわけです。

どこもボケていない。どうすれば俺はボケられるのかと考えたときに『仮往生伝試文』(河出書房新社、一九八九年)のような方向にいったのかな、と思うわけです。古典テクストと対話しながら書いていくみたいなところで、そこでテクストの世界から現実に戻ってきて、往還するとその両方の世界がぐちゃぐちゃになってきて、書いている私がボケてくるわけですよね。そのボケとかブレとか、古典的なテクストを読んでいる私と現実に生きている私の間のブレの間にちょっとボケが作れるんじゃないかな、と考えて、たぶんそっちに行ったんだと思いますね。

重里◆『杳子』の文体というのは、その濃密さが感触として伝わってきますね。それが魅力的なのは、よくわかります。

助川◈ブロックで積み上げたみたいな、テコでも動かないような、どっしりしたものをズシズシと持ち上げてくる安定感がある文体ですね。とっぴな例えかもしれないけど、谷崎に似た資質を感じますね。古山高麗雄のような、飄々と流れていく文体とは全然違う。ガチ、ガチと構築していく文体ですね。

重里◈古井は若い作家たちに大きな影響力を持っていました。二〇二〇年に亡くなりましたが、その存在感の大きさを実感しました。

助川◈私も、亡くなったときにいろいろと考えました。生きているときは、本当にリスペクトしていたんですよ。そして、亡くなってみたときにあらためて考えると、他の実作者としては、存在すること自体ですごく助かる作家だったんだと思います。

重里◈後輩の作家が、先輩にこういう実作者がいることで助かった？

助川◈ものすごく頭のいい人だし、小説技術に関して一生懸命考えていた人だから、たぶん後輩から見ると自分が試みたことを全部きちんとわかってくれて、技術的なことも全部お見通しの先輩、という感じがあったのだと思います。私もそういう点をすごく尊敬していました。ただ、作品として幅広い多様性があるのかといわれたときに、高い峰ではあるけども、裾野がどこまで広いのかなと考えると、それはそこまでの裾野はなかったのかもしれません。

古井由吉の代表作は

重里◆古井の代表作は何だと考えますか？　一つ挙げるのは難しいですか？

助川◆難しいですね。古井の作品は、民俗的なものが出すぎると、ちょっと図式的になる危うさがあるんですよね。『野川』（講談社、二〇〇四年）や『辻』（新潮社、二〇〇六年）など、ちょっとそういうものを感じたりもしました。

重里◆なぜ、民俗学に寄っていくのですか？

助川◆やっぱり、集合的無意識とか文化伝統とかにつながりたいという欲求がものすごく強い人ですね。

重里◆それは日本人の集合的無意識でしょうか、人類の集合的無意識でしょうか。

助川◆日本人だと思います。

重里◆それでは、そこに天皇とかも入っているわけですね。

助川◆だと思います。古井は西洋古典にも通じていたし、ラテン語もできた人でした。たしか古井が亡くなったとき、何人かが、古井のベストとして『詩への小路』（書肆山田、二〇〇五年）という西洋の詩を論じた本を挙げていました。私もあれはものすごくいい本だと思います。詩は結局、民族的なものとか神話的なものにつながってきます。ただ、自分の作品のなかではあんまり洋物は出さないで、ずっと日本の古典と日本の民俗学ですよね。結論として、この『杳子』は古井の最高傑作とはいえません。『杳子』は十分魅力的な作品ですが、古井は後年、もっと高いハードルを跳ぼうとした小説をいくつも書いています。

重里◈ただ、芥川賞作家が亡くなると、ジャーナリズムはついつい芥川賞受賞作を三つか四つの代表作のうちの一つに入れてしまいますね。

助川◈入りますね。だったら、『この道』（講談社、二〇一九年）でもいいし、連作短篇集の『やすらい花』（新潮社、二〇一〇年）でもいい。あるいは『槿（あさがお）』（福武書店、一九八三年）のほうが面白いかもしれないし。本当に難しいですね。谷崎みたいな方向にいこうと思えばいけた人だと思うんですよね。難しいですね。

18

李恢成『砧をうつ女』

第六十六回、一九七一年・下半期

◆あらすじ

主人公の「僕」が九歳のときに母親の張述伊（チャン・スリ）は死んだ。三十三歳だった。日本の長い戦争が終わる十カ月ぐらい前のことだった。生前の母は「僕」を「ジョジョ」と呼んだ。「オッチョコチョイ」とか「おませ」とか「出来損ない」とかいう意味だったのだろう。

母の死後、「僕」は祖父母（母の両親）の家へ出かけることがあった。祖母（母にとっては血のつながらない継母）は娘の追憶を身勢打鈴（シンセタリョン、節をつけて語る身の上話）で語った。娘時代から母は気性が勝った女だった。没落した家の一人娘だが奔放で、砧をうって一生を過ごす邑《むら》の娘たちのようにはなりたくなかった。十八歳で反対を押し切って単身日本の北海道へ渡り、炭鉱で働いた。しかし、結婚して、子どもを産み、「砧をうつ女」になった。両親はよくけんかをしたが、母が死ぬとき、父に「流されないで」と逆に励ましたことを父は教えてくれた。母は志を持ったまま死んだ女性だった。

初出：「季刊藝術」一九七一年夏号、季刊藝術出版

作品の背景

李恢成は樺太生まれの在日朝鮮人作家。外国籍の書き手が芥川賞を受賞するのは史上初めてのこと。五回目の候補での受賞だった。選評で井上靖は「私はこんどの、多少これまでとは異った資質を感じさせる作品が一番いいと思った。気負ったところが

なく、らくに自分のペースで仕事をしており、作品全体に鳴っているようなもののあるのが感じられる」、安岡章太郎は「素直な抒情的な筆がよくのびている」「母国の土だけでなく風俗も文化も失った憐《あわ》れな女を、ひとごとならずわれわれに感じさせるところがある」と称賛している。

日本によって植民地化され、言葉も服装も奪われた民族の一女性の生涯がのびのびとしかし、決して感傷的にならずに冷静に描かれている。ユーモアも交えて。この女性の芯の強さ、それをつづる作者のまなざし。とっておきの題材を扱いながら、決して単に湿っぽいものにせず、すがすがしい叙情を帯びさせたことが受賞に至った理由だろう。身勢打鈴という朝鮮半島独特の文化が作品を魅力的にしている。語りによって、哀しみや苦しみや嘆きが昇華される感覚がある。

日本語によって、日本の内側から日本が食い破られ、相対化される。この後、外国籍や外国出身の芥川賞作家が誕生していくが、そのたびにこのダイナミズムが私たちにショックを与える。「日本文学」ではなく、「日本語文学」なのだ、といわれだしたのはいつ頃からだっただろうか。

（重里）

在日コリアンと日本語

重里徹也◆初めて外国籍の書き手が芥川賞を受賞した作品ということになります。在日コリアン作家にとって、日本語とは何なのか。そんなことも考えさせられる作品です。小説としても、とても印象的なものです。

助川幸逸郎◆作品を読んでいると、いくつか日本語が不自然なところがあります。言い回し的にいって。李恢成は日本で生まれているんですけれども、完全なる日本語ネイティブという感じではないんでしょうか。

重里◆デリケートなところですね。同時にこの作品の魅力とも関わることだと思います。李の両親は朝鮮半島の出身ですね。李は在日二世になるわけです。だから、ハングルと日本語と二つの言語の間で生きてきたのだろうと思います。ただ、北田幸恵による「作家案内」(『またふたたびの道・砧をうつ女』〔講談社文芸文庫〕所収、講談社、一九九一年)によると、李は一九三五年に樺太の真岡町(現・ホルムスク市)で生まれ、四七年に札幌に引き揚げています。札幌西高校から、早稲田大学の露文科卒業ですね。日本語を日常語として身に付ける一方、ハングルでは小説を書けないことに直面したと記されています。

助川◆立原正秋は、朝鮮半島に生まれています。立原の第一言語はだから、日本語ではなく、ハングルなのですね。物心ついた後で習得した日本語で書いているから、立原の文章はとても明晰で、英語に訳しやすいといわれているようです。立原自身は、自分では韓国の血を引いて日本に生まれたと称していましたが、実は生まれたのも韓国だったと、高井有一が立原の評伝のなかで明らかにしています。立原は韓国に生まれたから、彼の日本語は、子どものときはたどたどしかったらしいです。そういう人物だから立原は、日本語となれあわなかった。それが「英語に訳しやすい明晰さ」とつながったのでしょう。

この李恢成の文章も、日本語ネイティブではない人の日本語という感じがします。母語というものの意味を、あらためて考えさせる日本語だなと思いましたね。

一つひとつ確かめながら書かれた言葉

重里◈私がまず感じたのは、センテンスが短いことですね。短いセンテンスが連なっていく文章で、何か言葉の一つひとつの意味、文の一つひとつのつながりを確かめながら書いているような、そういう文章ですね。一つひとつの言葉をとても大切にしていて、これでいいのかどうかを確認しながら書き連ねている小説といえばいいでしょうか。そんな感じがしました。言葉がとても確かなのですね。何度も叩きながら、石橋を渡っているのです。それがすごくいいな、と思ったわけです。何か、そこからにじみ出てくるようなものがある。それが、先ほど言った、最初は「母国語」であるハングルで小説を書こうとしたけれども、書けなかったという体験とつながっているように思います。父母の地である朝鮮半島は植民地だった。その朝鮮半島の言葉で創作を試みたけれども、自分にとっては不自由な言葉でなかなか書けない。小説は結局、植民地の宗主国の言葉である日本語でなければ書けないことがわかった。この非常に切ない矛盾を引き受けている日本語なのじゃないのかなと思うわけです。そこが独特の切実なリアリティを生んでいる。緊張感と確かさを生んでいる。そのことと、母語ではない、体と密着しているわけではない言語で書いているということ、この矛盾がとても効いている作品だと私も思います。

助川◆はい。けれども、これ、母親を書いていて、非常に母性への憧れを書いているわけです。そている理想像みたいなものと、その男性の実際の母親に対する感情みたいなものがドベーッと混ぜこぜになってしまっている場合が多いと思います。そうなると単なるマザコン小説になってしまって、女性から見るとちょっとついていけないみたいなところが出てくると思うんです。

これは母語にもたれかかってナチュラルなものとして母性を描いていないだけに、逆にすごく抽象的な、イデアルな母性みたいなものの表現に成功していると思います。男性が「母性なるもの」に対して感じる飢えみたいなものを、非常に抽象化というか普遍化して書いているところがある。そこがこの作品の成功の一つの原因かもしれない、という感じが私はしました。

重里◆つまり、女性に対して抑圧的であることを感じさせない母性ですね。母性を男がマザコンのままにベタッと書くと、女性が読むと非常に抑圧的な感じがするのだと思います。それはステレオタイプな母親という立場を無理やりに押し付けられているような感じがするからです。この小説はそれを免れている。つまりそこのところが相対化されているのです。なぜ、そういうことができたかというと、宗主国の言葉で小説を書いているという意識が、いい意味での距離感をもたらしているからだと思うのです。それで、危うい薄氷を歩くような感じで日本語が連ねられている。その結果、そういうイデアルな母性みたいなものを表現することができたのじゃないかと考えます。母親像というものが純粋化され、洗練されているのだと思います。

母親を描く意味

助川◈やっぱりあのおばあちゃん（主人公である「僕」の母親の母）が出てきて、孫である語り手を抱き締める。それで、おばあちゃんくさくていやだ、みたいな場面が出てくる。ああいうのも、とても効いていますね。それで、「僕」の祖母が娘（「僕」の母親）を語るわけです。

そういう形で、単に母親が母親として語られているだけではなくて、娘としても語られている。子どもから母親を語る立場と、母親から娘を語る視線とが交錯しているわけです。ここのところも、この作品が非常に成功している要因ではないかと思います。要するに、この母親像がとても立体的に描かれているわけですね。これも成功の理由なのかな、という気がしましたね。

重里◈語り手の「僕」の祖母も、語り手の「僕」自身も、母親のことを「張述伊（チャン・スリ）」とか「述伊」と、名前で呼びますね。それも、この女性を客観的に浮かび上がらせる要因になっていると思います。また、その祖母が「僕」の母親に寄せる感情も、母親に対する「僕」の思いも、うまく相対化されて描かれている。これがこの小説の魅力ですね。

助川◈あの語り手になっている主人公のおばあちゃんは、主人公の母親と実の親子ではありません。

語り手のおばあちゃんは、「母」として「娘」を哀惜している。けれどもおばあちゃんは、血のつながりによってあらかじめ担保された「母性本能」に促されてそうしているわけではないのです。そういう形で、「母性」とは「本能」ではなく「関係性」なんだ、ということが明確に示されている。このあたりにも、この小説が「母性」を描きながら「マザコン文学」になっていない秘密があるように思います。

重里◆文章も、人物の描き方も、とてもすがすがしいのですね。ベタベタしない。樺太の風土もあるのかなあ。

助川◆私はこういう「男性が自分の母親について語る小説」というのは基本的にあまり好きではないのですが、この作品は好感を持って読むことができました。

重里◆私は、少年や子どもを主人公にした小説はあまり好きではありません。つまり作家自身を思わせる少年が出てきて、彼を主人公にして幼少時の象徴的な出来事を描くというタイプの小説ですね。そういうのは、あまり好みません。そういう小説は、作品としての完成度が高くなりがちです。子どもの視点で描くので、いろいろなことを書かないですませられるからです。たとえば、世の中の複雑な事情とか、男と女のこととか、広い意味での政治的な駆け引きとか。そういうものは子どもの視野に明瞭には入ってきにくい。そういうことをはっきりと描かないですむので、小説世界をまとめられやすい。それで完成度が高くなる。

芥川賞や三島由紀夫賞の受賞作には、あるいは、その他の新人が対象の文学賞受賞作には、そういうものがけっこうあるように思います。完成度を高くしやすいから、目立った欠点が少なくなる。

複数の選考委員が、欠点を指摘しながら選考を進めていくと、残りやすいのです。だから、私はこの作品を読むときにも、やっぱりかなり警戒して読んだのです。でも、読み進むうちに、そういう警戒が必要ではない作品だなと感じました。

人間を描くということ

助川◆選評を読むと、李恢成はこのようなエモーショナルな作品ではなくて、もっと問題意識を尖らせたような作品で受賞してほしかった、というものもあるのですが、その点に関してはどうお考えですか？

重里◆これはね、芥川賞というものの性格を感じますね。

助川◆はい。

重里◆この作品が小説として優れていると評価することに、芥川賞の立場が表れているのではないでしょうか。

助川◆具体的にいうとどういうことですか？

重里◆しっかり人間を描け、ということですよね。

助川◆うーん。

重里◆井上靖や瀧井孝作が高く評価していますね。なるほど、と思いました。

助川◆在日コリアンの人ならではの問題をストレートに打ち出した作品っていうのにも意味がある

と思うんです。しかしこの小説の場合、在日コリアンの人物を描きながら、もっと抽象度が高い普遍的な問題に届いているように思います。政治的な背景だとか、時代的な状況だとかを知らなくても深く味わえるところがあって、こういう作品もありではないか、という気がします。

なぜ、父ではないのか

重里◆ところで、二つの民族で揺れ動くような場合に、父親ではなく、母親を描くと優れた作品が生まれやすいような感じがするのですが、そのへんはいかがですか？

助川◆そうなんですね。これは内田樹がいっているのですが、国家というものが父性なんですね。だから、父性の問題というものは、やはりそれなりに民族を区切っていったり、家を区切っていったりするわけです。

それに対して母というのは、もっと普遍的・一般的なものです。たぶんこれを父の問題で書いてしまうと、もっと民族対立が前面に出てきてしまうように思います。

重里◆複雑で難しい問題になってしまいがちですね。

助川◆母のほうから、妻のほうから、女性の側に焦点を当てて描くと、たぶん、民族対立みたいなものを超えた普遍的なベースが出てくるのでしょう。だからこそ、逆に二つの民族が対立しているという問題が、どちらの側にとっても共感できるような形で描けるんじゃないかな、と思います。

重里◆これは、文学というものの面白いところだと思いますね。真正面から描こうとするとうまくいかないのだけれど、ちょっと迂回したり、斜めや横から見たり、視点を低くしたり、裏側から見たりすると、とても鮮やかに対象が浮き彫りになるというところがあるのですね。

ただ、母親という存在は生活レベルのつながりを直接に感じさせるものです。そういうものの強さから、国家とか民族とか、そういったものが相対化されるということもあるのでしょうね。

助川◆はい。本当に。文学でしか描けない問題というものについて、この頃つくづく考えるんです。昨日も授業で話していたんですけどもね。

重里◆その文学でしか描けない問題というものに対して、芥川賞はとても敏感なところがありますね。それは、実際に小説を書いてきた実作者が選ぶ文学賞だからだと思います。評論家が選ぶのとは違うのだということを私は強調したいです。そして、このことは、芥川賞がメジャーな賞であり続けていることの理由の一つでもあると思います。

助川◆評論家はやっぱり論じやすい作品が好きですから。

重里◆あまり良質ではない評論家は、図式的な小説が好きですね。文学研究者も、そういうところがありますね。

小説は腹で読め

助川◆論じやすい作品というのは、問題がはっきりと提出されている作品です。だけど、実作者はその問題がはっきり出ているかどうかということよりは、その問題が抽象的ではなくて、実感として腹に、頭じゃなくて腹に響くかどうかということで判断しますね。明確でなくてもいいから、しっかりとお腹に届くかどうかという観点から実作者は選びます。どうしても、評論家は頭で明確にわかるように問題が書かれた作品を評価しがちですね。

重里◆二流の評論家には、頭がいい人が多いからでしょうね（笑）。彼らは明快に図式が描けるもの、わざとらしいぐらいに「問題」が提示されている小説を評価しますね。それは能力が低い評論家ほど、そうですね。それで、わかりやすい作品を称賛してしまう。その怖さはありますね。ときには何かのイデオロギーを使って評価し、ときには状況論にからめて批評する。新聞記事みたいな図式を好みますね。

小説は頭でもなく、胸でもなく、やっぱり腹で判断すべきですね。小説は腹で読み、評するときは手で書くべきです。これは鉄則ですね。頭で書いたり評したりしていたら、ろくなことはない。腹に響く小説を選ぶということで、芥川賞はメジャーな賞であり続けているのだと思います。そのために、頭では整理しにくいものも、評価できるという面があります。これが、実作者が選ぶ芥川賞の歴史として考えられるのではないかと思います。

「人間を描けているか」というのは、よく問題になる言葉ですね。直木賞でもよく議論されます。人間を描けているか。他の言い方もあります。その人物の体臭が伝わってくるか、その人間の顔が見えるか、その人物が向こうから歩いてきたら、わかるか。人物が立体的に描けているか。書き割り（舞台の背景などを平面的に描いた大道具）のように平板ではないか。その人物と握手をしたいか。一方で、作家は自分の腸（はらわた）を見せているか、という評し方もあります。「人間を描く方法にもいろいろあるだろう」という反論もあるだろうし、「現代人は体臭などしない」とか、「平板な人物像にリアリティがある」とか、そんなことを言いたい人もいるでしょう。けれども、そういう言辞は小説というものを根底で捉え損ねているように思いますね。やはり、人間を描いてこその小説だと思うわけです。

助川◆確かに人間をしっかり描いた小説は魅力的です。ただ、「世界が滅びる」みたいな感覚をキラキラした言葉で語る三島由紀夫の小説なんかも心にしみるわけです。古山高麗雄や李恢成の作品もいいけど、三島由紀夫も魅力的です。「人間」という言葉は広く捉えたいですね。

重里◆もちろんそうですね。そのとおりだと思います。大江健三郎や古井由吉の受賞作も、見事に「人間」を描いています。ただ、候補になった新人の小説から一作か二作を選ぶときに、芥川賞はわりとうまくやっている。それは実作者が図式や論理で選んでいるのではないからだと思います。このことは、芥川賞というシステムが長い年月にわたって機能している理由の一つだと考えます。

ところで、李恢成という作家については、いままた読まれるといいな、と思います。この作品を評価する力を日本の社会も少しずつ養うことができていたらいいのですが。

助川◆もう一回、評価したい作家ですね。要するに最初の外国籍の作家であるとか、在日韓国人作家の作品であるとか、この作品にはいろいろと背負っているものがありました。それを取っ払って、どれだけ腹に響く問題を描いた作家として読めるかという観点から、もう一回検証し直す価値がある作家ではないかという気はしました。今回読んでみて。

重里◆そんなふうに思いますね。学生にも読ませたい小説の一つですね、これは。

19

村上龍『限りなく透明に近いブルー』

第七十五回、一九七六年・上半期

◆あらすじ

小説の主舞台はアメリカ軍基地の街である東京の福生。主人公のリュウは大きく二つの世界を行ったり来たりしている。一つは恋人のリリーとの生活だ。リリーは元モデルで、バーを経営している。リュウよりも年上で、落ち着いた雰囲気を感じさせる女性だ。この生活は普段は抑制的で、知的な会話も交わされる。もう一つは同世代の男女との乱痴気騒ぎの世界だ。リリーはここには加わらない。彼らはアメリカ兵も交えてロックとドラッグと乱交に明け暮れている。リュウはアメリカ兵に日本人女性を紹介したり、薬物を売ったりしてカネを得ている。無軌道な生活を送る若者たちだが、それぞれに背景があり、この生活に至った経緯が断片的に明らかにされる。故郷を出た理由、親との関係、男女関係のもつれ。

二つの世界を往来することで、リュウは精神のバランスを保っているように見える。薬物とセックスと暴力におぼれる退廃的な日々は派手に見えるが、突き抜けた熱狂に至ることはなく、あくまでも乾いた筆致が続いている。

初出：「群像」一九七六年六月号、講談社

作品の背景

群像新人文学賞の受賞作として発表されるや、特に薬物や性の描写が注目されてセンセーショナルな話題になった。当時の群像新人文学賞の選考委員は埴谷雄高、福永武彦、井上光晴、小島信夫、遠藤周作。芥川賞よりも豪華だと考える人もいるだろう（予備校生だった私はリアルタイムでそう思った）。特にいまでは考えられないぐらいに仰ぎ見られていた埴谷が「ロックとファックの世代」を鮮烈に代表するものだと称賛したのが印象的だった。一方、江藤淳が「サブカルチャー」だと全否定して興味深い対照をなした。江藤は「毎日新聞」の文芸時評で、群像新人賞の選考委員たちから「清潔」と評された乱交場面を「麻薬患者の演奏するモダン・ジャズのように、無意味な自閉的模様を交錯させているにすぎず、単にナンセンスなのである」と断って捨てている。

芥川賞受賞後、さらに大きなブームになった。いまから振り返れば、このとき、日本文学が大きく地殻変動を起こした。その背景には「文学の不振」がいわれることが多かった一九七〇年代前半の状況があるのだろう（いまでは、「文学の不振」というのはちょっと違うような気がするが）。芥川賞は、日本文学が停滞ぎみに見えると決まって、それを内側から食い破るような新人をジャーナリズムに送り出そうとする。村上龍はその最も成功した例の一つだ。

（重里）

ヒシヒシと感じる鮮やかな才能

重里徹也◆思い出深い作品です。一九七六年の初出時に「群像」で読みました。芥川賞を受賞することを予言して、友人たちに面目をほどこしました。

助川幸逸郎◆どんなふうに感じられましたか？　同時代に読まれて、衝撃的でしたか？

重里◆力があるな、イメージが鮮烈だな、全体がよくつかめないなりに、これは何ものかだな、という感じですね。否定的なことをいう人もいましたが、小説が読めない人だなとブラックリストにメモしました（笑）。実は当時、私は大学受験のために浪人していたのです。予備校に通いながら、あまり熱のこもらない、といっても、サボってしまうわけでもない受験勉強をしていました。それで、いま、整理すると二つのことを思ったのですね。

一つは自分とは全く違う、こんな青春があるのだなあということです（笑）。それはそれで衝撃的でした。薬物と乱交パーティーとロックの青春。自分との距離の大きさを感じました。ところが、もう一つ、思ったことがあったのです。それは矛盾するようだけれど、これは明らかに自分の内面も代弁してくれている小説だということでした。たとえば、こんな箇所です。主人公とリリーが雷雨のなか自動車を走らせて、学校の校舎にたどり着いた場面。

「規則正しく並んでいる机と椅子は、無名戦士の共同墓地を思わせる」

しっかりと私の思いを代弁してくれているじゃないかと思ったのです（笑）。

助川◆私は今回三十年ぶりくらいに読み返しました。書き出しの一ページを読んでまず思ったのは、これを書いた人は、本当に特別な才能だなということですね。描写のつなぎ方とか文章の呼吸みたいなものから、天才といってもいい筆力をヒシヒシと感じました。

重里◆私も今回、何回目かに読み返して、とても優れた作品だなとあらためて思いました。非常に優れた小説ですね。こういう形で、敗戦後三十年たった日本人の内面を描いたんだなっていうのをあらためて感じました。

敗戦後三十年の日本の貧しさ

助川◆そうです。大変シャープな作品なんですけれども、ただなかに書かれている出来事は、本当に単調でつまらないんです。だけどそれは、村上龍の発想の乏しさとかではなくて、戦後三十年目の日本の貧しさですよ。最後に鳥がいて、自分は鳥を映すんだって言っていますけど、本当に鳥を映している膜みたいになっているんですよね、この作品自体が。

重里◆鳥って何なんですか？

助川◆アメリカを中心とした外部だと思いますね。

重里◆私もそう思います。主人公のリュウは自分自身を人形だと思いますね。モノだと思う。その次には空っぽだと思う。何回か、空っぽという言葉が出てきますね。最後に出てくるのが、タイトルになっている「限りなく透明に近いブルー」ですね。ガラスの破片ですけれども。自分自身をそんなふうに例えていることに、非常に切実なリアリティを感じました。

助川◆そうですね。

重里◆ただ、この作品が世評とは違うのは、アクティブな小説ではないんですよね。

助川◆そうです。

重里◆観察している小説ですね。見る小説です。主人公のリュウはずっと自分の外を見ているのです。

助川◆三島由紀夫は志賀直哉のことを、「すぐれた文章家だが、文体がない」と評しています。三島に言わせると、文体というのは世界解釈をするためのツールなんです。志賀直哉は、一個の私心なき純粋な感受性である、ただ世界を感じるだけで解釈はしない。それで、すばらしい文章家ではあるけれど、志賀は文体を持たないんだと三島は言っています。三島の見解では川端康成も、志賀と同じ意味で文体がない作家です。

この『限りなく透明に近いブルー』の文章も、解釈をしないで世界に対するセンサーとして生きている人間の言葉です。三島が生きていたら、「村上龍は天才的な名文家だが文体を持たない」と評したかもしれません。

重里◆それは、わざと意識的にやっていますね。凸凹をつけないでフラットに世界を映し出している。そういう描写の力をまざまざと感じました。

助川◆本当にセンサーに徹した視点から書かれているということですね。それが結局、最後のガラスの破片のイメージに、世界を映し出すブルーのガラスのイメージに結晶していく。

重里◆確か大岡信が指摘していましたが、これは自我論にもなっていますね。自我というものをそういうふうにしたいんだ、ということですね。透明なガラスの破片のようなものにしたい。

助川◆出てくる音楽も映画も全部アメリカのものです。戦後の日本は、もちろん軍事的・政治的にはアメリカの支配下にあります。加えて、文化的にもアメリカの作品がいっぱい入り込んできて、こちらのほうでもアメリカの属国みたいになっている。でも、多くの日本人が、そのことを直視していない。そうした「戦後日本人の鈍さ」にいら立ち、「アメリカに圧倒されている自分」を描くことによって、戦後日本の隷属状況を白日の下にさらそうとした。それが、この『限りなく透明に近いブルー』なんだと思います。

重里◆そういうことですね。そして、そこにとても生々しくて、切実なものを感じます。

助川◆村上はその後ずっと書いていくわけですけれども、佐世保に生まれて、アメリカにさらされて育った。そういう人間が上京後、福生に行ったというのは、わかるような気がします。あたかもアメリカの影がないように生きている東京の人々を見て、耐えられなくなったのではないでしょうか。それで、深海魚が水圧を求めるように、アメリカの支配が可視化されている環境を求めた。そうやって見つけた場所がアメリカ軍基地がある福生だった、というのがすごく伝わってきますよね。

対照的な静と動

重里◆主人公をめぐる人間関係が二つのグループに分かれていますね。つまり、一つはリュウとリリーの生活。もう一つは、それ以外の若者たちの集団。リュウだけがその両方に属していて、意識的に分けていますね。

助川◆そうなんです。それで、リリーといるときはものすごく描写が静かなんですよね。

重里◆静と動が対照的ですね。

助川◆本当にそうですね。結局、リリー以外の連中といるときは、薬物でラリったり、黒人を交えて乱交したりして、ゴタゴタやっているんです。静と動の対比がものすごく効いていて、リュウが純粋なセンサーなんだ、というのはリリーのシーンがあることによって、よけい際立っていますよね。

重里◆そこは鮮やかですね。

助川◆リュウという主人公は、乱交パーティーみたいなものの手配師をしているわけですよね。それで自分が手配したパーティーに参加して、麻薬をやったりセックスしたりしている。パーティーの渦中にいるプレーヤー的なところと、そういう状況を手配師として演出しているメタな部分と、リュウには両方の性格がある。その演出家、メタレベルに立っているリュウという目線が、リリーがいるところでたぶん表れているんだろうなって思って読んでいました。

重里◆なるほど、よくわかります。

助川◆それによって、ダイナミックに見える乱交シーンでも、リュウが実は完全に受け身であるということがしっかり見えてくる構造になっているんだと思うんですよね。

重里◆そして、メタレベルの観察者、リュウというものが、実は村上龍の真骨頂のように思います。

これは世評と違うかもしれませんが。

助川◆今回ちょっと面白いなと思ったのが、村上龍が結局ずっとアメリカにやられっぱなしの日本という状況を作品にしていたのに、バブルのあたりで変化するということです。『テニスボーイの憂鬱』（集英社、一九八五年）の前半と後半が全然違うんだ、という論文を昔、書いたことがあります。アメリカに隷属している日本から、ある種一等国になって堂々としている日本という自国に対する認識の移り変わりが、『テニスボーイの憂鬱』を書いているさなかの村上にあったと思うんです（この作品は一九八二年から八四年にかけて、「ブルータス」［マガジンハウス］に連載されていました）。そしてこの村上の「転向」は、日本人全体の自己意識が変わったことを反映しています。バブル前夜の一九八四年ぐらいに、「もはや目標とするべき外国のない一等国」だと日本人は自国を考えるようになった。『テニスボーイの憂鬱』は、この変化を鋭敏に捉えた作品です。

それで、そこからたとえば『五分後の世界』（幻冬舎、一九九四年）みたいな方向にいくんだと思うんです。『限りなく透明に近いブルー』を書いている段階の村上龍なら、『五分後の世界』みたいな状況は仮想としてもありえない、日本人はあんな根性がある民族ではない、とデビュー当時の村上龍ならいったと思うんです。ところが『テニスボーイの憂鬱』の第一部と第二部の境目の段階で、日本は実はもう少しきちんとやれる国なんだ、というふうに村上龍は考えるようになった。

この村上龍の変貌は、たとえば古井由吉の軌跡とある意味でパラレルなように見えます。『槿（あさがお）』のような「小説らしい小説」を書く方向性を断念して、「古典の世界と対話する自分自身」を書くようになっていった古井の転換と村上の転換は時代的に重なっています。

バブル前夜に、日本は大きく変化したのだけれど、いまでも日本人は、あのとき、何が起こったのかということを整理しきれていないと思うのです。バブル後の失われた二十五年、とか言われていますけれども、バブルの前後に起こった変化をきちんと理解しないと、日本は停滞からは抜け出せないのではないか。そういう感じを、今回『限りなく透明に近いブルー』を読み返しながらあらためて思いました。

「行動」ではなく「観察」の作家

重里◆私はずっと村上龍の小説をリアルタイムで読んできました。それで彼の資質ということをよく考えます。それは、このデビュー作に表れているように、「アクション」の作家ではなくて「見る」作家なのだ、「観察」の作家なのだ、ということですね。行動する作家ではなくて、自分自身の内面や自分の周囲や社会の状況を観察する作家だということです。彼の印象に残る作品は、長篇だと『テニスボーイの憂鬱』であり、『心はあなたのもとに』(文藝春秋、二〇一一年)であり、最近作の『MISSING 失われているもの』(新潮社、二〇二〇年)なのですね。あるいは評価する人が多い『村上龍料理小説集』(集英社、一九八八年)や『村上龍映画小説集』(講談社、一九九五年)といった短篇集になるわけです。村上は、ちょっと社会の評判とは違うところに真価があるんじゃないか、というのがずっと読んできた私の考えなんですけれども。

助川◆それは本当にそうだと思いますね。梶井基次郎の『ある心の風景』(「青空」第十八号、一九二六年）に、「視ること、それはもうなにかなのだ」という一節があります。それで『限りなく透明に近いブルー』のなかでも、見ることは楽しいよ、とリュウは言うわけです。こんなことは誰も言っていませんが、村上はある意味梶井基次郎に似ています。村上は、視点人物が何かを起こすときより、何かが起こるのを見ている場面で筆が冴える作家です。

重里◆非日常の作家みたいな感じがありますけれども、そうではなくて、実は「その状況下における日常」を観察する作家なんじゃないか、というふうに思いますね。

助川◆それは本当にそのとおりですね。

重里◆日常のちょっとした裂け目に非常に敏感で、それを深く描く作家ですね。基本的には、日常を描く作家なんだと思います。

助川◆「日常のちょっとした裂け目」というと、『コインロッカー・ベイビーズ』（講談社、一九八〇年）に印象的な場面があります。ハシが養父母と一緒に上京してきて、高級レストランに行くんです。そこのレストランではピアノの生演奏をやっていて、ハシの養母が「何かリクエストはないか」と聞かれて、「牧場の朝」って言うんです、恥ずかしそうな小声で。「牧場の朝」は小学校の音楽でやる歌ですよね。都会の高級レストランで「牧場の朝」をリクエストしてしまう場違いさ。そこに、ハシの養父母の貧しさ、もっといえば戦後日本の庶民の貧しさが端的に表されています。こういうところに、村上の才能の本領があると思うんです。確かこの場面の「場違いさ」の意味については、三浦雅士がどこかに書いていたように記憶するのですが。

重里◆そこはね、村上自身はあまり意識しないで、無意識でやっているのではないか、という気がします。無意識でどんどん書けてしまうのじゃないかな。アクションの部分は意識的にやっているわけです。頑張っているわけです。迫力がある描写が楽しめます。けれども、そのアクションを見ている人物、あるいは、ふと我に返る人物、覚めて状況を感じている人物は、無意識にどんどん書けるのではないかという印象を持ちます。そして、そこに村上の本当の魅力、奥深い魅力があるのではないか、という気がします。

それは『半島を出よ』(上・下、幻冬舎、二〇〇五年)でもそうですね。北朝鮮のコマンドが福岡に上陸する。激しいアクションは魅力的なのですよ。でも、それを東京から映像で見ている人物がいるわけです。その描写は天才としか評することができない奥深さがあります。それが村上龍でしか描けないシーンなのだと思います。日常を描きながら、登場人物が裂け目や違和感、不協和音を感じ取って、それを面白がったり、それに引き込まれたりするわけです。そこが村上の真骨頂ではないかと思います。このことは、あるいは本人は意識していないかもしれない。この作家は、実はまだまだ論じられるべきものがあるような気がするのですが、どうですか?

助川◆ある程度は言及はされているけれども、それが村上の本質に関わるということは言われていない気がします。

『昭和歌謡大全集』(集英社、一九九四年)にテロリストになっていく女子学生が出てきます。彼女が通っている学校が「花びら女子短大」というんですね。一九九〇年代当時、学業のためではなく楽しく遊ぶためだけに短大に行くような学生がいて、そういう学校に通う学生の「緩さ」というか「能天気さ」っていうのが、「花びら女子短大」という名前によってすごくコミカルに表現されているわけです。このネーミング、スゲーなあって思って、読みながら大爆笑しました。

重里◆文学的にはかなり大きい存在で、これからさらに論じられていく作家なんだろうと思いますが。

文学界の清原和博

助川◆ただやっぱり私は、ある種、清原和博だなと思うところがありますね、村上龍は。もちろん清原も通算五百本以上のホームランを打って、実績は一流なんですけれど、彼の才能から考えたら、ホームラン王を五回くらいとっていてもいいですよね。

重里◆そうなんです。

助川◆あの才能で、シーズンに四十本以上打ったことが一度もないというのは、残念なことですね。シーズン五十本、通算六百五十本、打ってもいい。

重里◆最近、元プロ野球選手が盛んにユーチューブに出るようになりましたね。ときどき面白い番組があります。それで、ある番組で清原が藤川球児と対談していたのですね。藤川が質問するわけです。「いまもし逆指名できたら、高校三年生で、どこの球団に行きたいですか」。そうしたら、清原は何と言ったと思いますか?

助川◆阪神ですか?

重里◆はい、そうなのです。阪神と言ったわけですよ。いま頃わかったんか、ということですよね。

もっと早く気づいてくれよ、ということです。いまの話を聞いていて、それを思い出しました。村上にもそういうところがあるのではないですか？

助川◆清原は巨人に入りたがって、道を誤ったのかもしれません。

重里◆そう思います。現役時代は勘違いがあったような気がします。ドラフトだからどうしようもないけれど、もし、ＰＬ学園から阪神に入っていたら、永久欠番になるような選手になったかもしれません。時代を体現する存在になったでしょう。そんなことを考えていました。

助川◆そういえば、ひところ山田詠美が、中沢新一との対談集（『ファンダメンタルなふたり』文藝春秋、一九九一年）なんかで、「村上龍はバブルで浮かれてトチ狂った」みたいな批判をしていました。山田は、『テニスボーイの憂鬱』後半以降の村上の展開に、いろいろ感じるものがあったのではないかと思います。巨人に行きたがる村上に対して、「お前は阪神とか西鉄向きのキャラで、巨人はガラじゃない」といいたかったのかもしれません。

重里◆星野仙一にしても、田淵幸一にしても、山本浩二にしても、巨人に行かないことで大成したのだと思います。

助川◆そんなところですかね、結論としては。

重里◆一つだけ、残しておきたいことがあるのです。井上靖が芥川賞の選評でこの作品を支持しています。それもあって、僅差で受賞したわけです。この作品に反発した選考委員もいたわけですね。ギリギリでの受賞です。「Wikipedia」によると、井上靖は当初、反対票を入れようとしていたが、息子に提案されて支持することになったと記述されています。

私は「「Wikipedia」を引用するときは必ず、典拠にさかのぼって裏を取れ」と常日頃、学生に教えています。それで、私も、ことの経緯を井上の長男の井上修一・筑波大学名誉教授（ドイツ文学）に直接に尋ねました。井上靖研究会で、年に二回ぐらいお会いするのです。確かに、そのとおりだということでした。これはいい作品だ、ということを父親に言ったというのですね。ギリギリの受賞だったことを考えると、修一先生の言葉が村上に芥川賞を受賞させた、という面があるかもしれません。感慨がありました。

助川◈それである意味、歴史が変わったわけですね。

重里◈日本の文学史が変わったかもしれませんね。現実というのは、面白いものですね。

20

宮本輝

『螢川』

第七十八回、一九七七年・下半期

◆あらすじ

舞台は一九六二年（昭和三十七年）の富山市。主人公は中学三年生の竜夫。父親の重竜は、かつては「どこまで偉うなるか怖いぐらいやった」と評された北陸有数の商人だった。ところが、豪気な野心家ではあったが緻密な実業家ではなかった彼は五三年（昭和二十八年）頃から、取り組む事業がことごとく行き詰まった。借財を抱えて六十歳を超えたとき、重度の糖尿病に脳溢血で倒れ、寝たきりになり、やがて生涯を閉じる。どうやって生きていくか思案する母親と竜夫、竜夫の初恋の相手である英子らで蛍の大群を見るために、富山市内を流れるいたち川の上流を訪れる。蛍は狂い咲いたように乱舞し、生命そのものの生々しい姿を見せる。

初出：「文芸展望」一九七七年秋号、筑摩書房

作品の背景

宮本輝は一九七七年に『泥の河』で太宰治賞を受賞してデビューし、第二作の『螢川』で芥川賞を受賞した。『泥の河』は一九五五年の大阪の片隅が舞台だ。水上生活をしている母子の姿を、近くで暮らす少年の視点で描いている。船で暮らす母親は身を売って子ども二人をかろうじて養っているのだ。

第一作、第二作といずれも哀切でしみじみとした作品だ。時代の流れに取り残されていく者たちの日々が丁寧につづられていた。会話に方言が盛んに使われていること、

生と死が見つめられていることも共通している。

一九七六年に村上龍が芥川賞を受賞して大きなブームになり、文学シーンが更新されたような思いをしていた読者にとって、宮本の登場は古風なものの復活に見えたかもしれない。宮本の作家イメージは、暗い叙情性に特徴があるように思われたのではなかったか。ただ、宮本は類型に収まらず、その物語作家としての力量をのびのびと発揮していく。そして私たちは宮本が井上靖の後継者だったことに気づくのである。二人とも新聞連載小説で読者を楽しませたのも似ている。宮本の兵庫県伊丹市の自宅を訪れたとき、書斎の本棚の最もいい場所に『井上靖全集』（全二十八巻、新潮社、一九九五―九七年）が並んでいたことを覚えている。

宮本には忘れられない長篇小説が多くある。新設大学でテニスに打ち込む青春群像を描いた『青が散る』（文藝春秋、一九八二年）、戦災孤児たちと彼らの恩人である男を描く『骸骨ビルの庭』（上・下、講談社、二〇〇九年）、初期の作品では人間模様の面白さが際立つ『夢見通りの人々』（新潮社、一九八六年）など、枚挙にいとまがない。しかし何よりも大きな仕事は自伝的長篇『流転の海』（全九部。第一部：福武書店、一九八四年、第二部―第九部：新潮社、一九九二―二〇一八年）だろう。この大河小説を書いたことで、おそらく宮本は戦後日本の最も重要な作家の一人になった。それは評論家よりも読者がよく知っていることだ。

（重里）

『流転の海』の作家

助川幸逸郎◈宮本輝というと、どうしても『流転の海』シリーズのイメージがあります。『螢川』で描かれているエピソードも、『流転の海』のなかでもう一回出てくるものがほとんどなわけです。ただ、作品としては大長篇と短篇というだけではなくて、ずいぶん違いがあります。

具体的にいうと、文章です。宮本は『流転の海』を書いている段階では、たとえば女の子が出てきたらどういう顔をした女の子かは書かないで、最終的な印象だけ書かないと駄目なんだ、要するに、目が大きいとか小さいとか、書いては駄目なんだといっています。ところが、この『螢川』ではかなり人物のルックスなんかも具体的に書いています。そして、文章も後年の宮本が長篇を書くときというのは、物語の乗り物として最適化された文章という感じがするわけですが、『螢川』ではやっぱり文章そのものがものすごく凝っている。文章の絶妙の表現から立ち上るポエジーみたいなものをかなり重視しているところがあると思います。そのへんのところで同じ宮本の作品といっても、若いときからそのときそのときで書いているものとか、あるいは創作に対する姿勢みたいなものがだんだん違ってきたんだなというのを、同じ題材を書いているだけにすごく感じるところがありました。

重里徹也◈『螢川』で、言葉そのもの、文体そのもの、文章そのものから詩情が発散されているのは私も感じます。物語性だけではなく、文章力も非常に優れた作家なのだと考えます。自分の文体を持っている作家ともいえる。それは、デビュー作の『泥の河』（「文芸展望」一九七七年夏号、筑摩書房）でも、この『螢川』でも感じました。そして、その詩魂とも呼ぶべき文体の核にあるものは、やはり、九冊に及ぶ『流転の海』シリーズでも、そうなのではないかと思います。「物語の乗り物としての文章」という表現には違和感があります。不適切な感じがします。そうではなくて、『流転の海』では、詩魂がうまくコーティングされているのではないかと感じます。

助川◆『物語の乗り物としての文章』という言い回しで、文章そのものには魅力がない、ということをいいたいわけではありません。『螢川』の文章は、読むほうのペース配分をあまり考えず、全力投球している文章です。一方、『流転の海』は、読者が長い作品を一定のペースで読めるように配慮されています。『螢川』が一イニングだけ投げればいいクローザーの投球のような文章で書かれているとすれば、『流転の海』の文章は先発完投型投手の投球のような文章ではないでしょうか。

先発完投型の投手だって、いざとなればクローザーに負けない速球を投げます。ただし、全部のボールをクローザー並みに全力投球していたら、勝ち投手の権利が生じる五回までだって持ちません。それから、先発完投型投手は、一試合のなかで同じ打者と三回、四回と対戦しますから、配球パターンも試合の途中で変えなければならない。『螢川』が、後先考えずとにかくベストの表現を探る筆致で書かれているのに対して、『流転の海』は緩急自在でメリハリをつけた文体が採用されている印象を受けます。

重里◆『泥の河』や『螢川』の文章は非常に優れたものだと私も思います。そして『流転の海』シリーズの文章にも、やはりそれに連なるものがある、同じ血が流れていると私は考えています。一見、非常に読みやすいのだけれど、言葉の一つひとつは詩情を漂わせている。それがキャラクターを描くときに強い力を発揮する。輪郭を濃く彩る。そんなふうに私は思っています。

あまりにも生々しい蛍

助川◆宮本輝はイメージがすごくきれいですよね。蛍のイメージも見事です。有名なシーンですが。空間で何かを起こすときにイメージを作ることに秀でた作家です。最後の一行なんかすごいじゃないですか。

重里◆この蛍が乱舞し、蛍の光が散乱するシーンは見事ですね。何が見事かというと、きわめて生々しいわけです。むせかえるようなニオイがするほど、生々しい光なわけですね。そこのところは圧巻でした。選考委員が称賛していますけれど、なるほどと納得しますね。

助川◆蛍のイメージが想像していたものと全然違っていたんだというところが出てきますけれども、その生々しさがすごいですよね。

重里◆蛍といってイメージするものと、現実の蛍は違っていたというのは抜群に面白いところですね。それは、何を意味しているのか。ここは、宮本輝の急所ですよね。ここです。宮本作品の神髄です。

助川◆たぶん、宮本は言葉というもの、イメージというものをこれだけ上手に使いこなしていながら、根本で言葉のイメージを疑っているんだと思いますね。

重里◈あるいは言葉のイメージを裏切りたいという欲望を強く持っているのだと思います。それがときどき突き破るように物語に露出するのだと思います。そこが宮本の真骨頂なのではないのかなと思います。宮本輝って、きれいな景色を整った文章で書く作家みたいなイメージがあるかもしれませんが、全然そうじゃない。そんな先入観は間違っている。むしろ逆で、きれいなイメージや美しい情景を食い破るような描写に、宮本文学の芯があるのだと思います。

助川◈だから井上靖を宮本が好きだったというのはすごくよくわかる。井上も新聞記事っぽい文章を書く作家だと一部でいわれています。わかりやすいけれど俗っぽいって。でも、井上自身がそういうわかりやすいものの限界みたいなものを見て、わかりやすいものを突き抜けるみたいなものをすごくよく知っていると思うのです。だからある意味ではもうわかりやすくできるところはわかりやすくしてしまおうと、すごく割り切ってしまうところもある。

全部言葉できっちり説明できないと思う人間ほど、言葉できちんと説明しようとします。説明できないことがわかっているからこそ、説明できるものはわかりやすく説明してしまおうと。言葉が通じない世界があるんだ、ということを肌で知っていて、だから言葉を信じていないというのは、これは同じカードの裏表だと思うんです。井上靖はそういう作家だし、宮本もちょっと形は違うかもしれないけれども、言葉で説明できないことを知っている、あるいは一般的にイメージされるものを信じていない作家です。だからこそ美しい物語だとか、きれいなイメージとかも、わかりやすく作ろうと思えば作れてしまう。でも、それをいちばん宮本が信じていない、みたいな、そういうところがあるのではないでしょうか。

重里◆井上靖の文章を俗っぽいとは私は全然思わないですけれどね。「俗っぽい」という言葉から定義しないといけませんね。あるものをさして、「俗っぽい」というほど、俗っぽいことはないですね。井上の文章はきわめて詩的なものだと思います。

助川◆でも、井上靖の文章はクリシェ（常套句的）だという批判はありますね。それが本当に俗っぽいかどうかというのは別として、あれだけ平明だと、そういうことを口にする人たちが出てくるのはある意味、わかるわけです。私も個人的には、井上の文章が俗っぽいとは思いません。けれど、俗っぽいって評する人が、一定の比率でいることは事実です。そこまで平明に書けてしまう井上というのが、それは単に平明に書ける能力があったというだけではない、ということを問題にしたいわけです。

重里◆平明に書かないことがいやだったのでしょう、それは。性に合わなかったのでしょう。平明に書かないことがむなしかったのだと思います。「美しい」文章を書くことが、井上靖の美意識に合わなかったのでしょう。「美しい文章を書くこと」は恥ずかしいことだと思ったのでしょう。

助川◆その井上靖の美意識とは何だったのか、ということを私は考えたいんですね。カッコつきの「美しい」文章を書く人というのは、何かを信じているからそう書くわけですよね。言葉を信じ、イメージを信じているから、美しいイメージを言葉で語ろうとするわけです。難解で、高尚そうなイメージを作るっていうことは、その高尚そうなものに対する信仰があるわけですよ。伝わらなくったって、誰もわかんなくたって、これはすばらしいんだって。そう思ってるところがあるから、高尚そうなわかるやつだけがわかる「美しい」イメージが作れるんですよ。でもそういうものを信じられない人間は、高級そうなものをボンと提示して、誰にも伝わらなくても恥じないっていうことに耐えられないんですよ。

重里◆それはよくわかります。そういうことです。

井上靖、叙情を食い破るリアル

助川◆この作品の最後の蛍の描写は美しいものといわれているけれども、本当は不気味なものです。

重里◆リアルで生々しくて、エネルギーに満ちていて、むせかえるようなものです。おそらく若いときの宮本は、井上のそういうところ、美しいものは実は不気味なものなのだ、というところに反応したのだと思います。ただ、私が『流転の海』を読んでいて驚いたのは、題材が井上靖に寄っていくわけですね。最初の四国の闘牛もそうだし、それから猟銃というものがとても重要な意味を持ってくるのもそうだし。主人公が金沢に行くと、金沢大学の柔道部員が出てくるし。琵琶湖が出てくる場面があって、ひょっとしたら、主人公たちは仏像めぐりでもするのか、とドキドキしました。井上に『星と祭』(朝日新聞社、一九七二年)という長篇小説がありますが、『流転の海』を読んでいて、井上の小説を追体験しているような感じさえしました。重なるところが多いのが面白くて印象的だったのです。これは何なのだろうとも思いました。

助川◆逆に宮本にしてみると、井上の小説が自分の体験を意味づけてくれるような気分で読んでいたかもしれませんね。

重里◆そういうことですね。『流転の海』は小説ですから、どこまで事実に即していて、どこからが虚構なのか、わからないですけれども、かなりの部分に共通した題材があるとしたら、面白い偶然ですね。

助川◆作家と作家が出会うときってそういうところがありますよね。批評家や作家にとって、生涯でいちばん大事な作家というのは、自分の人生の予告篇が全部書かれていたとか、あるいは自分の人生の過去を全部この人は見通しているとか、そういう印象を与えることがありうると思うんです。それぐらいのレベルで精神の構造だとか価値観だとかがシンクロすると、そういうふうに思えるような瞬間があるのではないかなという気がしますね。

重里◆宮本のほうから井上に近づいていったということもあるでしょうね。たとえば、『流転の海』で息子（伸仁）が大学に入ってから旅行しますね。非常にハードな旅行をする。どこに行くのかなと思ったら、伊豆に行くわけです。これは、明らかに井上の小説に引かれて伊豆を選んだように思える。そんなことは書いていません。ただ『流転の海』に井上の『しろばんば』（中央公論社、一九六二年）という作品名は出てきますね。井上の自伝的な長篇小説ですね。宮本が井上に近づいていったという面もあれば、もともと宿命のように重なる部分もあったのでしょう。私はそう思いますね。

助川◆『螢川』のラストは、井上でも書いていないほどのすごい場面だと思います。人間にとって見てはいけない禁断の何かに触れた瞬間なのだと思うんですね。

重里◆いたち川という名前がとても印象的ですね。富山の街から北アルプスが見えるんですよね。

北アルプスと一緒に暮らす街なわけです。その北アルプスから流れてくる川のいちばん果てに、あいう小さな川があるわけですよね。そこが面白いなと思いました。ただ、『螢川』で気になるのは、主人公を地元の少年にしたことです。現実には大阪から転校していった子ですよね、宮本自身は。ところが地元の人間にしている。母親も富山の人間にしている。これはどうしてでしょうか。

助川◆主題を集約させたかったのでしょう。富山に生まれ育った人間が富山から引き剝がされる瞬間に、一生に一度しか見られない、禁断の美しいものを見たという話にしたかったのではないでしょうか。

重里◆ストーリーをシンプルにして、テーマを絞りたかった。

助川◆まさに故郷から根こぎにされて、故郷を失ってしまう人間にだけ、あの蛍が見えるんです。女の子に蛍が寄り付いて、なかで光り輝く。あれは『源氏物語』の「玉鬘の巻」ですよね。根こぎにされる瞬間に、その根っこの部分から蛍がわいてきたというイメージですね。

重里◆日本文学で蛍というと、和泉式部の歌がありますね。

助川◆「もの思へば沢の蛍もわが身よりあくがれ出づる魂かとぞ見る」。人間の魂ですよね、和泉式部の蛍は。

蛍を描いた二人の作家

重里◆宮本輝と同世代の村上春樹も蛍を書いています。『ノルウェイの森』で重要な場面ですね。

最初に『螢』（「中央公論」一九八三年一月号、中央公論社）という短篇で書いて、その後、この長篇にも使っている。村上はとても叙情的に蛍を描いています。宮本は叙情性を装って、それを突き破っている。面白い対照ですね。

助川◆宮本輝的な蛍にこそ、文学の真実がある。それを叙情にしてしまっている村上は、ちょっと踏み込みが甘いのではないかと、かつては思っていました。

重里◆いい意味でも甘いんです。東京の都心で、近くのホテルから流れてくる一匹だけの蛍を屋上で見て、叙情的に描き出している。

助川◆宮本輝も村上春樹も同じ蛍を見ているはずです。両方の主人公とも、自分がいちばん大事なものから切り離されている消失と引き換えに、自分の根っこに眠っていたものを見ているんです。でもそのおぞましさと、おぞましさと裏表の魅力みたいなものに呆然とする宮本輝と、それをエモーショナルに書いてしまう村上春樹という対照ですね。同じ蛍を見ても、宮本のほうが真実を見ているような気がします。

重里◆私も、蛍に関しては宮本の視線のほうが遠くまで届いているように思います。文学的に深い感じがしますね。『流転の海』全九部を読んでつくづく思ったのは、中上健次ともある共通性があるのかなということです。つまり思いっきりざっくばらんにいうと、背景に物語を持っている作家なのだということなんです、宮本輝は。それを強く感じましたね。つまりその物語は何かというと、父親の物語ですけれどね。

助川◆村上は父親の物語をきちんと『ねじまき鳥クロニクル』（全三部、新潮社、一九九四―九五年）で抱えたわけですよ。それまではお父さんを嫌っていて、父親とは違うところに物語を作ろうとしていた。『ねじまき鳥』で日本の近代史の暗部とまともに向き合って、お父さんが抱えている物語ににじり寄っていったんです。それで私は作家としての格が上がったと思っています。

重里◆初期の村上春樹は一つの物語を書いているわけです。それは何かというと、「直子」の自殺です。「直子」の自殺を延々と繰り返し書いているわけです。

助川◆村上春樹って、お父さんの過去の中国大陸での体験を書かなかったら、いわゆるいい家庭のお坊ちゃま君なわけですよ。社会でサラリーマンとして働いた経験があるわけでもない。個人史としては、自分の恋愛話以上に大事なことってない人なんです。そこだけを「書くフィールド」にしてしまうと、蛍も感性だけでつかまえて叙情的に書くしかない。中上健次や宮本輝みたいに広がりがある世界は書けないんです。

お父さんの中国大陸での体験みたいなものを背負い込むことによって、村上は恵まれた家の息子として生きて自分の恋愛話がいちばん大事な側面と、でもその自分の生活を作ってくれた、あるいはそういう生活を自分に強いた父親が抱えているダークサイドみたいなものの両面を書けるようになったのでしょう。

重里◆ただ、村上春樹も初期から自分は中国を書かなきゃいけないという気持ちは、あったんですよね。

助川◆『中国行きのスロウ・ボート』(「海」一九八〇年四月号、中央公論社)。

重里◆意識的か無意識的かわからないですが、初めての短篇で『中国行きのスロウ・ボート』を書いた。中国人が三人出てきます。日本人と中国人の関係がひっかかっていたのだと思う。けれども、どう書いたらいいかわからない。だけど、短篇で書いてみた。それからもう一人の中国人は、ジェイです。初期の作品のいくつかに出てくる中国人です。こういうところに、無意識のレベルかもしれないのだけれど、村上は中国との接点を求めていたのだと思います。

物語の鉱脈に到達する速度

助川◆村上春樹は自分でいっています。村上龍のような天才はあっという間に物語を奥深くめぐって、すぐに物語の鉱脈に出合える。自分みたいな人間はしこしこ努力して掘っていってやっと物語の鉱脈に届く。そんなことをいっているんですね。村上春樹というのは時間をかけて問題を自覚して、大きな花をやっと咲かせた作家ですね。大器晩成型のタイプだったのではないでしょうか。

宮本輝や村上龍は、若いときから自分の大事な問題と出合っている。中上健次もそうです。でも春樹は表面的にはすごく安穏とした芦屋のお坊ちゃま君ですから。自分のなかに父親の問題を抱え込むことによって、やっと一人前になった。それで、優れた作家になったというタイプだと思います。

重里◆宮本は『流転の海』を三十七年がかりで完成させましたが、全巻読了して、宮本がいかに自身の背景に大きな深い物語を持っていたのかをまざまざと実感しました。これは形容するのが難しいぐらい偉大な作品です。比肩するものとして挙げられるのは、北杜夫の『楡家の人びと』（新潮社、一九六四年)、もう一つは井上靖の自伝三部作(『しろばんば』、『夏草冬濤』新潮社、一九六六年、『北の海』中央公論社、一九七五年)ですね。戦後の日本でこの三つは突出しているように思います。なかでも、『流転の海』の達成はすごく大きい感じがしますね。

助川◆私は文学史のなかで、島崎藤村の『夜明け前』(新潮社、第一部:一九三二年、第二部:一九三五年)と比較されるぐらいの作品として残すべきだと思っています。『夜明け前』は明治維新に乗れなかったお父さんの話を書いているわけです。『流転の海』も結局、能力もあり理想もありながら、戦後の日本に乗れなかったお父さんの話です。

重里◆明治維新と敗戦。この数百年を振り返って、日本人にとっての二つの大きな体験ですね。

助川◆藤村は明治維新のダークサイドを書いた。明治維新を否定するだけではなくて、肯定否定の両面からダークサイドを書いた。『流転の海』も敗戦の明暗を戦後に乗れなかった人間の視点で書いている。その意味ではこの二つの作品は並べて論じていいのかなと思います。

重里◆ここまで論じて、村上春樹と対をなす作家は、村上龍ではなくて、宮本輝なのではないかと思えてきます。

助川◆本当にそうだと思います。

◆コラム

一九八〇年代の文学状況と芥川賞

助川幸逸郎

一九八〇年代の芥川賞は、「該当者なし」で終わった回が不思議なほど多い。五〇年代の「該当者なし」は六回、六〇年代は五回、七〇年代は四回。これに対して、八〇年代は九回を数える。それから後は、九〇年代が三回、二〇〇〇年代と一〇年代は一回ずつ。一九八〇年代の数値はやはり突出している。

村上春樹、島田雅彦、山田詠美、吉本ばなな。一九八〇年代に芥川賞候補に挙げられながら、受賞に至らなかった作家の顔ぶれである。いずれもデビュー当時から華々しい人気を誇った書き手たちだ。この面々が受賞していれば、八〇年代が芥川賞の「大空位時代」になることはなかった。文学の世界にあらわれる新しい潮流を、そのつど芥川賞は巧みにつかまえてきた。八〇年代に限って、それがうまくいっていなかったように映る。メイン・カルチャーとサブ・カルチャーを隔てる壁の決壊。それが誰の目にもあらわになったのが、八〇年代だった。

たとえば宮崎駿は一九八四年、『風の谷のナウシカ』の成功によって一般にも知られる「映像作家」になった。宮崎は七九年に『ルパン三世　カリオストロの城』を撮るなど、アニメ業界内部では早くから力量を認められていた。が、黒澤明などにならぶ「巨匠」への道を歩み始めたのは、明らかに『ナウシカ』以降である。

一九八〇年代に芥川賞をとれなかった人気作家たちは、こうした「文化を区切る境界に起きた激変」に深くコミットしていた。アメリカ製のポップ・カルチャーの影響をさまざまな形で作品に反映させている村上春樹。「まがいもの＝真正なものの下位」でしかありえないことを、自らの「書く方法」の根幹に据えた島田雅彦（「サブ・カルチャー」の「サブ」とは「高級文化に対して下位」ということを意味する）。小説家デビューに先だって、「山田双葉」の筆名で劇画を出版していた山田詠美。漫画家・ハルノ宵子を姉にもち、自身の作品も「絵のない少女漫画」と評されることもある吉本ばなな。「純文学＝ハイ・カルチャー文学」という領域の存在を、一般大衆までもが信じそれを崇め奉る。そういう時代の終焉を、一九八〇年代芥川賞は理解しきれなかった。九〇年代以降、文学状況の変容を受け入れ、綿矢りさなどにも受賞させるようになって芥川賞は劇的に蘇生する。不死鳥が再生するべく灰に埋もれていた。それが芥川賞の八〇年代だったのかもしれない。

21

『沖で待つ』

絲山秋子

第百三十四回、二〇〇五年・下半期

◆あらすじ

住宅設備機器メーカーで営業職として働く「私」は、友人の家に泊まった翌朝、牧原太がかつて住んでいたアパートを訪れる。太は「私」と同期の入社、福岡営業所で新米社会人としての日々をともに送った。その後二人は別々の営業所に転勤になって三十代に至り、三カ月前、飛び降り自殺の巻き添えになって太は亡くなった。ところが「私」がノックをすると、部屋のドアが開き、なかには太がいた。太との、恋愛に向かう要素は皆無だったがかけがえのない交友を、太の「幽霊」を前に「私」は回想する。

初出：「文學界」二〇〇五年九月号、文藝春秋

作品の背景

絲山秋子は一九六六年生まれ。バブル最盛期に大学を卒業した世代に属する。けれども彼女は、バブル時代に見落とされていたものに焦点を当てていく。

バブル期の社会動向を端的に示すのは、次の三点だろう。

①恋愛至上主義
②ブランド消費
③東京一極集中

たとえば、それまで家族で過ごすのが一般的だったクリスマスが、カップルのイベントになったのが一九八〇年代半ばである。恋愛パートナーがいないと、コンサート

や展覧会といった文化行事も楽しみにくいのがバブル時代だった。

さらにこの時期、大人はもちろん大学生まで、ブランド品を持つことを競い合った。贅沢志向の消費は、恋愛とも強固に結び付く。カップルで高級スポーツカーに乗り、評判のイタリアン・レストランヘディナーに向かう。そうした一幕を演じることに、多くの人々が憧れた。

そして、ブランド品に囲まれて華麗な恋愛を演じる舞台は、ぜひとも東京でなくてはならない。バブル期に東京への人口集中が進んだことは、統計を見ても一目瞭然である。

東京できらびやかなアイテムに埋もれながら劇的な恋愛をする――そんなバブル期の大衆の欲求を完璧に具現したテレビドラマが、『東京ラブストーリー』(フジテレビ系、一九九一年)だった。時代の象徴のようにこの作が迎えられたのは必然といえる。

『沖で待つ』は、『東京ラブストーリー』的なものの対極の世界を描く。「私」と太は、「(一緒にいると)楽しいのに不思議と恋愛には発展しねえんだよな」「するわけないよ。お互いのみっともないとこみんな知ってるんだから」という会話を交わす。二人が楽しむのは福岡の地元グルメであり、フレンチやイタリアンは出てこない。

バブルの狂騒が去って三十年。日本人は、あの頃に見失った「自分たちの足場」を取り戻せていない。絲山秋子は、私たちが回復に向かうためにどこに目を向けるべきかを、静かに指し示してくれている。

(助川)

平成期を代表する受賞作

重里徹也◆いい小説ですね。平成の芥川賞作品を代表する小説という気がします。

助川幸逸郎◆どういう意味合いになりますか？

重里◆いくつかのエレメントを挙げられます。それは、女性が企業で総合職で働くということに伴う問題でもあるし、恋愛ではない男女の友情というか、同士愛というか、職場の同僚というか、そういう関係も描かれている。もちろん、バブルからバブル崩壊、そして、ポストバブル時代の生きにくさ、生きづらさというものも、小説の背景に感じられます。景気に振り回されて翻弄される心情というのは、同時代を生きた多くの人が思い当たることでしょう。

一方で、生きること自体の希薄さ、生と死の境界がぼんやりとしている感覚も覚えがあるものです。突然に死者と交流する感じが平成的だなあと感じるのです。また、インターネットが広がるなかで、パソコンという機械が持っている冷ややかな感じ、無機質な感じも端的に表現されています。東京と地方の関係も無理なく出ていますね。それから、太っちゃんの夫婦を考えると、女性が年上で男性よりしっかりとしているカップルというのも非常に平成的だといえるでしょう。いろいろと話してしまいました。実に平成的な小説だと感じたのです。平成の世相と人々の心の底にあるものを鮮やかに代弁していると考えました。

昼間に出る幽霊

助川◈本当にそうだと思います。特に生と死の境界の希薄さというのは、すごく面白いなあと思いました。若い女性の友人が、「村上春樹の幽霊は夜出るけれども、絲山秋子の幽霊は昼に出る」と言っていました。つまり、死者の世界とつながっているというのが、絲山の場合は非日常ではないのですね。日常空間のなかに平気で幽霊が出てくる。村上の小説に出てくる幽霊はやっぱり非日常的なんです。だけど幽霊が非日常にならないというところが、すごく平成っぽいですね。

霊界だとか外部みたいなものがある種特別な空間として村上春樹の世界では信じられている。それはある意味では、村上の感覚の古さなのかもしれない。幽霊が日常にポーンといる絲山作品の感じ、全然、違和感なく幽霊がすぐ側にいる感じというのが、むしろすごく現代的なのかなっていう感じがしましたね。

重里◈二十世紀末から二十一世紀初頭の日本文学を代表する村上春樹や小川洋子の作品世界では、日常の裂け目に異界が生まれて、日常との境界がはっきりとしているんですね。それは、坂だったり、エレベーターだったり、道路のカーブだったりするわけです。ホテルの特定の階であることもあれば、特殊な博物館だったりもするわけです。それで、登場人物（多くは主人公）たちが異界と現実を往還する感じなのです。ところが絲山の場合は、異界即現実みたいなところがある。異界とも呼びにくいわけですね。現実と異界が入り交じって、混沌としている。この感覚がとても平成後期的なのだろうと思うわけです。新しいといってもいい。

助川◆日常が退屈で、安定していて、それに対して非日常があるという生存感覚が、村上春樹とか小川洋子にはあるんだと思います。ところが、日常が安定を保証してくれないのが現代なのでしょう。すごく不安定な、上の世代から見ると日常とはいえないような空間、時間を日常的に生きているのが平成の生活実感なんだという感覚があるのでしょう。だから、普通に昼間に幽霊が出てくるわけです。これが平成期の若者の実感なんでしょうね。

重里◆日常自体がもがき続けていないと生き続けられないようにできている。そんな世界で暮らしているのだという実感ですね。夜には怖いことが起こるかもしれないけれど、やがて朝がきて、そういう世界は消えてしまう、というのではないのですね。昼も夜もなく、死者たちが跳梁跋扈している。そんななかで、あせりながら、後ろを見ないようにしながら、必死にもがいて日常を生きるしかないという感覚ですね。

助川◆我々が学生だった頃は、働いたらもうおしまいだとか、社畜になりたくないとか、いっていたわけです。でも、社畜になれたら上等じゃないですか、いまの若者にとっては。

重里◆正社員という社畜になりたいのだけれど、なかなか思うようになれないのが、いまの若者が置かれている状態ですね。

助川◆そうです。社畜になるのが夢なわけです。ちゃんと定職について、終身雇用に組み込まれるというのが我々にしてみるとディストピアだった。ところが、いまでは、そうなるのが憧れなんですね。もしかすると非正規で何カ月単位とか何年単位でしか雇ってもらえないかもしれない。正規でいてもいつリストラされるかわからない、いつ会社がつぶれるかわからない。企業のサイクルがいまものすごく短くなっています。この間読んだ本に書いてありましたけど、企業の平均存続年数っていま、三十年ないんです。ということは、一人の人間が二十二歳で就職して、定年まで同じ組織で働けない率が高いわけです。企業の寿命のほうが一人の人間の労働寿命よりもむしろ短い。以前は転職したりすると、あの人は腰が落ち着かないみたいな悪口を言われたりした。現在では、誰もが転職を絶えず考えないと生き延びられないわけです。

重里◈これはリアルな現実ですね、いまの。

助川◈で、そうなると日常は幽霊が出るような不安なものになっていく。村上春樹とか小川洋子の感覚だと、定職に普通に就いて堅実に終身雇用がある。ところが、それでやっていけなくなる。人生に疑問を覚えたり、人間関係がまずくなったり、心を病んだり、身体を壊したり。そういうときに幽霊が出るわけですね。だけど、絲山が描いているような世代になってくると、もうそれが違うということだと思います。

重里◈そこは、日本人が陥っている新しい状況をうまく形にしているのだろうと思います。

助川◈それから、少し前に大ベストセラーになった住野よる『君の膵臓をたべたい』もそうだったんですけれど、福岡が出てきますよね。どうしてこういうときに福岡が出てくるのかなというのは、福岡にお住まいだったことがある重里さんに語っていただきたいなと思ったんですけど。

重里◈絲山自身が暮らしたことがあるから選んだ土地でしょう。ただ、小説として、絶好の選択だったような気がします。私は若いときに十年ぐらい福岡で暮らしました。とても住みやすい街ですね。イメージとしては明るくてラテン的な感じ。人がよくて、物価が安くて、魚も野菜も肉もうまい。これは客観的にそうでしょうね。首都圏には、関門海峡から向こうには行ったことがないという人もいるでしょうけれど、福岡に行ったら、こんなに都会だったのかと、この登場人物たちのように驚くかもしれません。方言が残っているのも土地柄を感じますね。

助川◆結局、東京に従属して東京のほうを向かなくても、ある種自立できるだけの経済力とか文化圏があるから方言が残るわけですよ。

重里◆それから新聞記事みたいな言い方になりますが、台湾、中国、朝鮮半島、東南アジアとは東京を介さないで直接にやりとりができるという地理的優位性もあるでしょうね。それはこの何千年も日本列島のなかで、博多や九州が果たしてきた役割でもあるのだろうと思います。

効率優先と女と男

助川◆太っちゃんは効率が優先されるいまの時代に、完璧に背を向ける存在なわけですよね。そういう人間が、結局幽霊になる。効率に背を向けた人間の存在価値というもの、かけがえのなさみたいなものが、すごくきちんと描かれているなという感じもあります。

重里◆太っちゃんはずっと福岡にいたら、死ななかったかもしれませんね。それから、太っちゃんの奥さんがすごくよく描けていると思います。肌感覚では一九九〇年代ぐらいから女性が年上のカップルが日本に増えてきた。その典型例かもしれません。それで、女性がとてもしっかりしていて、生きづらい世の中を何とか乗り越えていく。

助川◈女性のほうが突っ張っていて頑張っている。効率化した世の中に適応して生きようとしている。ところが、この効率への適応化というもの自体が男社会の論理ですよね。人を能力とか機能に還元して評価していくという仕組み自体が、実は女性を踏みにじってきたシステムなわけです。自分を踏みにじってきたシステムに適合しないと自分が生き残れないという分裂がある社会で、太っちゃんみたいな、自分を踏みにじっていくシステムには絶対に入り込めないような人間が女性から見ると癒やしになっていくというのは、すごくうまく語られているという感じがします。

重里◈だから太っちゃんの奥さんは、太っちゃんを見てビビッときたのでしょう。そこはうまいし、よくわかるところですね。

助川◈絲山さんは『薄情』（新潮社、二〇一五年）とか、『夢も見ずに眠った。』（河出書房新社、二〇一九年）とか、やっぱり効率化された社会からドロップアウトしていく男性とか、あと地方都市のライフスタイルとかを鮮やかに描きますね。この現代の先端的なものから零れ落ちていくようなものを描くのがうまい。それを抱えていく混乱を描きながら、結局そういうものを切り捨てていった生き方はいかに人間を干からびたものにしたかを描いているのですね。そこに合わせて生きていくと、鍋のなかで煮られているカエルのようにいつの間にか心を病んでしまって生きていけなくなったりするんだと。

重里◈『ばかもの』（新潮社、二〇〇八年）という忘れられない作品もありましたね。地方都市で暮らす豊かさみたいなものを肌でわかっている作家ですね。私はインタビューしたときに日本の街でいちばん好きな街はどこですかって聞いたら、「唐津」とおっしゃっていました。佐賀県の唐津というのは、海洋都市というか、明るくて、海の近くにあって、開放的な感じがして、だけど伝統も生きていて、いい街ですよね。福岡市からも交通が便利だし。絲山がなぜ熱心な阪神タイガースのファンなのかも、わかるような気がします。

大平か福田かという分かれ目

助川◆大きな話になってしまいますが、大平正芳という政治家がいましたよね。あの人は何を目指したかっていうと、日本をドイツのような国にしたいと。どういう意味かというと、ドイツは小さな国家がいっぱい集まってできた国なので、地方都市の個性がそれぞれに強い。そういう「珠玉のごとく美しい地方都市が連なった国」に日本をしていきたいと大平はいっていた。でも、バブルがあり、日本はずっと中央集権化して一極集中のほうにいってしまったわけです。

大平は志半ばで病気で死んでしまいましたが、大平と福田赳夫の対立が一九七〇年代の末にあって、中央が地方を強力に統括するという、福田が目指していた方向がその後主流になった。それで、安倍晋三なんかは福田の正統後継者でしょう。高度経済成長が終わった後、日本には、中央集権を強めていくのか、地方を生かすのか、という分かれ道があったような気がします。大平と福田、それぞれが代表していた政策のどちらを選ぶのか。実はそこが、日本の将来を分ける政策上の対立点だったのではないかと思っています。

重里◆辻井喬（堤清二）は大平の評伝を書いています。インタビューをしたときに、大平を「人間の顔をした資本主義」を目指したといっていましたね。「人間の顔をした社会主義」のもじりでしょうが、わかりやすい大平評だと思いました。魅力がある政治家だと思いますね。本人は確かキリスト教信者ですよね。

助川◆そうなんですよね。ちょっと意外な感じもありますが。

重里◆それもあって、国際的に物事を考えるという傾向があったのかもしれません。落ち着いた保守主義者ですね。自民党の保守本流を受け継ぐ政治家だったわけです。そこに日本の保守政治の一つの可能性があったのだろうと私も思います。

助川◆大平と田中角栄は単に権力の数合わせでつるんでいたわけではなくて、中央集権に対する抵抗であり、もう一つは中国なんですね。中国とうまく付き合わないと地政学的にいってこの国は生き延びられないという問題。それからやっぱり東アジアの大きな主導権とかは人口からいっても、中国が握っていくなかでどう対抗するかを冷静に考えなければいけないという問題。

地方分権と中央集権、どちらを選ぶかという問題は、アメリカへの隷属からの脱却を目指すか、アメリカにきっちり寄り添うことを国益の第一と考えるか、という外交上の選択と連動しています。アメリカ最優先を外交の大原則にしていくには、中央が強力な統括力を発揮しなければならない。反対に、たとえば北海道民から「自分たちはロシアの影響をあれこれ受けざるをえないので、ロシアを重視した外交をやってくれ」という声があがったとして、それに応えるには、何があってもアメリカ・ファーストの外交姿勢では無理なわけです。

大平や田中が抱えていた問題をその後の日本はものすごく軽視していたということが、いまの日本の苦しさにつながっている面はあると思います。絲山がすくい上げている問題というのは、私はその大平の問題につながっているのではないかと感じています。

重里◆私自身は日米関係を日本外交の基軸に置くのは当然だと思います。ただ、一方で「リベラル」を自称する人ほど、田中角栄の可能性、大平正芳の可能性を考えてほしいと思います。

助川◆そこが日本のリベラルの限界という気がします。特に大平が持っていた地に足がついている一方で、すごく理想主義的なところもある考え方を見直したい思いです。絲山の話をしていて大平に話題を移せば、絲山に怒られるかもしれないけれど。

一九八〇年代前半に日本の分かれ目があったというのは、大きくいうと三島由紀夫が指摘していた問題ともつながってくると思うんです。日本というものの文化的なベースだとか、その地方の人間が持っていた地方都市の等身大の人と人とのつながりみたいなものが全部崩れていく。そうしたなかで、鋭敏な文学者たちは古井由吉も中上健次も、この八〇年代の前半に戦略の転換を図っています。

重里◆ただ、大阪がここでいう「地方」なのかどうかわからないけれど、首都圏以外に三十代の後半まで住んでいた人間としていうと、日本の首都圏以外の地域が持っているポテンシャルというものは、本当はものすごく高いと思いますね。それは知的な力、思想を生み出す力も高いものがあると感じます。潜在的な力でいえば、経済力も高いのだと思います。たとえば、何か問題が起こったときに、地方のほうが頼りになるみたいところがあるわけですね。水俣病が起こっても、東大よりも熊本大学のほうが頼りになるわけです。そういうことは頻繁にあるのではないか、と私は思っています。

働く人のメンタリティー

重里◆ところで、話を戻すと、芥川賞の選評では黒井千次と河野多恵子が『沖で待つ』を絶賛していますね。これも印象的なことでした。この時期の選考委員としては頼りになる二人ですね。二人は小説で、「働く」ということがどのように描かれているかを大事にしている選考委員ですね。河野も黒井も、労働というものが持っている意味を考え続けた作家なのだと思います。その二人がきちんと反応しているのも印象的でした。

助川◆働いている人間のメンタリティーのリアリティがすごく出た小説ですね。

重里◆特に大手メーカーの営業で働く人のリアリティです。ものを売る、つまり現実に手で触れるものを売る仕事のリアリティです。それはとても感じました。これは絲山自身の経験もあるのでしょうね。

助川◆会社員をやっていたんですね。

重里◆早稲田の政経学部を出て、総合職でＩＮＡＸ（大手住宅設備機器メーカー）に入ったという経歴が存分に生かされているのだろうと思います。福岡県というのはライバル会社のＴＯＴＯの本拠地ですね。

助川◆どこで働いていたかという以上に、そこでどんなことを考えたのかということが大事だと思います。いろいろな人と付き合っていて思うのは、働いた経験というのももちろん大事だけれども、一般企業にいても、この人官僚的だなっていう人はいるんですよね。要するにお金を儲けることとか、商品を売ることよりも、言われたことを忠実にやっていればいいやっていう体質の人っていますよね。経験もあるとは思うけれど、重里さんとこうやってお話ししていていつも感じるのは、やっぱり古山高麗雄に高校生のときに反応するというのはちょっと特別な感覚だと思いますよ。

重里◆そうですかね。

助川◆生活に根ざしている人間のリアリティみたいなものについて、それをないがしろにすることに対する偽善性を暴く感覚というのが、高校生とか中学生の頃から、もっというと、子どもの頃から刷り込まれていたのではないか、という感じがあります。それは家庭環境だったり、生まれつきの体質だったりするのかもしれないけれども。根本的な生存感覚として、日常を生きていくことに対して、きれいごとをいっているやつは許さない、これは偽りなんだっていう感覚がすごくおありになったんだろうなって私は感じます。

重里◆そうなのでしょうか。大阪の商売人の家に育ったからかもしれませんね。

助川◆私なんかは逆に高校時代はそういうのに全然反応できなくて、それこそ働くようになった結果としてようやくそういうところに気づいたわけです。この点では、重里さんに比べて天性、自分は鈍かったと感じます。

22

綿矢りさ『蹴りたい背中』

第百三十回、二〇〇三年・下半期

◆あらすじ

ハツは、陸上部に所属する女子高校生。走ることが好きだが、部活でもクラスでも孤立している。中学生の頃、モデルのオリチャンを街で見かけたことがあり、そのことを知ったクラスメートの男子・にな川が接近してくる。にな川はオリチャンの大ファンで、女性のセクシーな写真にオリチャンの顔を貼り付けたアイコラ（アイドルコラージュ）を作ったりしていた。おたく体質で仲間もいないにな川に、ハツは奇妙な愛着を覚える。ハツは友人の絹代とにな川の三人でオリチャンのライブに行き、終バスを逃したハツと絹代はにな川の家に泊まる。明け方、ベランダにうずくまるにな川を見て、ハツは彼の背中を蹴りたい衝動に駆られる。

初出：「文藝」二〇〇三年秋季号、河出書房新社

作品の背景

伝統的な物語の定型の一つに、「うつほごもり」と呼ばれるパターンがある。成人を前にした主人公が、密閉された空間に身を置いて試練を受け、最後に「大人」になって外に出る。『蹴りたい背中』をにな川のほうからながめると、この「うつほごもり」の話型に合致する。彼は自室にオリチャングッズを集め、オリチャンと直接つながることを夢見ている。そしてその「夢」が「妄念」にすぎないことを、物語の最後に彼女のライブに行って悟る。

このように「成長」を遂げるにな川に対して、主人公のハツはどうか。彼女は「走りたい」「にな川を蹴りたい」という、脚をなかだちにした衝動をたぎらせている。この衝動はたぶんにセクシャルなものだが、物語の結末に至ってもそれが「恋愛」や「性愛」に転化する兆しはない。

芸能人に執着する不毛を知ったにな川は、現実的な恋愛をする努力を始めるかもしれない。しかしハツは、にな川のひび割れた口びるを舐めたり、彼の背中を蹴りたかったりするだけである。彼女の「衝動」には「見つけやすい着地点」がない。

精神分析めいた言辞を弄するなら、ハツは小児的多形倒錯の世界を生きている。そこを脱却し、性器を使用したヘテロセクシャルの世界に参入することを、現在の社会は強制しない。いまはハツに、「このままでいる自由」が与えられている。しかし一方で、彼女の「衝動」に出口が見つけがたい事実は解消されずに残る。

ハツは、にな川にさえ置きざりにされる可能性がある。自らの「性」に忠実であることと一体となった孤独――『蹴りたい背中』は私たちに、きわめて現代的な問題を投げかけている。

（助川）

入れ替わる男女

助川幸逸郎◆綿矢は非常に画期的な作家だと思うんです。偉大な作家になりうる存在だと思うんですけど、どうもそのことを誰もがわかっていなくて。当人さえ気づいていなくて。巨大な不発弾になりつつあるみたいな。そういうのを感じますけどね。

重里徹也◆この作品を読むと、紛れもない才能を感じますね。それはちょっと小説を読める人だったら、誰でも感じることでしょう。紛れもないです。

助川◆ディテールの作り方で、にな川が裸の写真にオリチャンの顔をくっつけるというエピソードが出てきます。あのリアルな気持ちの悪さとか。

重里◆文章の流れがとてもうまいですね。これは天分でしょう。

助川◆出だしはあんまり評価しません。「さびしさは鳴る」って、あれはちょっと作りすぎでしょう。年を取ったら綿矢自身も、若かったね私、と思うかもしれないんですけど。

重里◆「文学的」な文章ですね。だから、ちょっとくさみがあるわけですよね。ただ若いときにはこういうのが多いでしょう。これは綿矢のデビュー作ではありませんが、新人の作品によくあるパターンですね。それはそれで、いいのかなと思いますが。

助川◆ただ、最後にやっぱり「蹴りたい背中」を本当に蹴らせて、という。それで、ずっと主人公のハツが足にこだわりを持っているわけですよね。速く走るとか、オリチャンと会ったときも足をほめられるわけですよね。で、足というのは、伝統的に男性の象徴、男性性の象徴なんですよね。たとえばオイディプス王というのは、足首が傷ついたものという意味です。だから男性性を象徴していて、足をつぶすとか足を折るというのは男性に対する去勢を意味するわけですよ。『蹴りたい背中』というのは、まさに男性的な欲望を女性が抱えている状態ということだと考えます。

　私はもう二十年くらい前から思っているんですけれど、日本人の男性と女性は明らかに身体レベルで入れ替わりつつあるのではないかと考えています。身体的にも精神的にも、女性にしかなかったような症状が男性にも出るようになって、身体レベルで男女差みたいなものが入れ替わってきているという動向があります。たぶん、綿矢はそれをつかまえているんだというふうにこの小説を読んで感じたんですよね。そういう大きな時代の流れであるとか、あるいは世の中の動きみたいなものを綿矢はつかんでいる作家なのに、自分ではニッチな小さなことをやっていると思っているんですよね。そこがもうちょっと、私は綿矢に気づかせてあげたいというか。私はオタクでニッチな作家だからみたいなことをずっといっていて。自分が本当に気づいていることを深掘りしていく方向性になかなかいってくれないのが、ちょっともどかしいところがあります。

重里◈あらゆる恋愛小説はある種の三角関係を描いています。この場合も三角関係ですよね。オリチャン、にな川、ハツと。それで、『ノルウェイの森』だと三者のうちの一人が死者だったわけですけれども、この場合はアイドルだというのが面白いところですね。しかも、アイドルにだらしなくあこがれているのが男の子だという設定が興味深いところです。

助川◈そうなんですよね。宇佐見りんの『推し、燃ゆ』(「文藝」二〇二〇年秋季号、河出書房新社)では女の子がアイドルにあこがれていくわけですけれど。にな川みたいな、アイドルにあこがれていて、うまく生きていけないような人を好きになるというこの面白さですよね。要するに、スクールカーストが決して高いわけではなく、そして魅力的なわけでもない男性に、そういう相手だからこそ逆に本当に嘘偽りがないというか、ある種ピュアな性愛的な関心を持ってしまう。その面白さ。

収集する男の子

重里◆にな川のオリチャンに対する気持ちが、収集という行為、彼女に関連したものを集めるという行為に凝縮しているのも興味深いと思いました。彼の愛情表現が噴出する形ですね。

助川◆だから、ある種かわいそうな女の子がいて、その女の子からは手が届かないような男の人にあこがれている話ってわりとあると思うんです、過去にね。だけどこれは、男の子が手の届かない女の子にあこがれて、絶対に手が届かないから、ものを集めるしかないという、かわいそうな関わり方しかできない、そういうヤツのことを好きになっていくというのが、これはいままでにあまりない構図だなと思います。すごく斬新なところですね。

重里◆オリチャンは異界の住人ですよね。にな川は異界の住人にあこがれている。主人公は、現実の住人です。それで、異界と現実の間で、にな川を綱引きしている。

助川◆にな川は、ある種の「うつほごもり」をしているんですよね。「うつほごもり」というのは、通過儀礼のために密室にこもるわけです。それで、密室のなかでオリチャンのものを集めて、ある種大人になる前段階としてオリチャンにあこがれ、オリチャンのものを集めながら、あの狭い部屋に閉じこもっている。たぶん、オリチャンとの関係が限界に達すると、あそこを出るということなんですね。ところが主人公のハツがにな川がこもっている「うつほ」に入っていって、サナギをビリッと剝がしてサナギのなかのこれから孵化しようとしている虫をいじくりまわしているみたいな話ですよ、この小説は。だから通過儀礼の型どおりの大人になる話に対して、大人になる前段階のサナギだからどっから見てもみっともない。でもそのサナギのキモカワイイところを主人公がペンでつついて「こんにゃろ、こんにゃろ」しているみたいな。そういうのを感じさせるところがあります。

いつまで「子ども」を描くのか

重里◈なるほど。うまいことといいますね。綿矢が自分はニッチな作家だ、マイナーな作家だということの理由の一つには、題材の狭さがあると思います。この作品で描かれているのも、高校生活なわけですよね。それは狭いといえば狭いですよね。非常に狭いところで鮮やかな小説を書いているという意味では、この段階ではマイナーな作家だといえると思うのです。小説というジャンルはそういうところがあります。

私はこの作品を深めてそれを打開していく二つの方法を思いました。一つは、主人公の友達の絹代ですね。この絹代という人物がよく描けているし、とても魅力的な感じがしたわけです。彼女にはリアリティもあるし、現実でもこの絹代みたいな女の子は、ある種魅力的なのではないかというのを感じました。これは一部の評者などとは見方が違いますが。この絹代がはらんでいる思想性というか、リアリティというか、そういうものが実はこれからの時代を作っていくのだろうと考えます。絹代をしっかりと描いているというのは、紛れもない綿矢の才能の表れではないかと思いました。

もう一つは、この小説を読んでいると食べるシーンが多いんです。にな川の家の洋菓子から、無印良品のコーンフレーク、ライブに行った後に食べるヨーグルト。いろいろと食べるシーンが多くて、これも綿矢の作品を押し広げていく可能性の一つではないかなと思いました。絹代と食べ物の線で書き深めていけば、何かが見えてくるのではないかというのが、私の考えですね。

助川◆食べ物でいうと、結局、ろくなものが食えてないですよね。カレーライスとかカップラーメンさえ食べていない。実はまともな食事は一回も出てこない。お菓子の類いばかりです。最後もオリチャンのライブの後、ヨーグルトしか食うものがないみたいな。そういうところがある意味ではこの関係、彼女たちの関係性の特異性というか、いびつさみたいなものを上手に描いています。だから私は、高校生の生態だけを描いているから、ニッチかというとそうではなくて、このおかしな食と彼女たちの奇妙な関係性、この二つが対応していて、これはこれでリアリティがちゃんとあると思います。それから主人公とにな川だけではなくて、これに関わってくる友達を書いているというのは、やっぱり重里さんがおっしゃるとおり、たいしたことだと私は思います。

重里◆したたかな他者をどれだけ描けるかというのは、若い小説家の試金石ですね。ここで作家がまず、問われます。

助川◆現に大学で教えていると、ああいうに川とかハツみたいな人物よりも、絹代のような人物が圧倒的に多いじゃないですか。学校のなかでの人間関係のバランスなんかも気にして、新しい学校の人間関係のなかに同化していきながらも、でも古い友達も切り捨てるわけじゃないという。ああいうメンタリティーにリアリティを感じます。

絹代が体現するもの

重里◆絹代は、さまざまな人との関係を心のなかでは適度に距離をとりながら、大事にしている。それが彼女の付き合いのよさに表れているのでしょう。意外にクレバーで、芯が強い女性です。

助川◆人間関係のバランスを見ながらやっていくというのが、すごくいまどきの若い人っぽいなと思います。

重里◆よく描けているし、リアリティもありますね。だから、決して俗っぽい青春ドラマの主人公などではありません。彼女をネガティブに評するということは、時代の捉え方でも、人間についての考え方でも、根本的なところで間違っているように思います。むしろ、時代の可能性を最も感じさせる人物ですね。それはこの時代の倫理を踏まえたものですね。

助川◆ずっと主人公と一緒にマイナーなほうにいくのはいやなんだけれど、だけど主人公を切り捨てもしない。どっちもできないっていうところが、すごく現代の若者にいそうな感じがしました。

そのバランス感覚。

重里◆私は現代の若者の肯定的な側面を体現しているという意味で非常に印象的でした。この人物を描けているだけでも、綿矢の才能を感じます。現代におけるとても肯定的な人物像だと思います。現代の若者の可能性を感じるといってもかまいません。

助川◆そこは本当に、この小説のリアリティがあるところだと思います。

重里◆もちろん、リアリティがあるんですけれどね。そこにとどまらないものを感じます。ただ、高校を舞台にしているということは、狭いことは確かなんですよ、それは。一生、高校を舞台にして書いていくのですか？　ジュニア小説の書き手になるのですか？　そう問いたくなりますね。わかりやすいから、あえていうけれど、単純にいえば、綿矢には舞台だけでもジャンプが必要なんです。いまのところ、この作品の後は、豊かな才能を考えると、あまりうまくいっていないように思います。小説というのは、そういうところがあるわけです。高校生活はしっかり書けているのだし、それを押し広げるチャレンジをしてほしい。大人の生活を描いてほしいと思うわけです。そこが問われています。

大人（加害者）を描くのでなければ

助川◆三島由紀夫というのは、一生ある意味では学生小説を書いていたような人だと思うんですよね。何とかリアリティを持たせようと思って、金閣寺を燃やした人を出してきたり、光クラブ事件を持ち出してきたり、選挙で落ちたおじさんを持ち出してきたり、とやっていたんですけれども。ただ小説の魅力というのは多様なので、大人の生活が書けない作家だからこそ高校生には受けるというところもあって。三島はいまでも本当に高校生にも人気があります。でも、それは高校生でもわかるからですよね。これはもう私がつくづく実感することで、高校のときは三島みたいな小説じゃないとわからないわけです、逆に。大人の小説を書かれても高校生にはわからないですから。そういう意味では、三島のように原初的な世界だけを書いても成り立つ作家というのがいるんだと思うのですけれど。そこで私は、綿矢に対して、重里さんと逆のことも考えるわけです。だったら、綿矢はもっと原初的な方向に徹して、三島みたいな路線でいけばいいのにと。

重里◈私は、そっちにいききらないのが、この作家のいいところだと思います。私の言い方を押し進めれば、この小説でいうと、にな川の母親とか陸上部の顧問の教師とかの世界を書こうというふうに思ってもいいんですよ。そんなふうにして自分の世界を広げていったら、綿矢は違う作家になれるのじゃないかな。

助川◈おっしゃる意味はよくわかります。それは確かにそのとおり。

重里◈いつまでも子どもの世界を描いているのではなくて、親の世界、つまり加害者の世界を描けばいいのじゃないか、と思いますね。描く才能もあるし、時間もあるし、場も与えられるだろうし。むしろ、いまからが勝負の作家なのではないでしょうか。

助川◈現代において大人の目線をリアルに描くには、やっぱり四十歳を過ぎないと駄目かなっていうのはありますね。わが身を振り返っても、四十歳になるまではまだまだ子どもでした（笑）。

重里◆才能は紛れもないですから。

助川◆たとえば教えている学生から、親と対立している恋愛の相談などをされますね。まだ三十代の頃は学生のほうに本当に心から同情して、「それはキツイよな、お前、かわいそうだよな」と思って聞いていました。ところが、四十を過ぎると「そうはいってもお父さんお母さんは、きっとこう考えているんだよ」みたいなことがわかってくる。

重里◆綿矢はまだ三十代半ばですね。

助川◆あと四、五年かかるんじゃないかな。三十代半ばだと、自己意識は二十代の頃とあんまり変わらないです。まだ、青年作家なんだと思います。村上春樹の頃の三十代とは違いますよ。春樹は三十代前半で『羊をめぐる冒険』を書きました。あれはもう自分が大人になったということを骨身にしみてわかって、青春に別れを告げる小説だけれど、まだ綿矢は青春に心から別れを告げられるところまでいっていないんじゃないですかね。現代の人間はやっぱり、作家だけに限らず、三十代半ばだとまだ二十代の延長で生きているのかなって、わが身を顧みても思います。

重里◆ただ、綿矢の作家としての資質は、ある種のシャープさだと思うんですよ。それは女性作家としても、絲山秋子とも、多和田葉子とも、小川洋子とも違うわけです。かなり違うし、そこは時代の無意識も表現している。この場合のシャープさとは、別の言葉を使うとシニカルさといってもいい。このしたたかなシニカルさを大いに磨いてほしいと思うわけです。それによって、日本文学の一端を担っていける作家だと私は思っています。だから、これからに期待したいですね。期待させるのに十分な才能をこの受賞作で示していると思うわけです。

23

『推し、燃ゆ』

宇佐見りん

第百六十四回、二〇二〇年・下半期

◆あらすじ

「あたし」は、心身に問題を抱え、高校への通学にも支障をきたしている。ただ一つの生きがいは、上野真幸というアイドルを推すことだ。彼がファンを殴る事件を起こしても、「推しを解釈することで、自分の存在を感じたい」という思いはゆるがない。しかし真幸は、一般女性と結婚し、引退することになった。「あたし」は真幸のマンションに向かうが、彼の部屋のベランダに洗濯物を抱えた女性がいるのを目にし、「いつまでも、アイドルでなくなった彼を見て、解釈し続けることはできない」と感じる。帰宅した「あたし」は、綿棒のケースを床に叩き付けた後、散乱した綿棒を拾うために這いつくばる。「二足歩行は向いてなかったみたいだし、当分はこれで生きようと思った」

初出：「文藝」二〇二〇年秋季号、河出書房新社

作品の背景

宇佐見は中上健次のファンだと公言している。中上は、『岬』『枯木灘』『地の果て至上の時』の三部作で、複雑な血縁関係がもたらす軋轢に悩む青年・秋幸を描いた。『推し、燃ゆ』の「あたし」は、祖母から母へ、母から自分へ、代々受け渡されてきた母子の葛藤に苦しむ。中上の秋幸は、自然と一体化しながら祈るように肉体労働に没入し、宇佐見の「あたし」は、「推し」に自分を重ねることに生きる証しを求める。肉体労働と「推し」に尽くすことは、どちらも親族による呪縛を断つ儀式なのだ。

フランスの精神分析家ジャック・ラカンは、女性の恋愛について次のようにいう。多くの場合、女性は自分が何者だかわからないため、それを教えてくれることを男性に求める。しかし男性の側は、彼自身の幻想を女性に重ねるだけで、彼女の実態を見ない。かくして、恋する女性のほとんどは失望に至る……。

『推し、燃ゆ』の「あたし」も、ラカンが指摘する「女性の恋のかたち」をなぞっているかに映る（『源氏物語』の浮舟や『風と共に去りぬ』のスカーレットのように）。だが、「あたし」は「推し」に答えを求めず、「推し」を自力で解釈して自分をつかまえようとする。神に仕える巫女のように「推し」に献身していても、「推し」が神ではないことを「あたし」は知っている。

中上は、肉体労働が救済たりえない時代がきたことを『地の果て 至上の時』で示し、その先の秋幸を描く前に亡くなった。「推し」と訣別した宇佐見の「あたし」は、すでに秋幸が達した「地の果て」にいる。次に宇佐見がどこへ赴くか、目が離せない。

（助川）

追い込まれている主人公

助川幸逸郎◈こういう若い著者が新人賞や芥川賞でブレイクすると、新しい感性の登場みたいな扱いを受けることが多いですね。けれども、だいたいその新しい感じ方とかが、そのまま作者のたくまざる言葉のなかに出てくるようになるには、何年間か、ある程度の社会生活が必要な気がします。その新しい感覚を自分のなかで熟成させるには時間がいるんです。

それで、社会生活を十年ぐらい送って社会というものをよくわかったところで、たぶん、そのときの時代の空気だとかあるいは人間関係の空気みたいなものが肌にしみ込んで、それがナチュラルな形で表現のなかに出てくる。逆に若い学生とかでデビューすると、綿矢りさの『蹴りたい背中』もそういうところがあると思うんですけれども、新しいものっていうよりは昔からあった、普遍の変わらない元型的なものというか、いつの時代も変わらず人間が抱えているものがすごくピュアに抽出されていくというような形でいい作品ができる。だから、才能ある学生作家の作品というのはいい意味で古風、という傾向があると思うのですが。

重里徹也◈主人公がひどく追い込まれているのが印象的でした。かなりひどい状況です。ただ、精神疾患を病んでいて、診断書も出ていることがはっきりと記述されています。つまり、精神科患者の内面を描いている小説だということですね。それをどう考えるのかというのがこの作品のポイントの一つですね。

助川◆どうなんでしょうね。これは追い込まれていて、本当に精神科患者なのかっていうのを考えてしまいます。よくいわれるのは、かつては「発達障害」という言葉がなかったから、ちょっと変わっているよね、とか、ちょっと浮いちゃっているよね、みたいな扱いを受けたものに、いまは病名がつくわけですよね。ちょっと変わっているぐらいで昔は処理されていた人の立ち位置みたいなものが、現在は大きく変わってしまうということがあるのではないでしょうか。タイプはちょっと違うと思うんですけれど、たとえば太宰治の主人公だって明らかに病んでいたりするわけですよね。

重里◆ただ、この作品の主人公はその病み方が、漢字がなかなか覚えられないとか、いくら勉強しても、できるようにならないとか。居酒屋で大人と会話しても、ちょっとしたニュアンスが理解できないとか。ある種の精神的傾向が浮き彫りにされています。能力的にも精神の傾向も、かなり通常からは外れた人なのだというふうには描かれているように思いますね。太宰の小説の主人公が漢字を覚えられないとか、人と会話していて、その人の言っていることをうまく読み取れないとか、そういうことはないですね。この小説は精神疾患の患者の独白というふうに私は感じました。

助川◆私はこの主人公の感じ、すっきりわかったんです。私自身、高校生の頃、この主人公に近い部分がありましたから。

重里◆ただ、その精神疾患を病んでいる主人公が、背筋を伸ばして生きていける空間というものはあるわけです。それはスマートフォンのなかなのですね。スマホのなかにいるときは、文章もうまいし、推しを支持するコメントや推しの行動や言葉のフォローなどすべて鮮やかに手際よくやれるわけです。この人はスマホのなかの住人だと考えると、わかりやすいですね。

助川◆ある種の自己肯定感を自分で持てる空間だと、この人は滑らかに動けるわけです。生身の自分というものを誰もが知らない場所だと、自分のキャラを明確に作れていて、そこでは非常に冷静で理知的に振る舞えるんです。ところが、現実の世界に降りてしまうと、どうしてもちゃんとやれない私、自己肯定できない私というものが自分につきまとってきてしまう。そうなると何をやっても、その現実のなかで、自分がうまく機能できるイメージがつかめない。それで、ごく当たり前のことでも素直に受け止められないという感じですね。私はすごくよくわかります。自分を受け入れてもらえない空間にいると、相手がいってる何でもない言葉を聞き取れなくなったりしてましたから。

スマホのなかと保健室

重里◆主人公がスマホのなかとともに、もう一つ生き生きとできる場所があるんですね。それは学校の保健室です。彼女が生き生きとしているのはスマホのなかと保健室だけなんです。それで、そこから出ると現実に押しつぶされそうになる。それはわかりやすくいうと、不適応の一種ですね。現実不適応であり、社会不適応であり、発達障害と呼ばれている傾向なのかなと思います。

助川◆先ほどから申し上げているように、私自身、この主人公に似ている部分がかつてはあったので、太宰の主人公よりもこの主人公のほうに素直に共鳴できます。ですから、病んでいるというよりも、むしろ私はこういうタイプの人ってけっこういるよなと思って読んでしまいました。

重里◆量からいうとけっこう、いるんだと思います。程度の差はあるでしょうけれど。共感する人もいるだろうし、思い当たる人もいるでしょう。この主人公を考えると、スマホのなかや保健室でだけ生き生きとできるということに、現代のある普遍性があるのかなと思います。推しというのはスマホのなかに住んでいるわけです。それで、推しがファンを殴ったというのは、彼自身がスマホから抜け出たかったわけですよね。そういうふうに私は解釈しています。スマホというバーチャルな空間から出ていってどうやって生きていくのか、というのが最後のキーになっているんでしょう。それは現代では、ある普遍性、説得力を持っている切実なテーマだろうと感じます。

助川◆なるほどね。重里さんは現代における切実さという時代性を見るわけですけれど、私はむしろ推しを通して自分を理解したいというのが、思春期のある時期の恋愛の典型的なあり方で、私はエイジレスな、原型的な愛のカタチを取り出しているというところに、すごい魅力を感じたんです。

重里◆ただ、それは、一種の宗教に似ているような愛ですね、これは。

助川◆そうですね。性的ではないですね。一般的な恋愛感情とは全然違いますよね。

重里◆違いますね。むしろ宗教によって自分自身が意味づけられるという、そういう構造ですね。それはもう何千年、何万年も人類が経験していることだと思います。ただ信仰の対象がスマホのなかの住人だったという話なのではないかと私は思います。それは必ずしも古くからあるものではないんじゃないのかな。もちろん芸能人のアイドルはずっといたわけですけれども。共通点があるといえば共通点はあるし、ちょっと違うといえば違うのかなと思いますね。

助川◆そこがちょっと面白いところだと思うんですね。斎藤環(精神科医)が、オタクであるかどうかの分かれ目は、実在しないアニメキャラクターに、現実の女性に対するのと同じような性欲を持てるかどうかなんだということを書いていました。要はスマホのなかにいるアイドルを好きになるというのは、架空のアニメのキャラクターやゲームのキャラクターを好きになるというのとわりと近いですよね。

重里◆近いです。

助川◆教え子たちを見ていても、架空のゲームのキャラクターに対して「これは私の推しです」とか「ウチの推しは」という言い方をするんですよね。そこには生身の地下アイドルであるか、ゲームキャラクターであるか、アニメキャラクターであるかということの間の線引きは、あんまりない気がします。昔からそういう形の愛はあったのかもしれないけれども。

重里◆そうですね。江戸川乱歩の『押絵と旅する男』(「新青年」一九二九年六月号、博文館)であれば押絵のなかの女に登場人物の兄が恋するわけです。あるいは『人でなしの恋』(「サンデー毎日」一九二六年十月一日号、大阪毎日新聞社)であれば、語り手の夫が人形に恋をしていたわけです。生き物じゃないものに恋をするというのはそんなに珍しいことではなくて、ずっとあるのだろうと思いますね。ただそれを恋愛のカタチの一つというか、多様性の一つというか、ある種の性的少数者に入れてもいいぐらいのコンセンサスが、いまや社会でできてきているんじゃないのかなと思いますが。

助川◆逆に生身の人間と恋愛することに対する社会的な強制力が弱まっているんですよね。私の教え子なども結局、生身の男とかはどうでもよくて、私は推しを推して生きていければいいとか言っている子がけっこういるわけですよ。

重里◆よく報道されますけど、ＡＩ搭載の人形と一緒に暮らしている男とか、スマホと一緒に旅行して、ツインベッドで一つのベッドにはスマホを寝かせて何かのキャラクターがそのなかにいるとか。それはよくあることなのでしょう、現在では。そして、それに対してあんまり批判めいた話は聞きませんね。むしろ若い人たちは理解を示します。そして広い意味での性的少数者なのだと許容している。そういう気持ちがあるのだと思います。

助川◆はい。だから無理にそういう人を「生身の男と恋しないと駄目だよ」と言うやつはいなくなってきているわけです。

重里◆いなくなってきている。この作品のなかで、居酒屋で会うおじさんが「現実の男を見なきゃあな。行き遅れちゃう」と言うんですけども、むしろこんなことを言う人は少ないのではないかなという気がします。非常に類型的な考え方で、いまやそこはもうちょっと超えられているのかなという気がします。それぐらいに日本の社会も多様性を許容するようになっているのではないでしょうか。

助川◆それはおっしゃるとおりだと思います。

重里◆学生たちと『人でなしの恋』を一緒に読んでも、べつに人形に恋をすること自体は悪くないですよと言う人が多いです。日本の社会は、それぐらいの多様性を認めるキャパシティーを育んできているように思います。

助川◆おっしゃるとおりだと思うんですけれども、その点に関しては。

重里◆ただ、人形だと黙って寝ているだけですが、アイドルは動くし、自分がスマホから飛び出たいと思う。そこが難しくて、面白いところです。この信仰か恋愛かわからないような感情の持って行き場が困難なわけです。

ものが見えているクレバーな作家

助川◆たぶん宇佐見も自分は何をやっていて、そのことにどういう意味があるのか、全部自分ではわかってはいないと思うんです。綿矢りさの話のときもそうだったんですけれど、いま本当に若者が若者じゃなくなって、大人になるのは四十歳ぐらいなんです。宇佐見はあと二十年ぐらい若者のままで書いていかなければいけないわけです。早くデビューしたしんどさというのもあるのかなって言う感じがしますよね。

重里◆ただ、宇佐見はこの小説の「あたし」とは、もちろんイコールではないですね。この主人公はかなり相対化されているように思います。そこのしたたかさみたいなものを私は感じます。

助川◆自分とは違う存在として、ある種、誇張して要素を抽出して作り込んでいるということですね。

重里◆主人公は客体化されています。そこのしたたかさは感じますね、年齢のわりには。宇佐見はこんな人間では全くないと思います。非常に社会性があって、漢字なんかすぐ覚えるような人なのではないのかな。そこはだまされないようにしたいですね。それだけ宇佐見には可能性があると思います。

助川◈確かに宇佐見の才能はすごくあると思うんですけれども、ただ十年、二十年、このスタンスで若者の、うまくコミュニケーションできない私というので書いていくのはかなりしんどいですよねと、私は言いたいんです。

重里◈それは無理でしょう。

助川◈この人が本当に歴史に名を残すような大きな存在になっていけるかどうか、といったときに、これからの二十年をどう過ごすのがいいのかということを考えさせられました。

重里◈それは宇佐見が考えるしかないですね。ただ、宇佐見はずいぶんとクレバーな作家で、それはわかっているのかなという気がします。そこはしたたかに生きていくのかな。それは『推し、燃ゆ』の主人公とは全く違います。大学院に残って日本文学を勉強するのかもしれません。

助川◈ただ、クレバーな作家で想定どおりに生きていくこと自体が何をもたらすのか、ということは考えてしまいます。外山滋比古の文章だったかな、想定外の失敗が起こったことでかえって大発見に至るという話があります。敵の潜水艦を探知しようということを研究していたら、偶然イルカの超音波を見つけて、イルカ学という学問が始まったとか。そういう非常にクリエイティブなブレイクスルーが起こるときというのは想定の範囲外の偶然がはたらくことがものすごく多いんだと。

だから想定どおりにきっちり生きていくばかりじゃ駄目で、どっかそういう想定外のことが起こるようなある種、失敗をやらないと本当のクリエイティブな仕事ができないのではないでしょうか。そういう意味では古典文学を勉強するとか、クレバーに何か将来のことを考えているということだけだと、想定外のことが起こらないわけですよね。

重里◈そんなことは言っていません。宇佐見はそんなこと、百も承知で差し当たっては何かの文学を勉強しようとしているわけでしょう。そういう年月のなかで何かにぶつかるのかもしれませんね。綿矢りさとの比較は面白いですね。綿矢が熱心に読んだのは太宰治らしいですね。宇佐見は報道によると中上健次なのでしょうか。

そういう視点でいうと、綿矢がどれだけ太宰を熱心に読んだのか、ということは問われますね。太宰を読むというのは、太宰に影響を与えたものも読むということですよ。綿矢の小説を読んでいると非常に才能があるんだけれども、ある狭さを感じます。これは『蹴りたい背中』のときにもいいました。特に父親殺しといえばいいのか、『蹴りたい背中』であれば、陸上部の顧問の先生を書くとか、にな川の母親を書くとか。そんなことをやるのが父親殺しというか、加害者探しというか。そういうことだと思うんです。綿矢のベクトルというのはそっちには向かわないんです。宇佐見は中上健次を読んで、さらに読み深めたときに何にぶつかるかということですね。おそらく、そこに日本の古典文学もあるのでしょうね。

血縁への異様な執着

助川◈これは前から重里さんがおっしゃっていますけれど、宇佐見はお母さんとかお姉ちゃんとかの問題が大きいですね。私もこの『推し、燃ゆ』を読んだとき、母親の問題が大きいし、そもそもこういうふうなキャラクターができあがるうえでは、母親がダブルバインドというか、子どもとの接し方がちょっと変わっていることでこうなってしまうケースがすごく多いので、たぶんどこかで母親の問題を書くだろうと思います。

重里◈この作品は、学校よりも家族の問題にこだわっています。それは明らかですね。血縁への異様な執着はこの作家の特徴ですね。

助川◈そうですね。主人公の姉がわりとうまくやっているというか。姉はたぶん、主人公と被害者同盟なんですよね。母親に苦しめられた思い出とか、母親がちょっと変わった人で大変だったよねという思いを、この姉妹はキャラが全然違っているのに、根本的なところで共有している。姉とはなんかわかりあっていますね、この主人公。

重里◈ただ、宇佐見のしたたかさは、母親の苦しみにも筆が届いていることですね。母親にも言い分があるわけです。

助川◈そうです。母親は祖母（母親の義母）とうまくいってなくって。

重里◈祖母もつまらない人生を送ってきたわけです。ぽっくり死んじゃいましたが。

助川◈最終的には、宇佐見は母親の問題はきちんと書けると思います。自分が被害者として一方的に攻撃するのではなくて、母親がそうせざるをえなかった大変さみたいなものをある程度、共感を交えながら書ける可能性が宇佐見にはあると思います。

重里◈被害者ばかり書くというのは幼稚ですね。

助川◈そうです。そういう意味では成熟した作家になれる可能性は秘めていると思います。

重里◈したたかさというのは、宇佐見のクレバーさだと思いますけどね。

助川◆宇佐見は無意識レベルでわかっているのではないかと私は思っているんです。母親のことを一方的に裁かないというのは、それはもう、裁くと幼稚だよねっていうことが見えてしまう人なんだろうなと思うわけです。

重里◆それはもう意識化されていますよ、この人のなかで。母親には母親の苦しみがあり、祖母には祖母の悩みがある。父親には父親の苦しさがある。それはよくわかって書いているような気がします。それは無意識に書いているとは思えないですね。意識しているんじゃないですか、そこは。

助川◆意識・無意識ということにこだわってもしょうがないと思うんですけど、私は無意識のうちにわかったことを、作品を書きながら意識化していくのがすぐれた作家であり、宇佐見というのはこのタイプなのだと感じます。人間を見るときに、そういうふうなつかみ方ができるかどうかというのは、努力してそうなるというのではなくて、この人はそういう見え方をする人なんだろうなって私は思うんです。

重里◆複眼的に物事を見る人ですね。

助川◆そうです。その目はきちんと持っていて、それは作家になる天分にすごく恵まれた人なんじゃないかなってことが言いたかったことです。

重里◆そういう習慣を身に付けているといってもいいです。だからこの主人公という他者も、うまく造形しているということなんだろうと思います。これは綿矢とちょっと違うのじゃないかな。

綿矢はなぜ、西鶴から学ばないのか

助川◆綿矢はまだ無意識の埋蔵金が莫大にあって、それを誰も掘り起こしてくれないという感じですね。宇佐見は無意識の埋蔵金がきちんとあるけれど、それがどれくらいあるかということが自分でもわかっている人っていう感じがしますね。

重里◆だから、無意識の埋蔵金をどんなふうに掘っていけばいいかということにわりと自覚的で、それで自分は日本の古典文学を勉強しようと思っているのではないでしょうか。説話を勉強しよう、仏教も勉強しよう、そんなふうに思っているんじゃないのかな。

助川◆おっしゃる意味はよくわかります。中上健次が好きになれば、さまざまなものが視野に入ってきますね。

重里◆朝鮮半島の歴史も、『古事記』以来の日本文学も、視野に入ってくるわけでしょう。彼女は無意識に中上を選んだのかもしれないけれども、賢明な選択だったと思います。

助川◆まあそれでいくと、綿矢がなんで太宰を好きなのに井原西鶴にいかないのかなっていう問題になりますね。

重里◆なりますね。

助川◆たとえば太宰の語りの巧妙さみたいなものというのは、西鶴を翻案した作品だけに感じられるものではありません。そうした太宰の作品全般に及ぶ語りの巧妙さというのは、彼の天分だけではなく、おそらく西鶴に学んだ部分もあると思うんですよ。尾崎紅葉だって、樋口一葉だって、『源氏物語』とともに西鶴をすごく一生懸命、学んでいるわけです。西鶴に学ぶというのは実は豊かな富があるんですよ、日本語の文章を書くうえで。それなのに綿矢は、太宰を読んでいながら、西鶴を読んで勉強してみたいというふうに思わないみたいですね。すごくもったいない気がします。

重里◆太宰を丁寧に読んでいると井伏鱒二の影響がかなり大きいように思います。綿矢は井伏にまでさえ、いっていないのではないですか？

助川◆勉強したくならないのかな。

重里◆自分の無意識の埋蔵金をどうやったら掘り出せるかということに戦略的ではないですね。

助川◆ある自己啓発本の著者が言っていました。どんなに努力しても、最後まで後天的に引き上げられないものの筆頭は、その人が跳ぼうとするハードルの高さだと。たとえば、これぐらいのハードルを跳べばこの場が収まると思っても、もっと高いハードルを自分が跳べるかもしれないと思うと、誰に言われなくてもハードルを上げていく人と、このハードルを跳べれば何とかこの場は収まるよって言ったときにその最低限の高さのハードルしか跳ぼうとしない人とで、人生は違ってきてしまう。たとえその人にどれほど高いハードルを跳ぶ能力があっても、もっと高いギリギリのハードルを跳びなさいと他人が言うことはできないんですね。宇佐見はたぶん、自分でどんどんハードルを上げていくタイプだと思うんです。中上を読んだら説教節。太宰を読んだら『金槐和歌集』や『方丈記』を読もうと、どんどん興味が広がって、ハードルが上がっていく。綿矢はとりあえずこのハードルを跳べればいいいやっていうハードルを跳んで、あんたの能力でいうともう三メートル上げられるでしょって言っても上げないんですよ。

重里◆それはね、最初に跳べるハードルがすごく高かったということもあると思いますね。これでやっていれば、何とかなると思っているのかもしれない。実際、高いハードルを跳べたんですよ。過去形ですけど。それでやってきたわけで、周りが何を言っても、私、べつにハードル跳べるもんって思うんですよね。

助川◆それは何かすごくわかるな。最初に跳べるから、ハードルを徐々に上げていくやり方がわからなかったという人はいます。

重里◆小説の世界というのは才能だけではどうしようもありません、というのが今日の結論ではないでしょうか。

助川◆そうですね。とてもよくわかりました。綿矢と宇佐見の比較は多くのことを教えてくれます。

◆コラム

卓抜な新人認知システム

重里徹也

芥川賞は独り勝ちしている文学賞だ。「わが国最初の民間文学賞」（永井龍男）として一九三五年に創設されて以来、卓抜な新人認知システムとして機能している。文藝春秋という一企業が運営している賞で、これは稀有なことだろう。成功したビジネスモデルとしても興味深い。

日本の純文学系の文学賞は大きく三つに分かれる。文芸雑誌が主催する公募の新人賞、新しい書き手に地位を与える賞、中堅以上の作家を対象にした賞。芥川賞は二番目のグループを代表する賞で、文壇の人事システムの中心に位置する。デビューして数年以内ぐらいの作家（例外あり）に、文壇的地位を与える賞だ。公募の新人賞が多くの応募者を集めるのも、芥川賞という目標があるからという一面がある。「芥川賞を受賞したら作家」というはっきりとした目安になっている。この隆盛の背景には、創設者である菊池寛の優れた感覚と、賞を更新してきた文藝春秋社員の努力がある。

芥川賞の特徴を列挙していこう。まず、選考委員が多いこと。七人から十一人ぐらいの実績がある小説家が合議で選ぶ。このために、文壇を構成している既成の作家たちが、新しい書き手を迎え入れるという人事システムの性格を帯びている。

芥川賞では、選考の公平性が前面に出されている。これは文学賞の生命線だろう。公平性は透明性で担保される。選考委員一人ひとりが自分の立場をはっきりと表明して、評価する理由を明らかにすることによって確保される。この過程が大事にされている。まず、五作から六作の候補作を事前に発表する。このため、ジャーナリストも評論家も一般読者も、候補作を読んで、選考委員を逆に採点することができる。受賞作決定直後には、選考委員の一人が丁寧な記者会見をする。選考委員は記者から問われるままに選考経過、候補作の批評をかなり細かく公表する。

選考はまず、全選考委員が全作品に○、△、×をつけるところから始まる。○を一点、△を○・五点、×を○点で集計し、点数が低かった作品から議論し、落としていく。その後の経緯はいろいろだが、議論を重ねながら、二作か三作を残してもう一度、投票することが多い。二作受賞か、一作か、該当作なしか。そして、すべての選考委員は選評を月刊誌「文藝春秋」(文藝春秋)に発表する。誰がどの作品を推したかがわかる。

候補作選定にあたっては、出版社、新聞社、作家、評論家など現在は約四百五十人にアンケートが実施される。その結果も踏まえて、半年で五十作品から七十作品ぐらいの候補作の候補がリストアップされる。文藝春秋の編集者二十人から三十人ぐらいが、三、四人のグループに分かれて、それぞれのグループで発表月ごとに候補を選び、少しずつ絞っていく。この過程で激しい議論がされるらしい。文藝春秋の社員には評論家のように小説について批評する人が少なくないが、芥川賞候補の選考過程で鍛えられるのだろう。

きわめて大事なことだが、候補になるのに門閥、出自、国籍、学歴、年齢、性別などは一切問われない。その意味では、かなり開かれた賞といえるだろう。他の出版社の編集者たちも、芥川賞の選考過程を気にしている。選考委員がどのように読んでいるのかを考えることをきっかけに、小説についての認識を深める。芥川賞選考は文芸記者も鍛える。全候補作を読んであらすじや特徴、文学史のなかでの位置づけを考え、受賞時の予定稿を書く。芥川賞は編集者や文芸記者の「教育システム」になっている。これが年に二回、半年ごとにおこなわれる。半年というのも絶妙で、ちょうど前回の騒ぎが収まった頃に、次の候補作が発表される。

このシステムは一朝一夕にできたわけではない。作家たちによる選考や選評の公表は設立以来の伝統だ。しかし、文藝春秋の元・役員に取材すると、一九五〇年代は選考委員が記者会見をするシステムはなかった、文藝春秋の社員がグループ別に分かれて候補作を選ぶようになったのは七〇年代、選考委員が△をつけてそれを〇・五点とカウントするのは八〇年代らしい。担当者や文藝春秋幹部が改良を加えて七〇年代にいまの形になり、八〇年代にさらに洗練されたと思われる。

菊池寛は生前、文藝春秋がつぶれても、芥川賞・直木賞は残したいと話していた。ある種の公共性をもって運営されてきたことが、今日の両賞の隆盛につながっている。芥川賞受賞作の全文が月刊誌「文藝春秋」に掲載されることも、賞をメジャーにした理由だろう。「文藝春秋」は総合誌であって、文芸誌ではない。普段は政治や経済の記事を読んでいる多くの読者が年に二回、芥川賞受賞作を読む。芥川賞が社会と文学をつなぐ役割を担う背景の一つだろう。

一方で、影響力が大きい賞だけに、批判もよくされる。それは健全なことだ。まず、運営する文藝春秋が自社の利益を重んじているのではないかという批判だ。ただ、最近は必ずしもそうとはいえないように見える。当初は「文學界」（文藝春秋）掲載作が多かったが、近年は是正されてきたのではないか。選考委員に対する批判もよく耳にする。終身制で、自分から辞めると言わないかぎり、顔ぶれが変わらない。高齢の選考委員が新しい傾向の作品に対応できるのか、委員の能力についての批判がささやかれる。もっと根本的な批判には、いまの芥川賞は結局、五つの文芸誌に掲載された作品を候補にしているだけじゃないか、というものがある。このことは、あるコードのなかで候補作が選ばれているのではないかという批判に結び付く。たとえば、既成の文学とは全く文脈の違う作品がネットやミニコミ誌などに発表されたときに、芥川賞は対応できるかといえば、難しいだろう。

芥川賞を相対化するには、競合する賞を多く作って拮抗することが最も建設的だ。新潮社の三島由紀夫賞、講談社の野間文芸新人賞は、その意味でも重要な役割を担っている。ただ、これらの賞が機能するためには、芥川賞とは違う選考委員で選ぶべきだ。モノサシを変えないと芥川賞を相対化できない。

［参考文献］

文藝春秋『芥川賞・直木賞150回全記録』（文春ムック）、文藝春秋、二〇一四年
文藝春秋『文藝春秋の八十五年』文藝春秋、二〇〇六年
永井龍男『回想の芥川・直木賞』（文春文庫）、文藝春秋、一九八二年
川口則弘『芥川賞物語』（文春文庫）、文藝春秋、二〇一七年
鵜飼哲夫『芥川賞の謎を解く——全選評完全読破』（文春新書）、文藝春秋、二〇一五年
鈴木貞美『「文藝春秋」の戦争——戦前期リベラリズムの帰趨』（筑摩選書）、筑摩書房、二〇一六年
野口冨士男『感触的昭和文壇史』（講談社文芸文庫）、講談社、二〇一七年
高見順『昭和文学盛衰史』（文春文庫）、文藝春秋、一九八七年
大森望／豊﨑由美『文学賞メッタ斬り！』（ちくま文庫）、筑摩書房、二〇〇八年

あとがき

助川幸逸郎

芥川賞は、さまざまなタイプの小説を戴冠させてきた。そのため、その歴史をたどっていけば、昭和以降のこの国の歩みを浮き彫りにできる。ただし、それを成し遂げるには、自らの知識・経験のすべてを動員して取り組まなければならない。

重里さんと書籍を上梓するのはこれで三度目になるが、これまで以上に今回はギアを上げておられるのを感じた。本気の重里さんに圧倒されながら、私自身、小説を読む視野を広げられたように思う。将棋でも格闘技でも、技量に勝る相手との対戦を繰り返すと、短い間に目に見えて地力が向上する。それと同じことが私にも起きたのだ。芥川賞が、重里さんに全力投球を求めたおかげである。

編集を担当してくださった青弓社の矢野未知生さんからは、有益な提言をたくさん頂戴した。前著に引き続き校閲をお願いした齋藤健治さんには、私たちの至らない点を丹念に補っていただいた。また、対談の文字起こしと内容整定には、岐阜女子大学の学生である杉浦芽生さんと渡邊みのりさんの助力を受けた。

なお、本書に所収した対談の大半は、ひつじ書房のウェブサイト

「未草」(http://www.hituzi.co.jp/hituzigusa/) に連載させていただいた。ひつじ書房の房主・松本功氏と、連載の担当編集者の森脇健児氏に感謝する。

日本現代史の隠れた水脈を探り当てた。対談を重ねるなかで、そんな気がしてくる瞬間が何度もあった。そのとき感じた興奮を、本書を手に取ってくださる読者と共有できることを願ってやまない。

二〇二一年十月十日　宵の明星が鮮やかな夕暮れに

[著者略歴]
重里徹也（しげさと てつや）
1957年、大阪市生まれ
聖徳大学教授、文芸評論家
大阪外国語大学（現・大阪大学）ロシア語学科卒。毎日新聞社で東京本社学芸部長、論説委員などを務めたのち、2015年から現職
著書に『文学館への旅』（毎日新聞社）、共著に『平成の文学とはなんだったのか』（はるかぜ書房）、『つたえるエッセイ』（新泉社）、『村上春樹で世界を読む』（祥伝社）、『司馬遼太郎を歩く』全3巻（毎日新聞社）など。聞き書きに吉本隆明『日本近代文学の名作』『詩の力』（ともに新潮社）。「東京新聞」「産経新聞」、「毎日新聞」のサイト「経済プレミア」で書評を執筆中

助川幸逸郎（すけがわ こういちろう）
1967年、東京都生まれ
岐阜女子大学教授、日本文学研究者
早稲田大学教育学部国語国文学科卒。同大学院文学研究科博士課程修了
著書に『文学理論の冒険』（東海大学出版会）、『光源氏になってはいけない』『謎の村上春樹』（ともにプレジデント社）、『小泉今日子はなぜいつも旬なのか』（朝日新聞出版）、共編著に『〈国語教育〉とテクスト論』（ひつじ書房）、共著に『平成の文学とはなんだったのか』（はるかぜ書房）、『つたえるエッセイ』（新泉社）など。「現代ビジネス」「週刊現代」「産経新聞」などにも寄稿している

教養《きょうよう》としての芥川賞《あくたがわしょう》

発行――――2021年11月26日　第1刷
定価――――2000円＋税
著者――――重里徹也／助川幸逸郎
発行者―――矢野恵二
発行所―――株式会社青弓社
〒162-0801 東京都新宿区山吹町 337
電話 03-3268-0381（代）
http://www.seikyusha.co.jp
印刷所―――三松堂
製本所―――三松堂

ISBN978-4-7872-9261-2　C0095